Nathanael Genet

Laisse et fers

roman

www.mondemajeur.com

ISBN : 978-2-8399-4135-8

Photo de couverture :

Berlin-Mitte, le 8 octobre 2023 © Nathanael Genet

A la belle du 18 juin

On était à Niagara Falls, pas celui des touristes, mais le vrai, Niagara-on-the-Lake, celui des tocards, des déclassés de toute sorte et des carcasses rouillées abandonnées dans des arrière-cours, voire le long de rues calmes et poussiéreuses de road movies qui, toutes ou presque, dans cet urbanisme du Far West et de la ruée vers l'or, entre nids de poule et trottoirs en déglingue, se croisaient à angles droits.

Admiratifs, on avait commencé notre journée quelques kilomètres plus loin, au lieu-dit du “Fer à cheval”, endroit précis où le large fleuve se déversait dans une étroite gorge située en contrebas, créant un tourbillon majestueux, une scène continuellement immortalisée dans les mémoires des touristes, comme dans celles de leurs appareils de prise de vue. En fait de tourbillonnement, c'était surtout celui formé par la noria des visiteurs d'un jour que nous avions remarqués, au niveau des chutes elles-mêmes bien sûr, mais un peu plus loin aussi, sur Clifton Hill, rue pentue prisée des enfants nord-américains de 7 à 77 ans pour ses attractions et ses fast-foods, mais dans laquelle, sortant de plusieurs jours d'immersion, de noyade presque, dans des bains de foule de métropoles américaines, on n'avait pas trop voulu s'attarder, préférant nous éloigner de ce maelström humain et partir à la découverte de l'envers de ce décor de carte postale.

À pied, nous éloignant des chutes en marchant dans le sens du courant, nous avions longé le fleuve sur environ trois kilomètres, et ce, presque jusqu'à son embouchure, sur le lac Ontario, passant au pied du célèbre Rainbow Bridge à l'architecture impressionnante typique des grandes constructions du début du XXe siècle, un ouvrage qui permettait aux automobilistes des deux rives, canadienne et américaine, de franchir les deux cents mètres du fleuve qui formait la frontière naturelle entre les deux pays.

Les Canadiens étaient fiers de rappeler que c'était, et de loin, *leur* côté du cours d'eau qui était le plus visité, les Américains concédant qu'il s'agissait là de la seule exception à la règle voulant qu'en tout domaine les États-Unis eussent l'avantage sur leur voisin du Nord, un avis guère partagé par les nombreux Canadiens passionnés de hockey sur glace.

Après avoir hésité à emprunter ce pont pour faire un petit tour du côté du Niagara Falls américain, nous avions finalement renoncé, car un aller-retour Canada/USA à pied, à cet endroit et à ce moment-là, impliquait des complications en raison des restrictions sanitaires alors en place en rapport avec l'épidémie de Covid-19.

Nous avions donc décidé de ne pas l'emprunter et de plutôt continuer en direction de la gare. C'est là que, après être passés devant une petite chapelle charmante que nous avions remarquée parce qu'elle affichait une grande banderole frappée d'une exhortation à laquelle nous ne pouvions que souscrire, "*Pray for Ukraine*", nous étions arrivés à Niagara-on-the-Lake.

Comme lors de toute fin d'après-midi digne de ce nom au cœur de l'été nord-américain, et même si nous n'étions pas non plus à Topock, Arizona, ou je ne sais où du côté de la Death Valley, la chaleur était étouffante et, en vue de nous rafraîchir, nous nous étions arrêtés un peu par hasard à l'intersection des rues Queen et Crysler sur la terrasse du *Grand Central Sports*, sorte de pub dont l'intérieur, “comme dans les films”, était équipé de tables de billard rutilantes et de pauvres ventilateurs de plafond dont le travail d'Hercules consistait, en haute saison en tous cas, à brasser de l'air pour rendre plus supportable la température des lieux.

Le seul élément qui gâchait un peu ce moment de détente était, à l'extérieur, la pollution sonore importante engendrée par la superposition de multiples haut-parleurs qui, chacun sur sa terrasse, en face de nous une crêperie, plus loin une pizzeria, crachaient des musiques aux styles et aux tempos bigarrés dans une cacophonie un peu désagréable qui m'avait rappelé l'appel à la prière au Proche-Orient, à la tombée de la nuit quand, chacun juché sur son minaret, les muezzins des quatre coins de la ville lançaient dans l'air des prières toutes différentes qui se perdaient à l'horizon dans un indescriptible gribouillis sonore.

Peu après notre arrivée, nous avions remarqué à une table voisine, en fait la seule occupée en terrasse en dehors de la nôtre, un vieux type peut-être un peu fatigué qui semblait soliloquer devant une grande bière à peine entamée. Je m'étais tout de suite dit qu'il ne s'agissait pas d'un touriste – habillé comme il l'était, il n'en avait pas l'allure – mais plus probablement d'un habitant du cru qui, à l'heure de se recycler une fois la retraite venue, s'était comme tant d'autres découvert une nouvelle vocation de pilier de comptoirs.

Dans le décor de road movie de ce village un peu désolé, son profil ne détonnait pas. La musique provenant de la terrasse d'un troquet situé plus loin dans la rue s'étant momentanément arrêtée, on pouvait enfin distinctement entendre celle qui sortait du haut-parleur situé près de nous, *Peaceful easy feeling* des Eagles, cela ne nous rajeunissait pas, mais était plutôt en phase, fallait-il le reconnaître, avec le décorum… *"And I wanna sleep with you in a desert toniiiight, With a billion stars all arouuuund…"*

En entendant cela, je m'imaginais la route 66 et notre vieux bougre, au volant de l'inquiétant camion-citerne rouillé du film Duel de Steven Spielberg, roulant pépère et radio allumée le long d'une bande d'asphalte aussi interminable que rectiligne, suivant dans l'horizon le soleil là où il allait… le grand Ouest, la liberté… *"I may never see you agaiiiin…"*.

Remarquant qu'on regardait dans sa direction – un poil miro, j'avais parfois la fâcheuse tendance de dévisager les inconnus – il nous avait fait un signe amical de la main et, dans la foulée, marmonné deux ou trois mots que les francophones que nous étions n'avaient pas saisis. D'un mouvement, il s'était levé pour rapprocher sa chaise de notre table, ce qui le mettait plus distinctement à portée de voix.

Il avait entendu, à notre arrivée, lorsque nous étions passés derrière lui, que nous parlions la langue de Molière, et il avait apparemment eu envie de s'y risquer pour nous souhaiter la bienvenue et nous demander si on venait de France. Il avait en effet bien remarqué que nous ne pouvions, en raison de notre accent, ou plutôt du manque de tout accent, être originaires de la Belle province, et il avait raison, nous venions en effet de l'Hexagone.

C'était un type sympathique, à la jovialité certes augmentée par le mélange de malt, de houblon et de mousse qui trônait devant lui, mais dont le caractère chaleureux et accueillant avait eu pour mérite d'encourager les personnes habituellement réservées et discrètes que nous étions à engager un brin de conversation avec lui, un échange bref au cours duquel nos regards, celui de ma femme et le mien, s'étaient subrepticement croisés quand, au détour d'une phrase, il avait marmonné une allusion au livre biblique de Job, dont j'avais noté qu'en anglais il était prononcé "jaube", comme "jaune", et pas "djob" comme on dit d'un job, un emploi en France.

À ce moment-là, notre petite discussion avait été suspendue par l'arrivée de notre serveuse venue prendre notre commande, notre interlocuteur retournant alors pour quelques instants à sa bière. Discrètement, elle nous avait glissé que le sieur était un habitué des lieux toujours sympathique avec les inconnus, mais que s'il nous dérangeait, elle pouvait sans problème lui demander de nous laisser tranquilles, ce à quoi j'avais répondu que ce n'était pas nécessaire.

Pour les enfants qui étaient affamés, nous avions ensuite commandé des ailes de poulet au miel et à l'ail pour lesquelles, une fois reçues, j'avais moi-même fini par craquer, bien qu'en bon *keto pratiquant*, je fuyais généralement comme la peste, et ce depuis que j'avais commencé à prendre la nutrition et la diététique au sérieux, tout ce qui pouvait contenir de telles quantités de poi… de glucides, pardon. Il va de soi que le miel dont ces ailes étaient si délicieusement enrobées ne manquait hélas pas de ces satanés glucides, mais comme le veut l'expression, les mouches ne s'attrapent pas avec du vinaigre.

Depuis le mois de janvier – et ce sans relâche, qu'il vente, grêle ou neige – j'avais strictement respecté mon programme consistant à effectuer la bagatelle d'au moins dix mille pas quotidiens à rythme soutenu et, dans la foulée, c'était le cas de le dire, boycotté le sucre, pire drogue dure légale, une came qui, silencieusement – on ne nous fait pas la morale à son sujet – tue plus que tabac et alcool réunis ! En quelques mois à peine, j'avais déjà déposé une bonne moitié du fardeau de quelque quinze kilos de superflu que sur mes pauvres épaules j'avais inutilement porté depuis des lustres, me sentant désormais *"fit"*... en pleine forme plus qu'en *formes pleines*.

Maintenant, dans ce contexte de road movie, peut-être mon genre cinématographique préféré, et si près des États-Unis, *Fast Food Nation* pour ceux qui ont vu le film – un film important – qui a été en compétition pour la Palme d'or à Cannes, et dans la torpeur estivale de ce mois de juillet et sur cette terrasse, j'avais lâché prise, fait un *U-turn* (puisqu'on parle "road-movies") et, même si on n'était pas à Superior, Arizona, et que je n'étais pas Sean Penn – ce qui ne m'empêchait pas d'être accompagné par mieux que Jennifer Lopez – j'avais dans ce "tourné sur route" violé mes principes, avec ces ailes et une "broue" comme disent les Québécois, une Coors blonde – pas une blonde corse – sur laquelle, en signe de bienvenue fraîcheur, les célèbres montagnes de l'étiquette brillaient d'un bleu plus éclatant que jamais.

Personnellement, j'avais jusque-là pensé qu'il me faudrait attendre le fameux Bourbon trail dans l'État du *Kenn'ucky* comme les gens disaient là-bas, une virée que je prévoyais de m'offrir d'ici quelques années pour mes cinquante ans, si Dieu me prête vie jusque-là, histoire de jouer un peu les *Neal Cassady* et goûter à cette atmosphère *roots* de Middle West états-unien, mais là, quelque part, en attendant, j'en avais déjà, me semblait-il, un intéressant avant-goût.

On avait presque oublié notre voisin de terrasse, mais comme il marmonnait dans son coin, il avait, au moment où on finissait nos assiettes, à nouveau attiré notre attention. Avant d'être interrompu, il avait mentionné Job et nous étions curieux de savoir pourquoi, ce qui avait bien pu lui arriver pour citer une telle référence. Comme pour faire diversion, et probablement pour ne pas répondre à notre question peut-être un peu maladroite, il nous avait alors dit que nos enfants étaient mignons, ce à quoi nous avions répondu en lui demandant si lui-même en avait. À notre grande surprise, il avait hésité avant de déclarer ne pas en être tout à fait certain. "*Dieu donne, Dieu reprend, la vie est compliquée*" avait-il ajouté, énigmatique. Ça m'avait fait penser à une chanson, "Mon fils", d'un duo de pop acoustique, Les Frangines… qui ne sont pas des sœurs malgré le nom de leur groupe… *"Oh, oh, oh, si, Si je pouvais, Faire quelque chose…"*

Dans le cours de notre brève conversation, et probablement parce que l'on venait du Vieux Continent, il nous avait également dit que jadis, dans les années 1970, il avait visité l'Europe : l'Angleterre où il était resté quelque temps… l'Italie un peu, les Balkans pas mal, ce qui m'avait étonné. Les Balkans ? Il avait ajouté que, jeune, il avait bien baroudé, mais, selon lui, pas autant que son fils qui avait fait tous les continents ou presque. Cette dernière affirmation n'avait pas manqué de nous laisser perplexes. Avions-nous bien entendu ? Ne venait-il pas de parler de *son fils* ?

L'attention de ma femme ayant été captée par nos enfants qui ne tenaient plus vraiment en place et voulaient s'en aller, je n'avais pu le vérifier auprès d'elle. Le moment de reprendre notre route semblait donc déjà venu. Après m'être retourné pour faire signe à la serveuse en vue d'obtenir l'addition, et alors que je revenais à ma position initiale sur ma chaise, c'est-à-dire tourné en direction de notre inconnu, ce fut pour me rendre compte qu'il n'était plus là. Notre *clochard céleste* s'était envolé.

Le lendemain matin, car nous avions passé la nuit sur place, nous nous étions un peu promenés dans les environs, découvrant Saint Catharines, une bourgade un peu plus grande située en bordure du lac Ontario, à quelque vingt kilomètres des Chutes. C'était un endroit très vert et, contrairement à ce que l'on pourrait penser en raison du cliché voulant que le Canada soit un pays où il fait tout le temps très froid, c'était un lieu réputé pour ses vignes. Ainsi avions-nous un peu parcouru une surprenante Route des vins qui offrait aux touristes amateurs de crus de qualité l'occasion de goûter – avec modération bien sûr, surtout que l'on n'était encore pas exactement à l'heure de l'apéro ! – probablement parmi les meilleures productions de tout le Canada : un très floral Geisenheim, pour commencer en douceur, puis un très fin Chardonnay qui valait le détour – c'était le cépage préféré de ma femme – avant de se laisser tenter par un joli pinot noir de compétition. *Blanc sur rouge, rien ne bouge.*

Le clou du spectacle avait incontestablement été ce que les gens du cru appelaient *icewine*, littéralement "vin de glace", un nectar fabuleux dont nous n'avions absolument jamais entendu parler avant et qui était réalisé à partir de raisins cueillis gelés la nuit en plein hiver – ce qui constituait une bien étrange méthode de vendange – puis pressés pour en extraire un jus concentré et moelleux, en fait un vin d'une faible teneur en alcool mais – anathème pour le *glycophobe* que j'étais devenu – bourré de sucre, et pour le plus grand ravissement, bien sûr, des amateurs, ou plutôt amatrices, de vins doux. *Rouge sur blanc, tout fout le camp !*

Bien que peu adepte de liquoreux, je dois reconnaître l'avoir trouvé d'un goût et d'une texture absolument merveilleux, un incontournable que je recommande et dont nous avons évidemment ramené des bouteilles en Europe.

De retour à Niagara Falls un peu avant midi, attendant notre train qui devait nous emmener plus au sud, direction la gare Pennsylvania à Manhattan, nous nous étions arrêtés au même endroit que le jour précédent, à l'angle des rues Chrysler et Queen, pour constater que notre mystérieux interlocuteur de la veille manquait à l'appel. Il ne devait pas être du matin. Il faisait déjà chaud et, des divers haut-parleurs placés le long de la rue, sortait la même cacophonie criarde que la veille.

Notre train était certes déjà en gare, nous l'avions entendu arriver, mais nous savions qu'il y resterait une bonne heure, le temps, nous avait-on dit, que les fonctionnaires des douanes canadiennes procèdent au contrôle des passagers, car il s'agissait du dernier arrêt avant la sortie de ce pays et l'entrée aux États-Unis. Nous n'avions donc pas jugé utile de nous précipiter.

C'était comme aux portes d'embarquement dans les aéroports. Nous trouvions toujours un peu ridicules, ma femme et moi, et ce contrairement aux enfants qui, excités, étaient toujours pressés de bouger, tous ces voyageurs qui, à l'annonce du début de l'embarquement, se précipitaient pour faire la queue.

Au final, *ceteris paribus*, on attendait certes autant qu'eux, mais eux debout et nous assis ! On se disait toujours aussi qu'il ne servait à rien de courir, que d'ailleurs, souvent, les premiers à embarquer étaient les derniers à débarquer et que, quitte à attendre pour attendre le décollage, il valait mieux le faire dans un terminal où on pouvait encore bouger qu'engoncés dans des sièges d'avion, fussent-ils en classe éco ou pas.

Ainsi donc, nous n'étions pas pressés de nous rendre à la gare, située à une dizaine de minutes à pied de l'endroit où nous nous trouvions. Certes, on devait encore passer à notre hôtel, à deux pas de là, pour prendre nos bagages, mais c'était l'affaire de quelques minutes. Au moment de payer notre addition au Grand Central auprès de la serveuse qui se trouvait être la même que la veille, pour rappel celle qui nous avait dit que notre voisin de table était un peu schizophrénique et qui avait offert de nous aider à le faire partir, ce que nous avions refusé, j'avais donc demandé à cette serveuse, après lui avoir rappelé cela, s'il venait fréquemment et comment il s'appelait.

Elle avait répondu que c'était effectivement un habitué des lieux et qu'il se prénommait Jeff, nous révélant qu'il avait dit il y a quelques jours qu'il allait s'absenter pour retrouver son fils. Ainsi donc, Jeff, puisque c'est comme cela qu'il se prénommait, avait bien de la progéniture, chose dont il avait pourtant semblé douter la veille, et il était parti à sa rencontre… peut-être dans son camion-citerne rouillé, du côté du Nouveau-Mexique ou de la Californie.

À ce moment-là, on avait entendu comme un grand klaxon du côté de la gare, à la suite duquel notre serveuse nous avait conseillé de ne pas nous attarder davantage et d'aller prendre notre train car c'était le signal qu'il allait partir dans la demi-heure. Notre nonchalance nous ayant joué des tours, nous avions finalement failli le manquer et c'était le seul du jour. Il n'y avait en effet qu'un seul et unique train, le *Maple Leaf* (Feuille d'érable) d'Amtrak qui passait là chaque jour en provenance de Toronto pour continuer en direction de Pennsylvania Station, à New York City, et il quittait la gare de Niagara à 12h50 "pétantes". Nous l'avions alors rejoint sans tarder et pris place à l'intérieur, et ce dix bonnes minutes avant qu'il ne prenne la route.

À peine le train s'était-il ébranlé que nous étions déjà sur le Whirlpool Bridge (Pont du tourbillon) qui séparait le Canada, d'où nous venions, des États-Unis, où nous allions. Ce pont était ainsi nommé en référence à l'écume dégagée par le tourbillonnement des eaux qui s'écoulaient le long des chutes du Niagara. De loin, d'ailleurs, et comme nous l'avions nous-mêmes constaté deux jours plus tôt du haut de la célèbre tour CN de Toronto située à tout de même soixante-cinq kilomètres de là, on pouvait voir ces chutes par beau temps, mais ne s'agissait-il, tout au plus, que du scintillement des vagues.

Une fois le Whirlpool franchi, donc sur le sol américain, on nous avait annoncé qu'un contrôle des douanes américaines, U.S. Customs Services, aurait lieu à son tour et qu'il faudrait compter une bonne heure avant qu'il ne soit achevé et que nous puissions continuer notre route. Pour tuer le temps, on s'était alors dirigés vers la voiture-restaurant qui, par chance, était presque vide. Il y avait donc toute la place qu'il fallait pour s'attabler et siroter quelque chose en attendant que les fonctionnaires des douanes aient terminé leur tâche.

Une fois la commande passée, en anglais, le personnel francophone de Rail Canada ayant en effet débarqué du côté canadien et le personnel américain de la compagnie Amtrak l'ayant remplacé du côté américain, et alors que je cherchais ma carte de crédit, commençant à m'inquiéter de ne pas parvenir à la trouver, on m'avait gentiment tapé de derrière sur l'épaule.

En me retournant, la première chose que j'avais vue était ladite carte de crédit, qui avait dû tomber et que la personne derrière moi dans la file d'attente avait probablement ramassée et souhaitait me rendre. Ensuite, j'avais regardé la personne qui me tendait la carte avec un sourire. C'était Jeff.

"*Sous les piliers, la plage !*" Du moins, de la fenêtre du wagon dans lequel ils étaient et sous les travées du pont que leur train s'apprêtait à emprunter, c'est à cela qu'ils assimilaient les bords du fleuve frontalier qu'ils pouvaient deviner en contrebas. Par-delà le pont, de l'autre côté du cours d'eau, se trouvait un pays de cocagne, de lait et de miel, bref, la promesse de l'abondance et de la liberté. Certes, le groupe achoppait sur un écueil de taille : une frontière à franchir, et pour ce faire, de nouveaux contrôles douaniers à esquiver, avant d'atteindre enfin la terre promise.

Dans le groupe, personne n'était en règle même si, moralement, on devrait toujours l'être, pensaient-ils, lorsque l'on fuit la persécution et la dictature. Le plus dur avait été réalisé, une première ligne de défense avait été franchie et ils se retrouvaient dans un no man's land entre deux pays, les contrôles réputés les plus rigoureux ayant été habilement esquivés, avant de monter dans ce train qui franchissait le fleuve à cet endroit. Sur l'autre rive, là-bas, il faudrait si possible éviter les contrôles, mais au moins le risque de refoulement immédiat – voire de mort – serait derrière eux.

Ils venaient de le comprendre, ils n'avaient pas anticipé cela : rester dans ce train jusqu'à son arrivée au poste-frontière qui se situait directement sur l'autre rive, de l'autre côté du pont, dans cet endroit où depuis le train et malgré la distance – c'était un assez long pont, aux multiples travées – on devinait déjà implacablement les uniformes des gardes-frontière, c'était immanquablement se jeter dans la gueule du loup. Arrestation, rétention, et retour dans le pays d'origine pour y subir poursuites judiciaires et persécutions. Que faire ?

C'est l'un des membres du groupe qui avait eu l'idée… attendre que le train s'avance sur le pont et… tirer la sonnette d'alarme. Le train s'arrêterait alors sur l'ouvrage pour ne repartir que plus tard, une fois la conviction acquise par le personnel de bord que cela n'avait guère été en raison d'un quelconque danger, mais bien par erreur ou par malveillance que quelqu'un avait tiré ladite sonnette d'alarme, laps de temps pendant lequel le groupe aurait le temps de descendre du train et, franchissant le pont à pied, peut-être en passant sous le tablier de ce dernier, trouver un moyen d'entrer en Turquie.

Le convoi, qui s'était engagé sur cet ouvrage de génie civil menant droit sur Byzance, la Sublime porte qui donnait sur la caverne d'Ali Baba du paradis occidental, avait déjà bien ralenti, l'astuce de la poignée de secours ayant bien fonctionné. Une fois le train arrêté, quelque part au milieu du pont, le petit groupe avait réussi à ouvrir la porte arrière du dernier wagon, avant de sauter sur les voies. Il fallait faire attention à ce que personne, dans le train, ne les aperçoive. Ainsi étaient-ils restés là, derrière le wagon, sans se risquer sur les côtés, le temps d'improviser la suite. Le jour cédait chaque minute du terrain à la nuit tombante, ainsi la lumière diminuait en même temps que le risque qu’on les aperçoive. Les trains étant frappés qu'ils sont d'incapacité à faire machine arrière et, pour éviter que quelqu’un, un membre du personnel de bord, le chef de train par exemple, ne les voit au cas où ce dernier s’était par hasard pris de l’idée de faire de l’excès de zèle et de parcourir tout le train jusqu’à son extrémité arrière, le groupe s’était réfugié entre les rails, à plat ventre sous la dernière voiture.

La nuit tombait rapidement et le personnel de bord devait désormais avoir acquis la conviction que l’arrêt avait été marqué à la suite d’une fausse alarme. Le train allait donc forcément redémarrer. Pour le groupe, l’idéal était maintenant de trouver un compromis entre le désir d’attendre qu’il fasse plus sombre encore, et la crainte d’être aperçu au cas où il se relèverait trop tôt. Au bout d’un moment, il fallait prendre une décision. Certes, ils ne connaissaient pas ce pont, mais, à son approche et par une fenêtre, ils l’avaient soigneusement étudié et remarqué qu’il comportait, sous son tablier de fer, une ligne continue qui pouvait apparemment être parcourue à pied.

En raison de l’obscurité, le risque était grand de faire un faux pas et de tomber dans le fleuve guère profond situé à bien cinquante mètres en contrebas. Malgré la nuit tombante, on pouvait en effet apercevoir d’en haut des rochers émergents. Faisant fi du danger, et pris dans l’étau d’un choix cornélien – laisser tomber ou, littéralement, tomber –, ils avaient décidé de ne pas reculer, de continuer sur le chemin escarpé, sur la voie étroite qui menait à la liberté. Ainsi, aussi discrètement que possible, en prenant garde de ne pas commettre le moindre faux pas, le groupe avait-il émergé de sa cachette improvisée, pour se glisser sous le parapet et, de là, sur la sorte de planche de métal qui, près de deux mètres en dessous des voies, parcourait tout le pont jusqu’aux rivages de la Terre promise.

Personne n'était tombé et, visiblement, on ne les avait pas aperçus. Ils pouvaient maintenant commencer à avancer. Les deux qui étaient vêtus des habits les plus sombres s'étaient mis en tête et en queue de peloton, pour diminuer le risque que, sur l'une ou l'autre rive, quelqu'un ne les remarque.

Le pont était long, mais, à pied, et malgré les précautions qu'il fallait prendre, ils avançaient vite, jusqu'à dépasser la locomotive qui, au-dessus de leurs têtes, n'avait pas redémarré. Elle l'avait fait quelques minutes plus tard, le convoi repassant au-dessus du groupe qui s'était arrêté de peur qu'une vibration ou le flux d'air du train ne les fasse tomber du pont. C'était aussi l'occasion de marquer une pause, car, bien qu'il avançait en ligne droite et sans dénivelé, en raison des précautions qu'il fallait prendre, sans parler du risque de se faire attraper avec les conséquences que cela impliquerait, le groupe ressentait une certaine fatigue nerveuse. Une fois le train passé au-dessus d'eux, la progression avait repris. Après le franchissement du seul obstacle entre l'endroit d'où ils étaient descendus du train et la rive turque, à savoir un pilier de béton qu'il fallait contourner sur une poutrelle plus étroite encore que celle qui reliait les piliers entre eux, le groupe avait enfin atteint la rive opposée.

La question qui se posait désormais était de savoir s'il fallait s'annoncer aux douaniers turcs pour demander l'asile dans ce pays, ou essayer d'aller plus loin, en Grèce par exemple. Ils étaient divisés. Et si les gardes-frontière les refoulaient ? Tous ces risques pour finalement être ramenés par le premier train ? Un des membres du groupe avait un cousin qui était passé dans le coin et s'était annoncé dès son arrivée sur sol turc. Il vivait désormais en Autriche. C'était donc possible, il fallait jouer la carte de la franchise, on comprendrait leur situation. Comme ils étaient désormais en Turquie, ils pouvaient un peu se relâcher. D'un sac, un pique-nique sommaire avait été tiré. Ce n'était pas du luxe, et aucun n'aurait rechigné à sabrer le champagne.

Puis il y eut un bruit. Un aboiement. Quelqu'un semblait approcher. Immédiatement, les festivités avaient été interrompues. La nuit était bien installée et aucun bruit, hormis celui du cours d'eau tout proche, ne venait la perturber. C'était peut-être une fausse alerte, un animal sauvage. Après quelques minutes de prudence, tout avait été oublié et le repas avait repris. Soudainement, nouveau craquement de branche, non loin d'eux. Un loup ? Il fallait demeurer sur ses gardes. La dernière chose dont ces clandestins avaient besoin, c'était de devoir gérer une morsure ou quelque urgence médicale de ce genre. Il y avait eu un long silence, et alors qu'un des membres du groupe qui avait appris quelques phrases de turc par cœur tentait, en chuchotant, de les apprendre aux autres, un gros aboiement s'était fait entendre à deux pas. Puis des voix humaines. Des hommes approchaient bel et bien.

Là, dans l'urgence, les clandestins s'étaient mis d'accord. Si c'étaient des douaniers, ils se laisseraient appréhender. Il n'y aurait pas de fuite, c'était trop tard pour cela, mais cartes mises sur table. Un chien avait montré le bout de son museau, ou tout du moins de sa muselière. Au moins, n'y aurait-il pas de morsures ! Le canidé faisait face à deux des membres du groupe, les toisant d'un air menaçant. Deux autres membres qui le voyaient de profil tentaient, inquiets, de distinguer les inscriptions que comportait la sorte de gilet que le chien portait sur son dos. Ils avaient fait signe à un des autres gars du groupe de s'approcher.

Stupeur, ce n'était pas du turc, en effet, les inscriptions ressemblaient à *du russe*. Pourquoi de l'écriture cyrillique, ici, en Turquie ? Dans le même temps, des voix humaines leur parvenaient désormais clairement. Ça *parlait russe*. Panique totale. Il leur était dès lors apparu de manière évidente que, pour une raison incompréhensible, ils n'avaient en réalité pas encore tout à fait atteint la Turquie, la liberté.

Le groupe s'était mis à détaler de manière chaotique, chacun partant de son côté, poursuivi par le premier chien puis un deuxième qui venait de faire son apparition. Puis des hommes étaient arrivés sur le lieu du campement improvisé et s'étaient lancés à la poursuite des clandestins. Ça criait, il y avait des lampes. On avait entendu des coups de feu et, un des clandestins, prénommé Luther, avait vu son camarade Heinz tomber devant lui, raide mort, avant de s'écrouler, fauché par une balle. La tentative d'évasion de ces Est-Allemands vers la Turquie avait échoué. Ils étaient toujours en Bulgarie communiste.

Luther avait été réveillé, ou plutôt avait-il été sorti de son état semi-comateux, par les cris de la maman de Heinz qui, avec son mari, avaient fait le déplacement de Leipzig, en Allemagne de l'Est, vers la capitale bulgare, Sofia, là où le corps du malheureux avait été ramené par les autorités et auxquels on avait demandé de formellement identifier le cadavre comme étant bien celui de leur fils.

Ce dernier, qui avait de longue date prévu de passer ses vacances d'été de cette année 1985 sur les plages du littoral bulgare, avait, trois semaines avant sa mort, rassemblé ses affaires et dit au revoir à tout le monde. Il était ensuite descendu par train à Prague, en Tchécoslovaquie, avant de transiter par Bratislava, dans le même pays, puis Budapest en Hongrie et, enfin, longer la frontière entre Roumanie et Yougoslavie, avant d'arriver à Sofia, d'où il avait pris un bus bondé qui l'avait ensuite transporté jusqu'à sa destination, la ville côtière de Burgas dont les environs étaient connus pour leurs plages mirifiques qui donnaient sur la mer Noire.

Sur place, Heinz avait rencontré de nombreux jeunes compatriotes qui, comme lui, profitaient de la belle vie en Bulgarie. Cependant, parmi eux, avait-il croisé la route de deux ou trois qui étaient venus d'Allemagne orientale avec pour destination non les plages de son littoral, mais sa frontière avec la Grèce ou la Turquie. En effet, si ce pays était la destination estivale favorite de beaucoup d'Allemands de l'Est, ce n'était pas uniquement pour ses stations balnéaires réputées et le soleil qui y brillait de mille feux, mais aussi parce qu'il se situait aux confins du bloc soviétique, dans le voisinage immédiat de deux pays membres de l'OTAN, donc arrimés à l'Occident, à savoir la Grèce et la Turquie.

Heinz, qui était venu en Bulgarie pour y passer de simples vacances et avait prévu de rentrer chez lui en RDA au bout de quatre semaines, avait trouvé le projet de fuite vers l'Ouest pour le moins intéressant. Il s'était donc joint au groupe qui avait ensuite mis le cap vers Haskovo, du côté de Plovdiv, dans le centre du pays, là où ils avaient pu prendre un train qui les avait amenés à Svilengrad, une localité située à quelques kilomètres à peine des frontières grecque et turque. C'est là qu'ils avaient fait la rencontre de deux jeunes, Luther, des environs de Berlin-Est, et Klemens, de Karl-Marx-Stadt, qui eux aussi étaient initialement venus en toute innocence en Bulgarie, avant d'entendre, via le bouche-à-oreille, la rumeur voulant que la frontière séparant ce pays de la Turquie fût réputée notoirement poreuse. Ce qu'ils ne savaient pas, c'est que si cela avait pu être le cas ici ou là dans les années cinquante et soixante, ce n'était plus vrai en 1985, et ce, depuis belle lurette.

Au début des années 1960, on avait en effet remarqué, du côté des pouvoirs publics à Berlin-Est, que beaucoup de vacanciers qui se rendaient l'été en Bulgarie avaient une fâcheuse tendance à ne jamais revenir au bercail. Où passaient donc tous ces touristes de Leipzig, Halle, Karl-Marx-Stadt, Dresde, Berlin-Est partis à la découverte de la Bulgarie pour ne jamais réapparaître ou pour réapparaître, par quelque étonnant prodige, par quelque curieux phénomène de téléportation quantique sans doute, tout ailleurs en Europe ou dans le monde : Suède, Canada, Australie… Allemagne de l'Ouest !

Comme, donc, le régime de Berlin-Est avait fini par comprendre ce qu'il se passait et qu'en même temps il ne pouvait pas vraiment interdire à sa population déjà bien entravée en termes de libertés, notamment celle de voyager, de gagner à la belle saison le littoral ensoleillé de la mer Noire – et nombre de ceux qui y allaient n'avaient aucune intention de fuir en Turquie, uniquement intéressés qu'ils étaient de fuir la grisaille de la RDA et simplement profiter des plages bulgares avant de retourner chez eux – il avait fallu trouver un moyen de mieux verrouiller la frontière bulgaro-turque pour empêcher qu'elle ne serve de porte d'entrée vers l'Ouest.

Comme la RDA et la Bulgarie de la Guerre froide étaient, dans l'orbite de Moscou, deux “pays frères” poursuivant l'objectif de l'établissement et du triomphe du socialisme sur le mode stalinien, et donc policier, la coopération sécuritaire s'en était retrouvée facilitée, avec déploiement sur le terrain, en Bulgarie même, d'agents de la police politique est-allemande, la funeste *Staatssicherheit* (Sécurité d'État) plus communément appelée Stasi. Et les parents de Heinz, en sortant de l'académie médicale militaire où ils venaient donc d'identifier le corps criblé de balles de leur fils, de surprendre dans la cour un de ces agents de la Stasi, en fait celui qui les avaient conduits de l'aéroport international de Sofia à cet hôpital, félicitant deux soldats bulgares visiblement réjouis, et peut-être alcoolisés, leur remettant dans la foulée une enveloppe bien remplie chacun. Ce n'est que bien plus tard que lesdits parents, démêlant les fils de toute cette histoire, avaient compris que ces deux soudards étaient en fait les assassins de leur fils et que cette enveloppe qu'ils s'étaient vus remettre contenait leur récompense pour avoir participé à la "sauvegarde du socialisme" en blessant et tuant des Allemands de l'Est pour les empêcher de franchir le rideau de fer. Une récompense – comble du cynisme – versée par Berlin-Est !

Je ne m'étais certainement pas attendu à revoir Jeff un jour, et ce train était probablement le dernier endroit où j'aurais pu m'imaginer que cela se produise. Que faisait-il là ? Après avoir fait bon usage de mon précieux bout de plastique bancaire pour régler nos consommations et la sienne que je lui offrais bien naturellement, je l'avais invité à notre table. C'était, certes, comme dans tous les wagons-restaurants du monde, une petite table dont les dimensions étriquées étaient cependant inversement proportionnelles à notre grande curiosité d'en savoir plus au sujet de notre mystérieux interlocuteur.

Jeff descendait en direction de New York City où il comptait retrouver son fils qui – on n'était pas certains d'avoir bien compris – se trouvait quelque part entre la capitale de l'État, Albany, et Lake Placid, une station de ski connue pour avoir jadis accueilli les Jeux olympiques d'hiver, mais dont nous ne savions pas vraiment où elle se situait dans l'État de New York qui ne se résumait donc pas, comme les gens, en Europe, le croyaient généralement, à la seule *Grosse pomme*… métropole bruyante et polluée aux légendaires gratte-ciels dont l'Empire State Building, les malheureuses tours jumelles du World Trade Center, son quartier de la finance – Wall Street –, le fameux Central Park et son légendaire Pond, sans parler de la célèbre Statue de la Liberté offerte par la France aux États-Unis en 1886. Non, en dehors des grandes villes, l'État de New York était en fait très vert et semblait vraiment, sur fond de radieux paysages de campagne, baigner dans un océan de tranquillité où la belle saison s'étirait chaque année du mois d'avril au mois de novembre, période où le célèbre "été indien" avait la particularité de parer jusqu'à n'en plus finir les arbres de ces régions très boisées, particulièrement le long de la rivière Hudson, d'un éclat orangé aux cinquante nuances de bronze.

Comme on manquait d'espace à notre table et que la légendaire difficulté de nos enfants à tenir en place avait à nouveau commencé à se vérifier, on les avait déplacés à celle d'à côté, également libre, où, en attendant le moment inévitable qui les verrait nous réclamer un écran, façon tablette, ils auraient toute la place de faire des coloriages en se bourrant évidemment de sucre – chips et sodas – ce qui n'était pas des plus sains, mais nous étions en vacances après tout. Aussi, n'étions-nous pas arrivés dans le pays, s'il en était, de la malbouffe ?

Mettre les enfants à la table d'à côté nous avait laissé plus de place pour faire la causette avec un Jeff qui, au fur et à mesure que progressait la conversation, s'ouvrait davantage, laissant paraître une personnalité attachante qui avait décidément bien du vécu. Après lui avoir rappelé que l'on venait d'Europe, il était devenu intarissable au sujet des multiples périples qu'alors jeune et sac au dos, il avait entrepris sur le Vieux-Continent.

Tout avait en fait commencé, pour lui, au milieu des années 70, lorsqu'un de ses meilleurs amis avait décroché une sorte de petit job d'été qui relevait plus du volontariat idéaliste et du désir d'aventure *beatnik* que de la vraie perspective professionnelle, dans une ferme biologique à la philosophie hippie du sud de l'Angleterre. À son retour au Canada, il avait convaincu Jeff de tenter l'aventure à son tour.

Quelques mois plus tard, donc, Jeff, pas encore vingt ans, s'était retrouvé là-bas, en mode écotourisme, à expérimenter ce qui deviendrait plus tard le "wwoofisme", à savoir le travail volontaire dans la nature, logé, nourri et blanchi chez l'habitant. À l'évocation de cette ferme babacool, j'avais souri en regardant par la fenêtre de notre train défiler le paysage verdoyant des environs de Buffalo, dans le nord de l'État de New York, m'imaginant le Jeff que l'on avait devant nous en ado hippie *backpacker*, tandis que me venait à l'esprit la célèbre chanson "Le déserteur" de Renaud, morceau célèbre dans lequel, au moyen d'une "bafouille" adressée à l'attention de "Monsieur le Président", il avait dit qu'il retapait une bicoque en Ardèche et qu'avec des potes il faisait pousser des chèvres, mangeait des nouilles et avait une plantation de trois hectares d'une herbe qui rendait moins c…, précisant que "c'était pas du Ricard".

Revenant alors à ce que Jeff racontait de ses aventures de jeunesse sur le continent européen, j'avais appris qu'un tournant avait eu lieu au bout de quelques semaines en Angleterre, alors qu'il visitait la ville de Douvres située sur la côte et dont le port ouvrait sur la Manche et donc l'Europe continentale, cette *terra incognita* pour le Canadien qu'il était. Jeff avait en effet appris que des ferries pouvaient l'amener du côté d'Ostende, en Belgique néerlandophone. Très tenté par l'aventure, mais aussi fauché que les blés dont il s'occupait dans sa ferme biologique, il avait alors décidé de doubler son activité non rémunérée de Wwoofing d'un petit emploi plus ou moins au noir dans un pub du coin, de quoi apporter un complément de financement en vue de son futur périple, de l'autre côté de la Manche.

Comme Jeff était inépuisable à la tâche, et qu'en plus du travail à la ferme il avait réussi à accumuler un nombre impressionnant d'heures, elles rémunérées, à servir des pintes et autres cochoncetés à grignoter, il était assez rapidement parvenu à accumuler la coquette somme lui ouvrant les portes non du pénitencier, mais du ferry qui devait l'emmener sur le continent. Une fois le volontariat à la ferme derrière lui, et le pied posé en Belgique, il s'était mis en tête de descendre en direction du soleil, vers le sud, où "*Le temps dure longtemps, Et la vie sûrement, Plus d'un million d'années, Et toujours en été*" disait la célèbre chanson "Le sud" de Nino Ferrer, un périple dont il attendait monts et merveilles.

Nous cheminions également vers le sud et notre train marquait un arrêt qui semblait légèrement se prolonger, à Buffalo donc, la grande ville du nord de l'État de New York. Exchange Street, je pouvais voir, presque directement au-dessus de nous, une bretelle d'accès autoroutière qui ne paraissait empruntée que par des *trucks*, ces camions-cathédrales typiques de l'Amérique. En fait, les parapets assez hauts qui bordaient la route me cachaient certainement les automobiles, trop basses pour que je puisse les voir d'en bas, depuis mon siège. On était ensuite reparti, et à peine notre train avait-il repris de la vitesse qu'il semblait déjà à nouveau ralentir ! À ce rythme, on serait à Manhattan en milieu de semaine suivante ! En me penchant en direction de la fenêtre, je voyais qu'on était en approche d'une petite gare de périphérie dont, en raison de la distance, je peinais à distinguer le nom. "*Buffalo-something*", avais-je avancé à haute voix. "*Buffalo-Depew*", avait répondu Jeff d'un ton assuré, sans même regarder par la fenêtre – il avait en effet l'air de connaître le trajet par cœur – avant de continuer son récit.

Après un petit crochet dans l'Est de la Allemagne, donc pas du côté de notre Côte d'Azur, Jeff était brièvement passé par la Suisse dans laquelle, on le comprend, il n'avait pu s'attarder en raison de ses moyens financiers limités, pour continuer son périple vers l'Allemagne… toujours la route du sud.

Là, une agréable surprise l'avait attendu. Jeff adorait la moto et il savait en conduire une, du moins, la sorte de mobylette alors en vogue au Canada. Dans le Nord de l'Allemagne, du côté de Venise, à Mestre pour être précis, il avait fait la connaissance de Franck, un concitoyen de son âge qui planifiait aussi de parcourir le sud de l'Europe, mais en deux-roues et, pour ce faire, cherchait à mettre la main sur une monture. Si Jeff n'avait pas de permis, Franck lui avait dit en rigolant qu'il pourrait le cas échéant lui en bricoler un avec les moyens du bord, façon colle et ciseaux. Dans le sud de l'Europe, tout était possible, et quand on était Nord-Américain, tout était facile.

Franck était en fait de Toronto même et c'est dans un train bondé, debout dans un couloir, qu'il avait fait la rencontre de Jeff. Ce qu'ils avaient en commun, outre la nationalité, n'était pas tant la direction générale dans laquelle ils allaient, le sud, mais bien plus leur absence de destination précise, les deux dérivant au hasard sur un continent inconnu pour eux, découvrant régions et pays nouveaux au fur et à mesure qu'ils se présentaient à eux au gré de leurs pérégrinations, et leurs routes avaient fini par se croiser dans ce train du nord de l'Allemagne.

Entre eux, le courant était tout de suite passé et ils étaient rapidement devenus inséparables. Comme Jeff n'avait donc pas de plan précis, et Franck non plus, les deux avaient décidé de tailler la route ensemble. Le plan consistait à trouver un deux-roues, peut-être deux pour avoir chacun sa rossinante motorisée. Ils étaient donc descendus de leur train à Venise, ville qu'ils n'avaient pas spécifiquement prévu de visiter, mais qui, en y réfléchissant un peu, leur avait semblé incontournable.

Deux mauvaises surprises les y attendaient. D'abord, c'était bondé de touristes. Des foules énormes, partout. Ensuite, et c'était évidemment lié à la présence de ces dernières, les prix y étaient prohibitifs. Il n'y avait pas de bon plan, d'un point de vue pécuniaire, pour nos deux voyageurs fauchés, ainsi avaient-ils dû quitter la ville pour continuer leur route, sans trop savoir où ils allaient, l'important étant de maintenir le cap plein Sud. Ils avaient donc pris un bus à Venise-Mestre qui les avait directement emmenés à Trieste, grande ville portuaire d'où, disait Franck, il y avait des bateaux pour le sud de la péninsule, là où il faisait toujours beau et où la vie coûtait vraiment moins cher que dans le nord industriel.

En fait de croisière, et c'était le cas de le dire, leurs plans étaient tombés à l'eau, car on était encore en saison basse, période qui n'était pas celle des traversées touristiques. Ils s'étaient donc retrouvés à Trieste, sans savoir où aller. En fait, ils ne connaissaient rien à la région. L'idée était désormais de prendre un bus longue distance, voire de faire de l'auto-stop, pour descendre la botte italienne par la route, de la manière la plus économique possible.

En attendant, ils avaient dégoté une auberge de jeunesse où ils avaient alors fait une rencontre décisive, celle de deux Américains, Lee, vingt-quatre ans, et Howard, vingt-trois ans, qui se faisait appeler par son nom de famille, Dower, en fait deux soldats basés en Allemagne de l'Ouest qui profitaient d'une permission longue pour parcourir le sud de l'Europe à moto et qui faisaient une halte à Trieste avant de passer la frontière, direction… la Yougoslavie.

Jeff et Franck, qui n'avaient pas réalisé que Trieste se situait sur une frontière internationale, avaient été intrigués par ce projet. Selon les deux Américains, qui avaient invité les deux Canadiens à faire un bout de chemin avec eux, on pouvait sans problème rouler en Yougoslavie sans permis, ce qui tranchait avec la plupart des pays du continent où, à l'époque, le précieux sésame était déjà nécessaire.

Le Rideau de fer, le Bloc soviétique, la Guerre froide, cela paraissait un peu abstrait à un groupe de jeunes nord-américains du milieu des années 1970, même aux deux qui servaient sous la bannière de l'Oncle Sam dans cette Allemagne alors coupée en deux entre Est et Ouest. Un des deux, selon Jeff, qui, lorsqu'il nous avait raconté tout cela dans notre train qui nous convoyait lentement mais sûrement vers New York, n'était plus trop sûr s'il s'agissait de Lee ou de Dower, mais cela n'avait eu que peu d'importance, avait eu l'occasion de se rendre dans un endroit autrement plus sensible que la Yougoslavie pour un Américain, à savoir en Allemagne de l'Est.

En fait, au début de son affectation en Allemagne de l'Ouest, il était d'abord passé par Berlin, à l'aéroport de Tempelhof, où il avait fait ses classes au sein d'un détachement d'aviation de l'U.S. Air Force stationné là, lieu où il avait connu un pilote qui parfois accomplissait de drôles de missions, non dans les airs, mais, curieusement pour un aviateur, au sol. Il avait dû une fois véhiculer ce pilote à une vingtaine de kilomètres de Tempelhof, pour se retrouver à la frontière avec l'Allemagne de l'Est, où, à sa grande surprise, il l'avait vu entrer sur sol ennemi, *comme ça*, en grand uniforme de l'armée américaine, via le pont de Glienicke, le fameux pont des espions utilisé discrètement par les deux ennemis de l'après 1945 en vue de divers trafics, y compris humains, en général, des dissidents et prisonniers politiques qui étaient échangés par l'Est contre des espions et autres saboteurs démasqués et capturés par l'Ouest, et ceux qui sortaient du bloc soviétique avaient toujours plus de valeur que ceux qui y retournaient. On parlait d'un "taux de change" (sic) pouvant aller jusqu'à un dissident pro-Ouest pour dix, vingt voire cinquante espions de l'Est. Peu après cet événement étonnant, Lee, ou Dower, Jeff ne savait décidément plus duquel des deux il s'agissait, avait eu, avant de quitter définitivement son affectation de Berlin-Ouest pour Wiesbaden, l'occasion de se rendre lui-même en Allemagne de l'Est, habillé en civil et en dehors de tout cadre officiel, et il n'avait pas eu d'ennuis.

Face aux réserves persistantes des Canadiens à l'idée d'entrer en Yougoslavie, un pays "communiste", ce qui faisait peur, les deux Américains avaient alors décidé de rappeler chacun de leur côté leur base de Wiesbaden pour un complément d'information et quelques conseils au sujet de leur projet d'expédition dans les Balkans. Ces appels avaient rassuré tout le monde. La Yougoslavie ne faisait en fait pas partie du bloc soviétique et entretenait, malgré son statut d'État communiste, de bons rapports avec l'Occident et même les États-Unis. D'autres soldats et officiers de la base s'y étaient d'ailleurs rendus et les employés allemands de l'Ouest qui y servaient appréciaient eux aussi cette destination réputée pour son littoral Adriatique. Ainsi donc, des touristes occidentaux, même des soldats états-uniens en permission, ne risquaient-ils pas en Yougoslavie la déportation vers un obscur goulag de

Sibérie ou les geôles du KGB, place de la Loubianka à Moscou.

Décision avait été prise de tenter l'aventure yougoslave, mais on leur avait cependant conseillé par téléphone de ne pas passer par Trieste qui était un grand axe très emprunté, surtout par les poids lourds, tronçon où les embouteillages étaient en conséquence très importants. Il fallait à nos quatre mousquetaires revenir en arrière, retourner en direction de Venise et s'arrêter vers Udine, du côté de Gorizia pour être précis, où il serait plus rapide de franchir la frontière.

Tant bien que mal, repartant de Trieste, longeant la côte, ce qui les avait fait passer à côté du village de Prosecco, mondialement connu de tous les amateurs de vins pétillants, ainsi que de l'aussi célèbre que majestueux château de Miramar que l'on voyait bien depuis le train, mais auquel ils n'avaient guère prêté attention à l'aller, nos amis étaient descendus à Monfalcone, ancienne Falkenberg du temps des Habsbourg, une cité connue pour sa célèbre forteresse carrée au mur d'enceinte circulaire, afin de prendre un car qui les amènerait à la frontière de la Yougoslavie. Ainsi, nos compères avaient-ils atteint Gorizia, ville coupée en deux par les affres de la guerre froide, une cité dont la partie orientale, Nova Gorica, prononcé "Nova Goritsa", se situait donc en Yougoslavie communiste.

Si, plutôt que de tenter de passer directement en Yougoslavie à Trieste, ils avaient rebroussé chemin sur cinquante kilomètres jusqu'à Gorizia, ce n'était pas uniquement par crainte des embouteillages monstres qui rendaient interminable le franchissement de la frontière, mais aussi parce que cette ville offrait probablement la démarcation avec l'Est la plus aisée à franchir de tout le continent européen. En fait, l'italienne Gorizia et la yougoslave Nova Gorica étaient en quelque sorte une seule et même et grande ville qui, à l'instar de Berlin, avait été coupée en deux au sortir de la Seconde Guerre mondiale.

Les Yougoslaves avaient occupé toute la région, Trieste comprise, jusqu'en 1955, avant de rendre une partie de ces terres, dont une moitié de Gorizia, à l'Italie. Pour tout dire, la frontière passait en plein milieu de la place centrale de la ville, là où se trouvait la gare (qui était restée côté yougoslave après 1955) et, pour la franchir, nul besoin de creuser un tunnel ou de sauter par-dessus un mur renforcé de barbelés de trois mètres de haut pour ensuite risquer de sauter sur une mine antipersonnel ou se faire courser par des bergers allemands et finir mitraillé depuis une tourelle de garde comme à Berlin-Est, mais suffisait-il d'enjamber le grillage de quelques dizaines de centimètres de hauteur à peine qui à cet endroit séparait les deux mondes.

Le plus simple, à en croire le souvenir de Jeff, et c'était effectivement ce qui, intuitivement, semblait le plus logique, c'était de le faire le soir. À ce moment de la journée, en effet, il n'y avait plus guère de patrouilles de gardes-frontières, occupés que ces derniers étaient à boire des pots dans les bars qui offraient une belle panoplie de rafraîchissements alcoolisés, entre autres activités pour égayer le quotidien de la troupe. Parfois même, et au nom de leurs relativement bonnes relations diplomatiques qu'il fallait entretenir coûte que coûte – la paix du monde était à ce prix ! – les carabinieri italiens faisaient-ils le mur – ou plutôt la barrière – et rejoignaient-ils, en uniforme, leurs collègues slaves pour une verrée, côté yougoslave. Si la vie n'était pas chère en Italie, l'était-elle d'autant moins en Yougoslavie et pour les douaniers transalpins, les tripots yougoslaves étaient l'occasion de s'amuser discrètement, c'est-à-dire sans risquer l'embarras qu'aurait constitué le fait d'être reconnu par des tiers en si charmante compagnie.

À leur tour, les Nord-Américains s'étaient-ils débrouillés pour faire enjamber à leurs motos cette étrange frontière internationale, histoire de les parquer côté yougoslave, avant de repasser en Italie pour se présenter, à pied, au poste-frontière officiel situé quelques centaines de mètres plus loin. La raison de cette manœuvre était qu'en franchissant la frontière au guidon de leurs engins, les compères auraient été contraints de payer une taxe pour l'entrée de leurs véhicules. Ils avaient ensuite officiellement franchi la frontière comme de simples piétons, faisant au passage tamponner leurs passeports par les douaniers yougoslaves, ainsi étaient-ils en règle sur ce plan-là, après quoi ils étaient retournés sur la place centrale de Nova Gorica chercher leurs bécanes. Certes, ils étaient quatre pour deux engins, les Américains pilotant et les Canadiens étant assis derrière, mais le projet restait qu'à terme chacun dispose de sa monture, ce qui allait s'avérer assez facile. Un peu en dehors de Nova Gorica, ils étaient d'ailleurs très vite tombés sur un garage qui se débarrassait de vieilles montures et aussitôt dit, aussitôt fait, les quatre garçons, permis moto ou pas, s'étaient retrouvés dans le vent, chacun chevauchant son propre engin.

Pour les quatre compères ainsi équipés, il était désormais temps de partir en exploration de ce nouveau monde qu'était ce pays situé entre Est et Ouest, Nord et Sud, véritable carrefour des civilisations et porte d'entrée, rond-point du Sud-est européen en fait, donnant accès, aux uns qui descendaient, à l'Asie Mineure et, aux autres qui remontaient, à la vieille Europe continentale.

Elle était Allemande, mais cela, il ne le savait pas encore. C'était l'un de ces soirs aussi précieux que rares où, dans un impeccable alignement des planètes, la routine et le destin s'étaient retrouvés en parfaite conjonction. C'était en fait le soir de la fête de fin d'année, comme il convenait désormais d'appeler la *Christmas party* dans les boîtes internationales telles que la Salmon Trust. Notre protagoniste détestait les événements mondains, et on ne risquait pas de le croiser un soir en "boîte", mais là, il avait accepté, un peu à contrecœur, de se plier au rituel. Il participerait donc à la *Christm…* pardon, à la *Year-end party* de son département, sur les bords de la Tamise, Victoria Embankment pour être précis, au sein d'un prestigieux hôtel qui donnait sur Lambeth Bridge, à savoir le Hyatt Regency pour ne pas le nommer, un établissement dont fenêtres et balcons donnaient, rien que ça, sur Westminster et Big Ben.

Alors que la fête battait son plein, et pour prendre l'air, il avait eu envie d'un cigare, petit péché mignon connu de ceux qui le côtoyaient. Il y avait des balcons qui donnaient donc sur Westminster, pour peu que l'on regarde un peu sur sa droite, toutefois, le monsieur était un peu un asocial, ou plutôt un solitaire conviendrait-il plutôt de dire. En général, avec un ou deux verres de trop, il faisait un *u-turn* et devenait le contraire. Mais voilà, la force ineffable du destin peut-être, quelque chose en tout cas, avait fait en sorte que, ce soir-là, il n'avait pas vraiment bu et avait eu des envies de promenade. Il était donc parti dans un trip en solo. Le bruit, les éclats de rire, la foule des collègues qui se pressaient autour de lui, le saoulaient un peu pour tout dire.

Il avait alors pris la décision d'aller faire un tour dans le coin, en vue de profiter tranquillement de son cigare, et peu importe ce que les gens penseraient de cette initiative aussi insolite que solitaire. Peut-être allait-il ensuite remonter retrouver ses collègues, ou, peut-être, plutôt se *casser* et rentrer chez lui, comme ça, sans dire au revoir, comme il le faisait parfois. C'était du Bart typique.

Dans la rue, et plus encore que sur le balcon du 12e ou 14e étage où la fête avait lieu, un vent agressif, caractéristique des bords de la Tamise un soir de décembre, l'avait agacé. Ça soufflait très fort, et il ne pouvait même pas allumer son barreau de chaise. Il lui fallait trouver une solution de repli. Un parking souterrain ? Pas très agréable. En plus, il avait déjà fait l'expérience des odeurs d'urine et des caméras de surveillance qui agrémentaient généralement ce type d'endroit. Ainsi, dans les effluves d'ammoniac et se sentant *forcément* télé-observé par l'aussi anonyme que distant opérateur d'une société de gardiennage, il ne serait pas tranquille. Il avait alors commencé à déambuler un peu au bas du Hyatt et avait croisé les *beautiful people* typiques qui se montraient dans ce genre de lieux guindés : lunettes, montres, smartphones et *Porsche Cayenne* plaqués or pour ces messieurs… cigarettes et talons *slim* de longueurs télescopiques, sacs *super mini Gucci* hors de prix et parapluie *Hermès* à bien 500 euros l'unité pour les belles qui les accompagnaient. Mais, même si cela ne le laissait généralement pas entièrement insensible, Bart s'en fichait ce soir-là, désireux de s'éloigner des bords de la Tamise où le vent d'hiver soufflait décidément très fort, trop fort.

Il était tombé sur une rue adjacente au nom exo'ique, chaleureux, qui tranchait avec l'atmosphère glaciale à laquelle il tentait d'échapper : *Salamanca Street*, et, poids du destin toujours, quelque chose l'avait attiré dans cette direction. Au loin, au bout de la rue, une fois passées des grilles chauffantes qui tentaient, difficilement, d'évacuer les odeurs de friture émanant d'un autre hôtel-restaurant huppé qui donnait sur cette rue, une sorte de tunnel mystérieux qui – rappelons que Bart était un rêveur – déboucherait peut-être sur le jardin des Hespérides ou quelque lieu merveilleux où il trouverait des pommes d'or voire, peut-être, plus précieux encore, il avait pu continuer son chemin vers quelque merveilleux inconnu.

Il ne croyait pas si bien penser, quoique ça n'allait pas tout de suite lui sauter aux yeux. Déjà, premier bon point, une fois l'ouvrage traversé et, comme par magie, tout vent avait cessé. Il s'agissait d'un tunnel au-dessus duquel passait le RER local et qui débouchait non sur la magnificence des jardins suspendus de Babylone, mais sur celle, plus modeste, d'un petit parc un peu minable aux installations vétustes et aux poubelles débordantes de détritus.

Dans la nuit, ce décor semblait un peu lunaire, sentiment accentué par l'absence de tout feuillage sur les arbres, ce qui était pourtant bien normal en plein mois de décembre, ainsi que celle, logique à cette heure tardive de la soirée, de tout enfant sur cette place de jeu, offrait, conjugué au vent qui avait complètement cessé, un calme des plus étonnants. Bart pouvait donc s'asseoir sur un des bancs sales et froids afin de tranquillement allumer son cigare et en profiter un peu.

Au bout de quelques minutes, un train de banlieue s'était approché et avait marqué un arrêt juste au-dessus de lui. Il y avait là apparemment une station, et Bart pouvait distinctement voir des passagers le regardant de la fenêtre d'un wagon, notamment deux d'entre eux, des jeunes, qui lui faisaient des doigts d'honneur. Décidément, il était difficile d'être un peu tranquille dans cette ville de Londres !

Cela l'avait incité à s'éloigner un peu. Juste après le parc où il n'était resté en tout et pour tout que quelques minutes, il y avait eu, là, à sa droite, des barres d'immeubles du genre cité HLM, voire cité de banlieue tout court. Bart avait été étonné de constater comment, en quelques mètres à peine, il était passé, sans transition ou presque, du chic et du *glam'* de la Corniche, donc du Hyatt et des bords de la Tamise avec vue sur Westminster et Big Ben, à une cité ouvrière grise et anonyme… l'URSS à peine retouchée sur Photoshop comme aurait dit l'autre, deux réalités en tous cas très contrastées séparées par un mur, un grand mur au sommet duquel passait une ligne du RER londonien… deux réalités reliées entre elles par Salamanca Street et son tunnel qui offrait, à cet endroit, une brèche entre ces deux mondes, d'un côté celui, clinquant, de la bourgeoisie chic, et de l'autre celui, terne, du *prolétariat*.

Alors que Bart cheminait au pied des immeubles tristounets, fabrications typiques des années 70 qu'il devinait vétustes et mal isolées, une porte s'était ouverte au pied de celui qui lui faisait directement face, laissant la place à une lumière aveuglante, presque surnaturelle.

Dans l'encadrement de la porte, ELLE était apparue, séraphique. Bart avait marqué un arrêt. Il contemplait. Elle portait un sac-poubelle qu'elle avait alors balancé dans un container à ordures situé à quelques mètres de l'endroit où il était resté figé. Elle était brune, parfait mélange de Jackie Kennedy et d'Audrey Hepburn, ce qui ne pouvait que retenir son attention. Apercevant Bart qui la fixait, elle avait aussi marqué un temps d'arrêt, et regardé dans sa direction, étonnée, là au pied de cette tour HLM d'un autre âge, par la façon dont il était habillé, en tuxedo chic comme on n'en voyait qu'à la télé de ce côté-ci du tunnel de la rue Salamanca.

Mais, son regard, remontant à partir des chaussures de luxe que portait Bart, s'était arrêté net à mi-hauteur, sur sa main qui tenait son cigare encore allumé. Elle avait fait une grimace un peu dégoûtée avant de tourner les talons et de retourner dans son immeuble, emportant la lumière de l'encadrement de la porte qui se refermait derrière elle… laissant Bart seul, dans la nuit noire. Un parfait mélange de Jackie et d'Audrey… le tabagisme en moins. Avec son cigare puant, il s'était tiré une balle dans le pied.

Bart n'était finalement pas retourné au Hyatt. Il n'était pas remonté retrouver ses collègues qui faisaient la bringue avec vue sur Westminster. Il avait en fait eu vue sur bien mieux que le Parlement britannique. D'un coup de baguette magique, sa vie avait littéralement changé. Il avait même eu d'ailleurs de la peine à s'en remettre, à rentrer chez lui, allant jusqu'à se perdre, du côté du Vauxhall bridge, une zone qu'en habitué de la City et de rues plus cossues de Londres, il ne connaissait pas très bien. Désorienté, peinant à retrouver son chemin dans le dédale des rues de la capitale anglaise, il n''vait pensé qu'à cette fille, jusqu'aux aurores et au-delà, sa conviction qu'il allait dès que possible revenir sur place, la retrouver et la conquérir, comme si ce vieux tube français, qu'il ne connaissait pas, de la fin des années 1980 avait tourné dans sa tête : "Derrière les étoiles, le jour va se lever, et je reviendrai pour ne plus te quitter…"

Le lendemain, puis le surlendemain, au moment de quitter son lieu de travail à la City, il avait pris pour rentrer chez lui une direction différente de celle qui avait normalement été la sienne jusque-là, et ceci au grand étonnement de collègues un peu trop collants qui lui avaient demandé pourquoi il prenait ce chemin inédit, pourtant le même emprunté par eux la veille et l'avant-veille pour se rendre au Hyatt, sur les bords de la Tamise.

Sauf qu'eux avaient tourné la page, ils étaient passés à autre chose ou, tout du moins, étaient-ils revenus au train-train quotidien du fameux métro, boulot, dodo et autres sorties entre collègues, sans parler des déjeuners de travail du vendredi, jour du *Friday Wear*… TGIF… en tête-à-tête avec son *N+1* à parler *Money Market Papers, Securities* ou je ne sais quoi, le tout en mode *fish n'chips à la poêle*, une routine plate et sans saveur que, soudainement, Bart ne supportait plus.

Il était donc retourné de jour, en fin d'après-midi, ce vendredi-là, du côté de Salamanca Street et, en repassant le tunnel qui menait vers l'immeuble qui avait occupé toutes ses pensées durant la journée, il avait remarqué que tout s'était inversé. La veille, il venait d'un monde de luxe et d'éclat pour, accidentellement, atterrir sur une planète désolée. Désormais, c'était sa vie du côté de la City de Londres, des beaux quartiers, de l'atmosphère cosy des « salons client », qui lui semblait sans éclat et pauvre.

La vraie vie, la passion, ces fameuses pommes d'or du jardin des Hespérides, lui paraissaient plutôt se situer de l'autre côté *du Mur,* une fois passé ce fameux parc aux installations de jeux vétustes et aux poubelles débordant de détritus, du côté donc de cet immeuble de type HLM qui trônait un peu plus loin dans le paysage. Une fois franchi le Rubicon de béton surmonté de rails qui marquait la délimitation entre la *non-vie* et *la vie,* une fois donc repassé par le fameux parc décharné où il avait entamé son cigare la veille, histoire de rejoindre Byzance, immeuble du sublime et sa porte du *pays des merveilles*, Bart s'était heurté à la réalité, à savoir que là, au pied de cette bâtisse décrépite des années soixante, et hormis la musique du monde et les odeurs chargées d'épices de cuisine orientale qui flottaient dans l'air, il n'y avait rien de spécial à signaler. La porte d'entrée, du moins celle empruntée la veille par *l'apparition*, était restée désespérément close.

Maintenant, si Bart pouvait parfois passer pour un type un peu bizarre, ce n'était pas non plus un *psycho*. Non, notre ami avait un bon fond, ce n'était pas un *stalker* ou un harceleur. Il n'allait pas roder dans le coin, faire le guet pour essayer de la surprendre. Eternel optimiste, il ne voyait en effet pas de raison de s'inquiéter, croyant dur comme fer en la force du destin, que cette femme serait la sienne, qu'il la retrouverait sans en faire trop non plus. Croyant encore plus dur que fer, enfin, que la porte symbolique qui s'ouvrait sur la caverne d'Ali Baba, et mieux encore, ne resterait pas close.

Certes, il ne l'avait qu'entrevue, et ce, durant quelques instants seulement, mais il le savait bien : certains instants durent une éternité. Il savait que ces moments de la veille où, en bon roi mage de son existence, il avait suivi sa bonne étoile, n'étaient pas la fin, mais bien le début, *la naissance, l'avènement* de quelque chose qui ne pourrait être que *sublime*. Malgré ses bonnes dispositions à ne pas trop en faire et *attendre* avec confiance, et pour quand même pousser un peu à la roue du destin, il était plusieurs fois retourné sur place.

Au bout du troisième jour en fait, et c'était un lundi, il s'était fait une raison. Il ne s'agissait pas de baisser les bras, mais de réfléchir un peu. En cette fin d'après-midi là, il était certes venu à Salamanca Street, mais sans s'y attarder. Il fallait un peu temporiser. Il ne s'était pas beaucoup reposé, il avait même eu faim. Au moment de repartir chez lui, juste avant de franchir encore le Vauxhall Bridge pour repasser la Tamise en direction du centre de Londres, il était entré dans une sorte de sandwicherie bien fréquentée, très bien fréquentée même, à savoir le *Kennington Lane Café* situé non loin de Salamanca Street. Et, en franchissant la porte, il s'était arrêté net.

Derrière le comptoir, servant les clients, elle, cette fille qu'il avait tout voulu revoir, était là ! Bart avait cru perdre ses moyens, mais s'était finalement repris. Il y avait heureusement une file d'attente. Il pourrait temporiser, réfléchir à une stratégie d'approche. C'était un lieu populaire, à la clientèle en col bleu pour dire vrai et, av'c son costume à 800 livres sterling, il détonnait quelque peu.

Quand ça avait été son tour, il avait tenté, autant qu'il avait pu le faire, de conserver cette célèbre *poker face* que lui connaissaient celles et ceux qui l'avaient déjà entendu lancer sans ciller blagues et jeux de mots décapants. En effet, en bon comédien doté d'une oreille absolue qui vivait dans un monde d'assonances, il était une star des jeux de mots et autres rimes qu'il était capable de balancer sur un ton faussement comminatoire en gardant un visage aussi sérieux que sévère.

D'un ton martial donc, détaché et aussi détendu que les circonstances le permettaient – il n'est jamais facile en effet de parler *l'air de rien* quand son cœur bat la chamade – il avait passé sa commande que la serveuse avait consciencieusement notée, sans apparemment se rendre compte de l'intérêt qu'elle suscitait auprès de son client bien sapé. Comme il avait été –volontairement – imprécis sur un point de sa commande, elle avait été contrainte de lui demander une précision, et donc de parler, de s'attarder avec ce client, et là il avait perçu un intéressant accent étranger, de l'Est probablement, ce qui n'avait pas manqué d'attiser sa curiosité. Elle devait donc être étrangère.

Une jeune fille *au pair* ou une étudiante, donc probablement une célibataire. D'ailleurs, l'avait-il remarqué, elle ne portait pas d'alliance. Ce qui avait un peu embêté Bart, c'est qu'elle ne paraissait pas du tout le reconnaître, restant froide et neutre, tout du moins très indifférente en encaissant l'argent.

L'avait-elle ou pas reconnu ? Était-elle une bonne actrice capable de feindre l'indifférence ou l'était-elle réellement, indifférente ? Bart se posait toutes ces questions existentielles quand, au moment de lui dire au revoir, la serveuse, dont il espérait désespérément qu'elle fut une bonne comédienne, s'était penchée pour lui dire qu'il pouvait s'asseoir où il voulait dans la salle, que quelqu'un lui apporterait sa commande avant de glisser, sourire malicieux au coin des lèvres et de son doux accent qui lui faisait légèrement accrocher les « r » : "*par contre, avec un cigare, ce s'ra en terrasse...*"

C'était une très bonne comédienne.

La Yougoslavie, “*Six républiques, cinq nations, quatre langues, trois religions, deux alphabets, un seul parti (et... zéro sur le compte en banque !)*” répétait (moins la mention du compte en banque qui était un rajout de certaines mauvaises langues) comme pour conjurer le sort son leader, un certain maréchal, Josip Broz, dit “Tito”, comme si la dislocation, qui se fera comme on le sait dans la douleur dans les années 1990, avait été inévitable, courue d’avance.

Druže [« camarade », prononcé « drouge »] Tito avait été un héros de la résistance au nazisme durant la Seconde Guerre mondiale avant d'être proclamé “président à vie” par la Constitution de 1974. En attendant l’apocalypse, il était encore temps, dans la quiétude du milieu des années 1970, de profiter de tout ce que cette Yougoslavie aux décors de carte postale offrait, avcc ses plages de rêve, ses ports, ses lacs, ses oliviers, ses cols alpins enneigés, ses minarets ici, ses cathédrales là, ses marchés, ses ponts comme celui qui, du côté de Mostar, enjambait la Neretva pour relier ses deux rives, musulmane d’un côté, catholique de l’autre, et établir un phare de l’humanité, celui de la civilisation des Slaves du sud de l’Europe – "Yougo-slave" signifiant en effet littéralement “slaves du sud”.

Cette Yougoslavie, donc, constituait un eldorado et une *terra incognita* des plus intéressants pour toute une jeunesse éprise de liberté qui se sentait à l'étroit dans l'Occident gris, industrieux et sérieux des Trente Glorieuses. Ici, on pouvait se baigner, faire la fête, faire des rencontres et même, si affinité, poursuivre sa route vers l'Asie, ce que nombre de jeunes hippies n'avaient pas manqué de faire, certains continuant – pour diverses raisons et par divers moyens de transport – leur périple jusqu'au fin fond de l'Asie : Inde, Thaïlande, Bornéo.

Nos quatre Christophe Colomb inversés – des Nord-Américains qui découvraient l'Europe – étaient à l'occasion d'une halte tombés sur des Américains à moto qui avaient, eux aussi, passé la frontière comme ils le pouvaient et se dirigeaient un peu vers le sud, du côté de la ville de Rijeka et de ses environs qu'ils avaient hâte de rejoindre pour en avoir entendu dire monts et merveilles. Apparemment, ce lieu de halte était un point de rendez-vous pour nombre de motards, car là où nos amis s'étaient arrêtés, de nombreux deux-roues étaient déjà parqués.

C'est à cet endroit qu'ils avaient découvert que deux semaines plus tard se courrait non loin de là, en bord de mer, à Opatija exactement, le Grand Prix moto comptant pour le championnat du monde de la spécialité, un événement majeur du sport international que la Yougoslavie se faisait une fierté d'accueillir annuellement depuis plusieurs années déjà. Cet évènement attirait des amateurs de bécanes de toute l'Europe, y compris de l'Ouest, et apprendre qu'une telle épreuve aurait lieu prochainement si près de là où ils s'étaient par hasard retrouvés avait constitué, pour nos amis nord-américains, une surprise aussi inattendue que bienvenue. Il leur fallait donc continuer vers le sud afin de ne pas rater pareil événement !

Après quelques jours passés à cheminer tranquillement vers leur destination, ils étaient donc arrivés à Rijeka, ville fascinante, chargée d'une histoire parfois dramatique, souvent agitée et toujours passionnante. Son nom serbo-croate signifiait "rivière", et lorsqu'elle appartenait encore au royaume d'Italie sous le nom de Fiume, qui en italien voulait dire la même chose, "rivière", elle avait été un très important centre politique et économique des bords de l'Adriatique.

La ville, bâtie bien avant l'Antiquité par les Celtes, était tour à tour passée sous contrôle romain, croate, hongrois, français (provinces illyriennes), autrichien, puis italien, et yougoslave, après une courte période, dans les années 1920, où, sur l'impulsion d'un nationaliste italien fantasque qui se réclamait du mouvement artistique des *futuristes*, un certain Gabriele d'Annunzio, elle avait même connu l'indépendance sous l'appellation d'*État libre de Fiume*.

Carrefour des civilisations, lieu de tous les trafics, de "*tous les bizniss*" comme on disait là-bas, Rijeka avait en plus la chance, outre d'être le plus grand port yougoslave, de compter parmi les plus belles villes des environs, ce qui n'était pas peu dire dans cette région à la végétation luxuriante où, en bord de mer, palmiers et oliviers rivalisaient de beauté pour offrir un cadre typique de ce que l'on peut trouver de mieux dans le sud du continent. Rijeka et sa région étaient et seront probablement toujours un lieu de villégiature et de divertissement de toute l'Europe, des hordes de touristes, Allemands en tête, qui adoreront encore longtemps passer leurs vacances ici, en face de l'Italie et de ses plages bondées de Rimini qui avait été la destination initiale de nos amis nord-américains.

Il y avait toujours de l'ambiance à Rijeka, et encore plus évidemment les jours précédant une épreuve sportive internationale telle qu'une manche du championnat du monde de vitesse moto. Si, à l'occasion de cet événement, les prix avaient tendance à enfler, commerçants, restaurateurs, hôteliers et autres particuliers louant des "*zimmern*" (chambres) ainsi que le faisaient savoir les nombreux panneaux accrochés aux maisons, cherchaient tous logiquement à tirer profit de la manne que constituait cet important afflux de touristes occidentaux. Malgré cette inflation conjoncturelle, la vie y restait moins chère qu'en Italie et on pouvait se faire plaisir à moto en parcourant les longues bandes bitumées qui longeaient un littoral qui avait de faux airs de côte californienne, du moins telle que Jeff, qui n'y avait jamais mis les pieds, se la représentait à l'époque. C'était un eldorado et on pouvait tout y faire, sans présence du moindre goulag, du moindre agent du KGB ou de quelque nuisance du genre.

Au moment où Jeff nous racontait tout cela, notre train s'était à nouveau mis à ralentir, à l'approche de Rochester, nouvelle halte sur notre parcours vers New York. On trouvait étonnant à quel point, lors de ce périple dont il nous livrait ces détails, il s'était autant que cela attendu à voir le KGB et des goulags un peu partout, surtout dans un pays, la Yougoslavie, en fin de compte relativement libéral comparé au bloc soviétique, mais c'est un monde que des gens comme nous qui sommes nés deux bonnes décennies après lui n'avions pas connu adultes.

Né à la toute fin des années 1970, je m'apprêtais à entrer dans l'adolescence quand le mur de Berlin était tombé, et même si je me souviens très bien de ce soir de novembre 1989 car c'est, je pense, la seule fois de ma vie que j'avais vu pleurer mon paternel, un patriote à la fois gaulliste fervent et anticommuniste viscéral qui travaillait comme diplomate au Luxembourg où nous habitions alors et qui était rentré à la maison en début de soirée avec la nouvelle. Cela me paraît si lointain maintenant !

Personnellement, c'est avec distance et des yeux d'enfant que j'avais vu tout cela, l'affrontement entre les blocs Est et Ouest. Les pays de l'Est, pour beaucoup de garçons de ma génération, c'était surtout le sport à la télévision : nageuses est-allemandes, haltérophiles bulgares, perchistes soviétiques, sauteurs à ski est-allemands… et les suspicions de dopage massif.

À la TV, on avait vu un peu de Sarajevo, en 1984, très peu de souvenirs et, Los Angeles, le bloc soviétique n'y était pas, boycott oblige, alors pour les hymnes soviétique, est-allemand et compagnie, ça avait plutôt été Séoul '88, malgré le décalage horaire, et surtout, cette année-là, puisque sur les chaînes TV belges, françaises et même allemandes que nous regardions sans cesse au Luxembourg, les Jeux d'hiver étaient rois… Calgary… autre décalage horaire et souvenirs donc épars d'athlètes de l'Est… outre d'anonymes fondeurs soviétiques et autres lugeurs est-allemands, la patineuse Katarina Witt qui, vêtue d'un rouge qui correspondait à ses affinités idéologiques, elle dont on avait plus tard appris qu'elle avait été recrutée par la Sécurité d'État, la Stasi, est-allemande, avait fortement marqué les esprits en Carmen, et le légendaire Canada-URSS en hockey. Oups, la cuisante défaite du Canada sur son propre sol !

Pour moi, pré-ado à la fin des années 80, le bloc de l'Est se résumait donc un peu à ses sportifs alors que pour un Jeff, dans l'Europe du milieu des années 1970, c'était autre chose. Certes, il y avait eu les Accords d'Helsinki, l'amorce de détente entre Est et Ouest, mais Gorbi n'était pas encore entré sur la scène internationale et cette fin des années 1970 avait été très agitée. À tout moment, la troisième guerre mondiale avait menacé d'éclater et dans les chancelleries, j'en savais quelque chose du fait de l'activité professionnelle de mon paternel au sein des instances européennes, on se préparait à cette fameuse destruction mutuelle assurée à l'acronyme révélateur en anglais : M.A.D. !

Il y avait aussi eu, tout au long de ces années 1970, le drame des Jeux de Munich en 1972, l'émergence concomitante – il n'avait pas de hasard, les deux prenant leur source au même endroit – du terrorisme moyen-oriental et de groupuscules comme la Fraction Armée rouge en Allemagne, Action directe en France, sans oublier les Brigades rouges en Italie… l'assassinat d'Aldo Moro… la guerre du Kippour, la guerre du Liban, les dictatures en Amérique latine, et pour un temps encore au Portugal, en Espagne, en Grèce et ailleurs, mais surtout, pour les Occidentaux, deux blocs qui se regardaient en chiens de faïence, deux ennemis séparés par un long rideau de fer… des populations tenues en laisse et mises aux fers…

Et ce monde-là, Jeff l'avait connu adulte, ainsi peut-on comprendre qu'en arrivant à l'Est au milieu de ces années-là, il s'était attendu à tomber sur des choses sinistres, lui qui débarquait un peu la gueule enfarinée d'Amérique du Nord où il était assez commun de s'imaginer une Europe de l'Est uniformément grise, froide et triste.

Je ne sais pas si c'est de toute sa force que l'ouragan du maccarthysme anticommuniste du milieu des années 1950, se déplaçant hors des frontières des États-Unis, avait ensuite frappé le Canada. J'imagine que oui, sachant qu'il avait plus tard franchi l'Atlantique et atteint, certes affaibli, l'Europe de l'Ouest, mais il est vrai qu'à l'époque à laquelle Jeff avait grandi, certaines exagérations sur ce qu'il se passait à l'Est étaient le genre de choses que les Occidentaux croyaient dur comme le rideau de fer.

Si, chez nous, les politiques, les médias et l'industrie du cinéma en avaient certes rajouté, et ce parfois jusqu'à l'excès, ils n'avaient pas inventé grand-chose, les dirigeants des régimes staliniens étant leur propre caricature, jusqu'à l'ubuesque et au grotesque. Les régimes du bloc soviétique étaient en effet sinistres et leurs méfaits bien réels. Si, pré-ados, nous avions vu le Mur tomber, le dictateur Ceausescu fusillé et le spectre de la guerre nucléaire repoussé, il n'en avait pas du tout été de même quand Jeff avait eu notre âge deux décades auparavant.

Il devait en effet avoir dix-douze ans au moment où, contraste saisissant, les chars soviétiques écrasaient de tout leur poids le soulèvement de Prague quand, de leur côté, les astronautes américains se posaient *comme une feuille* sur la Lune.

Le poids des mots, le choc des photos... les unes parfois inquiétantes des magazines d'actualité phares de cette période, Paris-Match, Life et Times, aujourd'hui consultables sur Internet, sont encore là pour en témoigner ! Jeff avait quelque part raison dans sa critique, lui qui avait parlé de “moment dialectique” de l'Histoire ou quelque chose comme ça. Cet affrontement planétaire, c'était de la dialectique à l'état pur. Prague avait horrifié la planète, Houston l'avait ensuite captivée. Et, précisément, si le monde avait été coupé en deux après 1945, ce n'était pas vraiment à parts égales ! On avait été bien mieux lotis dans un camp que dans l'autre, et Jeff de nous rappeler qu'au final, on n'avait jamais vu un Berlinois de l'Ouest risquer sa vie pour passer à l'Est !

La svelte Jackie Kennedy contre l'épaisse Nina Khrouchtcheva, *Blue Suede Shoes* du King contre les Chœurs de l'Armée rouge, le mur des Réformateurs à Genève contre celui de la honte à Berlin, la fougueuse Ford Mustang GT390 de Steve McQueen dans *Bullit* contre la pétaradante Trabant 601 “deux-temps” d'un anonyme de Leipzig et, finalement, les premiers pas d'Armstrong sur la Lune contre les tout derniers d'un dissident soviétique au goulag… question glamour et sex-appeal, on n'avait comme beaucoup pas attendu 1989 pour trancher. Et quand on était Allemand de l'Est, et c'était partout pareil dans les pays sous tutelle de Moscou, à moins d'être un apparatchik figurant au sommet de la nomenklatura, on n'était pas libre de voyager où bon nous semblait. La plage de Copacabana, la Statue de la Liberté, Big Ben, la Tour Eiffel, le Parthénon d'Athènes, le Taj Mahal, le port de Hong Kong, le Mont Fuji ou l'Opéra de Sydney n'étaient pas des options envisageables pour le citoyen lambda de Dresde, Leipzig ou Karl-Marx-Stadt. Le sujet est-allemand devait donc se limiter à la grisaille du bloc de l'Est. "Grisaille" était sans doute un terme caricatural car, derrière le rideau de fer, il y avait quand même de beaux coins, surtout au Sud, notamment la Bulgarie.

En fait, ce pays qui donne sur la mer Noire disposait sur son littoral de pas mal de stations balnéaires à l'époque très prisées des Allemands de l'Est qui étaient, sans surprise, les plus riches sujets du Bloc soviétique. S'ils avaient relativement les moyens financiers de voyager à l'étranger, ils étaient cependant, comme on l'a vu, limités en matière de destinations.

En Yougoslavie, en dehors du serbo-croate, une langue slave qui, aux oreilles de Nord-Américains, sonnait un peu comme le russe et, surtout, en l'absence des barbelés, miradors, goulags et de la myriade d'agents du KGB ou de la Stasi affairés derrière chaque buisson à surveiller *la vie des autres*, les seules choses qui rappelaient à Jeff et ses camarades qu'ils étaient dans un "pays de l'Est", c'étaient bien le prix modique de tout ce que l'on pouvait acheter, à commencer par l'eau-de-vie, ici appelée *rakija,* prononcé "rakiya" en roulant comme toujours bien la lettre "r", un tord-boyaux assez costaud pour les hommes, les vrais, qui coulait à flots et dont nos amis ne se privaient guère le soir, une fois les bécanes sagement parquées pour la nuit.

Ce pays, c'était même un peu le *bazar*, ce qui n'était en définitive pas surprenant dans des contrées qui avaient aussi été, en partie, mais jusqu'au début du XXe siècle encore, des terres d'occupation ottomane. C'était d'ailleurs du turc qu'avait été tiré ce mot, "bazar", qui signifie "marché" et qui avait même donné son nom à une ville de Serbie, Novi Pazar, "Newmarket" selon la traduction de Jeff. Il y avait donc en Yougoslavie un goût de Turquie, d'Italie et, puisqu'il fallait un minimum de rigueur pour administrer l'ensemble, d'Autriche-Hongrie, le tout teinté de cette vieille doxa communiste qui faisait rire tout le monde, en dehors des ministères de la capitale fédérale, Belgrade.

Alors qu'ils étaient sur place depuis quelques jours à peine et qu'ils cherchaient une idée d'excursion motorisée en attendant le Grand Prix moto, nos amis avaient appris que non loin de là, un peu plus au sud, du côté du grand port de Pula, ils pourraient admirer de magnifiques arènes romaines et, si le cœur leur en disait, et le cœur allait leur en dire, prendre un bateau pour visiter la toute proche et fort paradisiaque île de Brioni.

S'éloignant donc de Rijeka en vue d'un petit crochet par Pula et, une fois les vestiges antiques de l'occupation romaine d'antan visités, ils avaient embarqué sur un bateau qui emmenait touristes et cadres du régime vers Brioni. Devant notre étonnement sur cette précision que Jeff avait apportée à son récit, ce dernier avait confessé que lorsqu'un restaurateur du coin les avait prévenus du fait que leur bateau risquait d'embarquer, parmi la foule des touristes, un certain nombre de bureaucrates et autres dits cadres du régime, Jeff n'avait lui-même pas compris, initialement, de quoi il en retournait.

Peu avant d'embarquer vers Brioni, ils avaient appris d'un guide qui baragouinait un ersatz d'anglais comme s'il mangeait des popcorns en même temps que cette île de l'Adriatique constituait en fait la destination et le lieu de villégiature favoris du chef d'État yougoslave, le fameux maréchal au surnom amusant, "Tito", dont il a déjà été question dans ce récit, un type qui était apparemment une sorte de monarque voire de potentat.

Dans ce coin-là de l'Adriatique, la belle saison avait la particularité de durer de dix à onze mois sur douze, Tito vivait le plus clair de son temps sur cette fameuse île de Brioni, loin de la grisaille de Belgrade. En fait, leur avait-on raconté, il s'y établissait chaque année en février pour ne la quitter qu'aux alentours de la mi-novembre, ce qui entraînait pendant tout ce temps la navette incessante de milliers de fonctionnaires du régime qui se pressaient dans ce qui, le plus clair de l'année, constituait de facto la véritable capitale fédérale.

Sur l'île, Tito possédait, outre un club de polo, une formidable résidence, disait-on, qui avait accueilli les plus grandes stars d'Hollywood de l'époque, de Cary Grant à Sophia Loren, en passant par Kirk Douglas, sans oublier Richard Burton et sa célébrissime épouse Liz Taylor, car le dirigeant yougoslave était un grand amateur du septième art et avait même une projectionniste attitrée qui avait révélé que, pendant les vingt-cinq dernières années de sa vie, il s'était fait projeter un film différent tous les soirs, pour un total, à sa mort, de pas moins de huit mille œuvres.

Cet attrait, de la part d'un dictateur communiste, pour le luxe, le faste et la compagnie de personnalités internationales était un détail qui n'avait pas manqué d'étonner nos amis anglo-saxons qui ne se seraient jusqu'alors jamais imaginés, à entendre tout ce qui se disait en Amérique au sujet des États "communistes" – mais ça, c'était avant de visiter un aussi beau pays – qu'il pouvait être à ce point couru de tout ce que l'industrie occidentale du spectacle et des paillettes comptait de célébrités.

La déception, en revanche, mais cela ils l'avaient appris au moment d'embarquer, ça avait été pour eux d'apprendre que l'île était interdite à la circulation des véhicules à moteur de particuliers. Ainsi donc, les motos étaient-elles restées à quai, et c'est à pied que s'était faite la découverte des paysages enchanteurs de Brioni.

Revenus le lendemain à Rijeka, les compères avaient alors entamé l'exploration des environs. Au bout de quelques jours, ils étaient de retour du côté de Opatija, lieu où devait se dérouler le Grand Prix moto, un événement très important qui allait comme prévu attirer des curieux des quatre coins de l'Europe.

Puisque nos amis étaient, comme toujours, désargentés, ils n'avaient eu d'autre option que de se rabattre sur un des nombreux campings qui bordaient les environs du circuit. En fait de circuit, il s'agissait en fait d'un tracé urbain, la course se déroulant dans des rues le reste de l'année ouvertes à la circulation, à l'image de ce qui se faisait sur des circuits aussi légendaires que celui des Grands Prix automobiles de Monaco, de Pau ou de Macao. Opatija n'avait pas grand-chose à envier à la principauté limitrophe de la France hormis, évidemment, les yachts amarrés dans un port qui ne rivalisait définitivement pas avec l'éclat, le clinquant et le glamour de celui de Monte-Carlo un week-end de Formule 1.

La course de ce Grand Prix moto de Yougoslavie, en tant que telle, n'ayant pas été, nous l'avons compris, ce qui avait le plus marqué un Jeff qui, en nous racontant tout cela quarante-cinq ans après, se souvenait vaguement qu'elle avait été remportée par un pilote suisse dont il ne se rappelait guère le nom, mais dont il avait appris – et c'était la raison pour laquelle il se souvenait de sa nationalité, à défaut de son nom – qu'il avait trouvé la mort sur le même circuit l'année suivante.

Opatija était en effet un circuit dangereux – quel circuit urbain ne l'était pas au milieu des années 1970 ? –, et Jeff et ses compères avaient même eu l'occasion de s'en rendre compte jusque dans leur chair, en s'y frottant directement car, en dehors des courses officielles, il était ouvert aux motards passionnés qui pouvaient s'essayer à l'art des trajectoires à grande vitesse et des freinages debout sur les freins dans les quelques épingles du circuit. Cette expérience avait apparemment bien emballé ceux, Jeff compris, qui s'y étaient prêtés.

C'est les yeux brillants, plongé dans ses souvenirs et oubliant qu'on était dans un train qui roulait en direction de Manhattan, qu'il revivait l'action… cette bonne centaine d'autres motards roulant simultanément sur le tracé dans un joyeux et pétaradant désordre avant de se lancer dans une envolée lyrique et faire dans la paraphrase en proclamant qu'à Opatija, "*La splendeur du monde s'était enrichie d'une beauté nouvelle : la beauté de la vitesse. Une moto de course ornée de gros tuyaux, tels des serpents à l'haleine explosive et qui avait l'air de courir sur de la mitraille, était plus belle même que la Victoire de Samothrace !*".

De mitraille, il n'y avait pas à Rijeka, du moins quand Jeff y était, mais des courbes serrées et des épingles dangereuses oui, et c'est précisément dans l'une d'entre elles – loin des escaliers du Louvre – en fait au bout de la longue ligne droite qui ramenait à une vitesse vertigineuse vers la ligne d'arrivée que Lee, un des deux Américains, avait fait une mauvaise chute et, sans aller jusqu'à perdre sa tête et ses bras comme le monument de sculpture hellénistique auquel Jeff avait fait allusion, s'était tout de même assez sérieusement blessé à la jambe. Le verdict des médecins avait jeté un grand froid et même constitué une sorte de coup d'arrêt à la fête des quatre copains : fracture ouverte du tibia, une blessure qui aurait pu entraîner une amputation. Ce pépin constituait une infortune qui nécessitait, au bas mot, une hospitalisation d'au moins trois à quatre bonnes semaines.

Pour tuer le temps, en attendant la sortie d'hôpital de leur infortuné camarade, et à la demande de ce dernier qui craignait que ses compagnons de voyage ne finissent par s'ennuyer de leur immobilisation forcée à cet endroit, il avait été décidé que les trois membres restants du "commando" iraient un peu à l'exploration du pays. Et, en fait d'exploration, c'est à une véritable épopée transyougoslave que Jeff et ses deux compères encore sur leurs pattes, le Canadien Franck et l'Américain Dower, allaient se livrer.

Nos trois nord-américains encore valides après le tumulte de Rijeka avaient d'abord longé la côte de l'Adriatique jusqu'à l'infranchissable frontière de l'alors effrayante Albanie "maoïste" (sic) du dictateur mégalomane Enver Hoxha avec, comme point d'orgue du périple, une halte légendaire du côté de Dubrovnik, la perle de l'Adriatique, ou plutôt, pour y passer deux nuits, du côté d'un camping de Lapad, bourgade moins chère de la périphérie de Dubrovnik.

Jeff nous a alors raconté que, lors de leur seconde nuit sur place, après avoir bien bu et fait la fête pendant des heures, il avait été réveillé par un picotement bizarre pour découvrir qu'une sorte de scorpion local se tenait, fixe, sur sa jambe. Voyant mon étonnement, je m'étais en effet demandé si, malgré son jeune âge, mais compte tenu du fait qu'au milieu de la nuit il était de son propre aveu encore bien "cuité", il n'avait pas plutôt été victime d'un delirium tremens, Jeff avait précisé que dans le coin, il y avait en fait plein de ces petits scorpions "bien flippants".

Son réveil en sursaut avait fait se retourner sa tente et se réveiller une bonne partie des campeurs, du moins ceux qui n'étaient pas trop ivres de toute la rakija qu'ils avaient, comme lui, ingurgitée sans la moindre modération. Jeff, en nous racontant tout cela quarante-cinq ans après dans notre train qui nous menait à New York, se souvenait visiblement plus de cette anecdote que du reste de son séjour là-bas, dans la pointe sud de la République socialiste de Croatie !

Les trois aventuriers improvisés avaient ensuite continué vers le sud, la République socialiste du Monténégro, Cerna Gora, prononcé "Tcherna Gora", nom qui signifiait littéralement "Montagne noire" et, en fait de montagnes, ils avaient eu, du côté de la cité médiévale de Kotor, l'occasion de gravir un impressionnant sommet vers lequel menaient de très nombreuses marches d'escalier de près d'un mètre de hauteur chacune ! Une ascension pénible que les trois compagnons avaient eu le plus grand mal à terminer, mais qui aboutissait, au pied d'un grand mât auquel était accroché, flottant au vent, un gigantesque drapeau yougoslave tricolore frappé d'une étoile rouge en son centre, sur une vue panoramique des environs. Ils avaient à cette occasion appris de touristes mieux préparés qu'eux que la colline qu'ils avaient gravie surplombait nul autre que le fjord le plus méridional d'Europe ! Un fjord ? Ils pouvaient désormais dire qu'ils avaient vu un peu de Scandinavie !

Un autre moment grandiose avait été, une fois expédiée la visite du port magnifiquement conservé de Budva, avec ses rues étroites et ses petits bateaux de pêcheurs tellement caractéristiques des bords de l'Adriatique, la visite de la presqu'île très glamour de Sveti Stefan dont on disait qu'elle attirait tous les touristes du monde. S'y pressait en effet continuellement tout ce que le showbiz international comptait de bon goût et d'éclat, jusqu'aux plus grandes stars d'Hollywood qui venaient très régulièrement s'y faire prendre en photo. On avait même dit à nos trois Nord-Américains qu'ils y trouveraient là-bas une rue *Sophia Loren* qu'ils avaient alors cherchée, espérant peut-être y croiser la vedette du 7e art, mais sans les trouver, ni la rue ni l'actrice.

Comme du côté de Bar, grand port monténégrin qui par-delà l'Adriatique faisait face à son vis-à-vis italien de Bari, ils avaient atteint l'extrémité sud de la Yougoslavie et que l'Albanie et son régime policier n'était pas une option, en plus du fait que le temps était venu de retourner du côté de Rijeka récupérer leur compagnon hospitalisé depuis quinze jours qui, contacté par téléphone, avait confirmé qu'il se remettait plus vite que prévu de sa fracture comme de ses émotions de pilote moto un peu trop téméraire, décision avait été prise de gentiment commencer à regagner le Nord.

Instinctivement, l'idée avait été de remonter la côte en sens inverse de leur périple vers le sud, mais un matin, après une nuit passée à la belle étoile dans un bois situé en périphérie de la ville, l'engin de Jeff n'avait plus voulu démarrer, ce qui avait fait prendre du plomb dans l'aile au projet de trajet retour vers Rijeka.

Un garagiste avait par des gestes fait comprendre que le moteur, qu'il avait dans un premier temps simplement cru noyé, était en fait complètement *kaput* et que la réparation ne valait pas le coup d'un point de vue pécuniaire. Une option pour Jeff aurait été qu'il prenne place à l'arrière de la moto d'un de ses deux compères, ce qui n'avait visiblement pas constitué une perspective des plus réjouissantes pour un jeune qui adorait le sentiment, certes un peu "cliché", de liberté qu'offrait la conduite d'une bécane, comme ça, dans ce décor méridional.

Non, Jeff ne se voyait pas en simple passager d'un autre, mais, problème pour lui, il n'avait plus vraiment les moyens de se payer une nouvelle monture. En tournant un peu dans la ville de Bar, les trois potes avaient repéré la gare et appris qu'un train de nuit menait en quelques heures à peine et pour "pas cher" à la capitale fédérale, Belgrade. L'idée de visiter cette dernière était évidemment séduisante même si elle se trouvait loin de la mer et des paysages luxuriants du littoral qui était ce qui attirait avant tout les touristes occidentaux.

Dower et Franck comptaient s'y rendre à moto pendant que Jeff ferait le chemin en train. À la gare, vers midi, ils avaient malheureusement dû déchanter, non pas pour ce qui était du trajet dont le prix du billet s'avérait très économique, et cela avait constitué une formidable surprise, mais à propos du projet de trajet à moto vers Belgrade. On leur avait en effet fait comprendre que de rejoindre la capitale depuis Bar, par la route en passant par Zlatibor, prendrait plus de temps que de faire le trajet en train car cela impliquait de parcourir des routes aussi mauvaises que pentues ainsi que de franchir des cols de montagne, le plus souvent sous la pluie, même à l'approche de l'été, pour un dénivelé d'environ mille mètres – Bar se situant en bord de mer quand Zlatibor trônait à plus de mille mètres d'altitude –, un trajet sur des routes difficiles qui réclamait une bonne expérience de la moto "tout terrain".

Dower et Franck, malgré les centaines de kilomètres parcourus en Yougoslavie, étaient encore des motards assez inexpérimentés et ils n'avaient pas connu beaucoup d'autres conditions que celles offertes par les routes et autoroutes asphaltées et planes qu'ils avaient empruntées depuis l'Allemagne. L'idée de faire tout le trajet vers la capitale d'un seul coup, de nuit, en même temps que le train, avait donc dû être abandonnée.

Les deux motards, ainsi qu'on le leur avait conseillé à la gare, allaient partir de suite et voyager de jour, à leur rythme, pour s'arrêter à la nuit tombante, après quelques heures de trajet, du côté de Zlatibor, nom qui, littéralement, se traduisait par "pin doré", une célèbre station de sport d'hiver qui accueillait à la belle saison un grand camping.

Le plan des deux motards, une fois la nuit passée à Zlatibor, était de reprendre leur route le lendemain matin. Idéalement, tout le monde se retrouverait à la gare centrale de Belgrade le soir suivant ou, à défaut, au chevet de Lee à l'hôpital de Rijeka, quatre ou cinq jours plus tard.

C'est donc vers 13 heures, devant la gare de Bar, que les trois compagnons s'étaient séparés. Jeff était resté sur le parvis à regarder ses "frères" juchés sur leurs motos s'éloigner progressivement, jusqu'à disparaître dans l'horizon, sans se douter qu'il ne les reverrait plus jamais.

Retour à la case départ ! C'était comme cela que, dans cette gare, débarquant à peine de son train, et remettant un pied sur son sol natal pour la première fois depuis quatre semaines, c'est-à-dire le temps qu'avait duré son hospitalisation en Bulgarie, Luther voyait les choses. De plus, s'il était certes accompagné, ce n'était pas de la plus charmante des façons, à savoir par un agent de la Stasi qui avait fait avec lui le chemin jusqu'à la Ostbahnhof de Berlin-Est, avant de le conduire non loin de là, à Berlin-Lichtenberg, au siège de la Stasi où il était resté 36 heures passées à être interrogé, parfois non sans rudesse, car la police, qui soupçonnait que Luther avait utilisé une filière clandestine d'émigration, voulait savoir comment il s'était retrouvé si près de passer en Turquie. Qui avaient été ses contacts à Berlin ? Son entourage familial avait-il été au courant de son projet de fuite ?

De fait, personne, à commencer par Luther lui-même, ne savait, avant qu'il n'arrive en Bulgarie, qu'il tenterait de franchir là-bas le rideau de fer. Il s'y était rendu innocemment pour profiter du soleil et ce n'était qu'une fois sur place que, par pure coïncidence, il était tombé sur des gens qui en revanche étaient, eux, arrivés en Bulgarie avec l'idée de passer à l'Ouest. Le problème de Luther, c'était que la Stasi ne le croyait pas. Pour cette dernière, il mentait et couvrait des gens, sa famille.

Ses parents, Pauli et Magdalena, avaient été convoqués, sa jeune sœur, Kerstin, âgée d'environ sept ans à peine, avait elle aussi été cuisinée sans vergogne. C'est d'ailleurs suite à cet interrogatoire, et sachant qu'une fillette comme ça ne pouvait pas inventer des mensonges, que la Stasi avait desserré l'étau. Contrairement à d'autres, Luther n'avait pas menti après son arrestation. Il avait tout de suite reconnu qu'il était en train de tenter de s'enfuir vers la Turquie, pendant que d'autres qui s'étaient fait attraper avec un pied sur sol turc avaient prétendu pendant des semaines d'interrogatoire n'avoir pas du tout imaginé qu'ils étaient sur le point, par hasard bien sûr, de franchir une frontière internationale.

À l'issue des interrogatoires au siège de la Stasi, Luther avait été transféré un peu plus loin, au nord-est de Berlin, à la prison centrale de la Stasi qui, coïncidence amusante, se trouvait tout proche du quartier d'où il était issu, à savoir, Hohenschönhausen, nom qui, sans rire, ressemblant au sinistre "Mauthausen", signifiait quelque chose du type "habiter un haut lieu agréable", et ce sans qu'il soit certain que les habitants se soient particulièrement retrouvés, durant la Guerre froide du moins, dans l'appellation de leur quartier. On pense surtout à ceux qui, comme Luther, s'y étaient retrouvés à l'insu de leur plein gré, à savoir ces dissidents et opposants politiques qui avaient eu l'insigne honneur d'y occuper une suite, disons plutôt une cellule.

Le papi de Luther, Walter – Walti pour les intimes – avait d'ailleurs un temps, frustré de n'avoir pas pu servir dans sa prime jeunesse dans l'armée de RDA qui n'avait été créée qu'en 1956, soit quand il était hélas déjà trop vieux pour faire son service national, avait tenté de se rattraper sous un autre uniforme, à savoir celui de “maton” dudit établissement carcéral. S’il était un soutien pur et dur du régime, et avait donc été outragé d’apprendre que son petit-fils avait été blessé et arrêté en Bulgarie après une tentative de fuite vers l’Ouest, il avait néanmoins intercédé en sa faveur, certifiant qu’il ne l’avait jamais entendu critiquer le gouvernement ni qu’il ne l’avait jamais entendu émettre la moindre intention de “passer à l’Ouest”.

Après une enquête approfondie, les autorités en avaient conclu que Luther n’avait en effet pas prémédité sa fuite, qu’il avait suivi un peu bêtement le mouvement une fois en Bulgarie, et qu’il avait sincèrement regretté son acte. En raison d’autres témoignages favorables, et comme pour lui donner une seconde chance, il n’avait écopé que de 11 mois de prison, ce qui était rare dans son cas, certains qui avaient tenté de franchir le mur de Berlin avaient en effet pris des dix à quinze ans de prison.

Comme Luther était plutôt un lettré, et qu’en prison il avait étudié et s’était bien comporté, il avait au bout de sept mois bénéficié d’une remise de peine et avait pu rentrer chez lui. À l’été 1986, Luther était libre et toute cette histoire de Bulgarie semblait avoir été oubliée. À sa sortie de prison, son projet avait été d’entamer des études de droit mais, du fait de sa condamnation, cette voie lui était désormais proscrite. De plus, l’année précédente, avant de partir en Bulgarie, il s’était inscrit en faculté technique et le ministère de l’Éducation estimait que sa condamnation et son emprisonnement avaient joué un rôle dans son soudain désir de changer de voie, d’opter désormais pour le droit plutôt que l'ingénierie, ainsi lui avait-on donc d’autant plus claqué sous son nez la porte qui ouvrait sur une carrière juridique.

Le régime tenait à ce que les carrières dans ce domaine comme dans celui de la médecine ou de la science soient réservées à des gens sûrs pour lui. Un Luther qui avait tenté de passer à l'Ouest et avait purgé quelques mois de prison pour cela était quelque part marqué au fer rouge. En suivant sans trop y réfléchir, insouciance de la jeunesse et goût de l'aventure immaîtrisé oblige, des jeunes rencontrés de la veille qu'il ne connaissait donc pas bien dans leur entreprise de fuite vers la Turquie, il avait, semble-t-il, gravement prétérité son avenir, à un point tel, d'ailleurs, qu'en faculté technique, là où pourtant son inscription avait été dûment validée l'année précédente, son dossier était soudainement recalé. On lui barrait la porte de toute étude de troisième cycle. Alors qu'il avait bien terminé son lycée et pouvait prétendre à une carrière en col blanc, le paradis des travailleurs (sic) voulait pour le punir – et faire un exemple – le confiner à un simple métier manuel.

Pour aggraver son cas, Luther s'appelait, précisément, Luther, et ce n'était pas un hasard. L'Allemagne de l'Est occupait une partie de ce qui, jadis, avait été le territoire du Royaume de Prusse, bastion protestant dans le coin nord-est du continent européen. C'est là, à Wittemberg pour être précis, que, dans un geste inouï, un autre Luther, Martin Luther, avait planté sur la porte de sa paroisse à la veille de la Toussaint 1517 le dernier clou du cercueil d'un moyen-âge alors au crépuscule de son odyssée.

Après la Seconde Guerre mondiale, cette région avait été occupée par les Soviétiques qui l'avaient libérée du nazisme, avant de la détacher de ce qui avait été la grande Allemagne du Troisième Reich, pour en faire ce qui allait devenir le 7 octobre 1949 la petite République démocratique allemande. Un pays officiellement communiste mais dont la population était majoritairement protestante et croyante. Comme Luther et ses parents.

Durant les premières années de la RDA, sous les règnes des staliniens dogmatiques Wilhelm Pieck et Walter Ulbricht, et parce qu'il avait fallu créer un homme nouveau, détaché de ses racines germaniques et protestantes, l'accent avait été mis par le régime sur l'idéologie matérialiste et sur le rejet de tout ce qui, de près ou de loin, avait pu rappeler le passé honni. Durant la décennie 1950 et 1960, on pouvait véritablement parler de persécution à l'égard des chrétiens d'Allemagne de l'Est, et des livres comme "*Lettre à un Pasteur de la République démocratique allemande*" d'un certain Karl Barth sont encore là pour en témoigner. Le protestant Karl Barth était un théologien suisse éminent qui s'y connaissait en matière de persécution, lui qui avait perdu son poste à l'université de Bonn avant d'être expulsé d'Allemagne en 1935 pour avoir participé à la rédaction de la fameuse déclaration théologique de Barmen qui affirmait le rejet du national-socialisme et de l'immixtion des autorités temporelles du Reich dans les affaires de l'Eglise.

Après le départ d'Ulbricht de la présidence du Conseil d'État de RDA (1971), et son remplacement par Erich Honecker qui avait fomenté en coulisse l'opération, et alors que s'amorçait une salutaire détente Est/Ouest qui se matérialiserait bientôt par la signature des Accords d'Helsinki (1975), la nouvelle direction du pays avait réfléchi à toutes ces questions. Se profilait, à l'horizon de l'année 1983, le 500e anniversaire de la naissance du réformateur Martin Luther, et le pays, bien qu'officiellement athée et communiste, ne pouvait pas ne pas célébrer cet évènement au vu du rôle de libérateur que tous, marxistes compris, Friedrich Engels le premier, avaient reconnu en lui.

De plus, comme tous les signataires des Accords d'Helsinki, la RDA s'était engagée à faire des concessions sur la question des Droits de l'homme et des droits politiques. Comme elle ne pouvait réellement lâcher du lest en matière de droits démocratiques – toute élection libre aurait effectivement vu le régime perdre le pouvoir – c'est sur la question des libertés religieuses notamment que le régime avait accepté de quelque peu transiger. À la suite de rencontres avec les représentants des cultes chrétiens principaux – protestants et catholiques – une sorte de concordat avait vu le jour : l'État ne se mêlerait pas de religion et laisserait les croyants librement exercer leur culte, en échange de quoi les Églises ne se mêlaient pas de politique. Il s'agissait d'une stricte séparation de l'Eglise et de l'État qui garantissait à tout croyant une pleine liberté d'expression et de pratique à l'intérieur des murs des édifices religieux.

C'est à ce moment-là que Luther, non le réformateur de Wittemberg mais notre protagoniste dont on connait les mésaventures en Bulgarie, lui qui ne trouvait pas vraiment sa voie à sa sortie de prison, s'était rapproché de l'Eglise. Il n'était, à la base, pas vraiment croyant, même si une partie de sa famille, du côté de sa maman surtout, l'était, mais ses tribulations en Bulgarie puis en prison à Berlin l'avaient quand même fait réfléchir. De plus, il avait eu accès à une Bible qui avait constitué une des seules littératures dont il avait pu disposer en prison. Durant ses quelques mois d'incarcération, il avait régulièrement eu des conversations avec l'aumônier de l'établissement carcéral, le pasteur Bendt, qui l'avait invité, à sa sortie de prison, à le retrouver dans l'église protestante de la Zion, sur Zionskirchplatz, pas très loin de Hohenschönhausen où il habitait.

Quant aux études, l'accès en fac lui étant barré, et parce que sa seule option réaliste pour la rentrée de septembre 1986 était un apprentissage manuel, à lui qui avait deux mains gauches, il avait décidé de devancer l'entrée sous les drapeaux. En allant en fac, il aurait pu repousser son service militaire mais cela était tombé à l'eau. On était en mai 1986 et il lui restait quatre mois de liberté avant d'entamer son service national qui durerait dix-huit longs mois. Pour ce qui était de l'armée, les contestataires comme lui se retrouvaient généralement parqués dans des unités dites de construction, les "Baueinheiten" au sein desquelles servaient les conscrits répugnant à porter une arme, la RDA étant le seul pays du bloc soviétique à reconnaître l'objection de conscience. Mais, Luther n'était pas objecteur de conscience, au contraire, il avait envie d'apprendre à se servir d'une arme, et il savait que remplir ses obligations militaires comme "Bausoldate", dans les rangs des mal vues unités de construction, en plus d'avoir purgé de la prison ferme, lui fermerait encore plus de portes sur le plan de son avenir.

Maintenant, sa plus grande crainte était de se retrouver malgré lui enrôlé au sein des Grenztruppen, les troupes-frontière, ceux qui tiraient sur les gens qui tentaient de franchir le mur de Berlin et que l'on reconnaissait au bandeau de couleur verte qu'arborait leur képi. Initialement, ces unités appartenaient à l'armée régulière mais, à nouveau, Accords d'Helsinki obligent, la RDA avait dû accepter une réduction de ses forces conventionnelles et avait trouvé, comme tour de passe-passe administratif pour, en réalité, ne rien en faire, de scinder Armée régulière et troupes-frontière en deux armes distinctes, la première placée sous la direction du ministère de la Défense, et la seconde sous celle du puissant ministère de la Sécurité intérieure, qui relevait officiellement du civil, réduisant ainsi artificiellement, sans le faire réellement, le nombre de ses formations officiellement militaires.

Ainsi donc, pour donner le change, du moins en apparence, vis-à-vis de la communauté internationale, la RDA, qui en réalité n'avait rien lâché sur la question des droits fondamentaux et politiques, avait fait quelques concessions sur le plan de l'objection de conscience et des libertés religieuses, et un Luther allait doublement en profiter. Alors qu'on lui proposait de servir, sans devoir porter d'arme, au sein des unités de construction, en réalité plus par souci de ne pas le mélanger, lui cet élément idéologiquement incertain, avec d'autres jeunes qui, eux, ne réfléchissaient pas aux problèmes politiques et servaient sans poser de question, il avait surpris en bien ses recruteurs en soulignant qu'il n'était pas un objecteur de conscience, qu'il regrettait les actes qui l'avaient conduit en prison et qu'il était désireux de porter une arme pour défendre sa patrie contre le fascisme, suivant là à la virgule près la doxa officielle du régime.

Ses recruteurs s'étaient attendus à ce qu'il fasse comme les autres jeunes de son genre, qu'il joue les contestataires et refuse de porter une arme, ainsi donc avait-il marqué des points quand il avait affirmé désirer le contraire et, pour l'encourager dans sa démarche, ses recruteurs avaient décidé d'accéder à sa demande astucieuse en vue de ne pas finir au sein des troupes-frontières. Luther était musicien, il jouait de plusieurs instruments, notamment du clairon et de la trompette, et plutôt que de dire qu'il ne voulait pas servir au sein des troupes-frontières, il avait dit vouloir servir au sein d'une unité musicale de l'Armée de terre. Son but ultime n'était pas la musique mais échapper aux troupes-frontières, lui qui s'était fait tirer dessus par un soldat du genre en Bulgarie et redoutait de se retrouver à son tour contraint de faire feu sur un jeune qui, lui aussi, à Berlin ou ailleurs en Allemagne, prendrait les mêmes risques pour fuir vers l'Ouest.

La stratégie de Luther avait payé. Il était incorporé au sein d'une unité musicale, loin de toute frontière. Certes, il allait en souper de la *Parademarsche*, de la *Strassenmarsche* au tempo 114, et autre *Laridah* de fanfare. Son passage sous les drapeaux étant agendé pour octobre, il avait quartier libre pendant quelques mois. Sur invitation du pasteur Bendt, il s'était rendu à la Zionkirche au sein de laquelle, en 1986, il se passait décidément beaucoup de choses. Comme Luther allait le découvrir, ce n'était pas pour rien qu'elle était étroitement surveillée par les sbires de la Sécurité d'État.

À Bar, cet après-midi-là, Jeff se retrouvait pour la première fois seul en Yougoslavie et il avait eu un moment d'hésitation. Allait-il vraiment prendre ce train de nuit ? Après tout, il avait été convenu que si les trois ne se retrouvaient pas à Zlatibor le lendemain, ou à Belgrade le surlendemain, ils continueraient, chacun de leur côté, jusqu'à Rijeka où ils devaient venir chaque jour à 10h00 devant l'entrée principale de l'hôpital qu'ils connaissaient, et ce jusqu'à ce que le groupe soit entièrement reconstitué.

Ainsi donc, en n'allant pas à Zlatibor ou à Belgrade, Jeff ne poserait aucun lapin à qui que ce soit et les autres ne le prendraient pas mal. Comme il n'avait pas encore acquis son billet et qu'il voulait d'abord se faire une idée des options à sa disposition, il avait voulu jeter un œil du côté du port qui semblait proche comme en attestaient les mouettes qui se posaient régulièrement sur le parvis de la gare. Jeff voulait savoir si, des fois, un bateau ne reliait pas Bar et Rijeka, des ports qui comptaient après tout parmi les plus importants du pays. Vérification faite, une ligne existait bien, mais le prix, plus élevé que celui du trajet ferroviaire, l'avait totalement dissuadé.

Au passage, dans le port, bien gardé par de nombreux soldats, Jeff avait été impressionné par les navires de guerre et autres frégates côtières qui y mouillaient et il s'était même naïvement demandé si certains d'entre eux n'étaient pas soviétiques, ce qui n'était en fait guère possible, les deux pays, Yougoslavie et URSS, n'étant pas militairement alliés.

À un moment donné, alors qu'il longeait le quai à pied, il avait craché son chewing-gum à même la rue, ce qui lui avait valu d'être repris par deux marins qui, armés de sortes de fusils AK-47, patrouillaient chacun coiffé d'un bachi de couleur blanche orné de l'étoile rouge et sur le devant duquel était inscrit, en grosses lettres jaunes majuscules, les mots *Ratna Mornarica*, dont Jeff ne connaissait guère la signification, pensant que ce devait être là le nom de leur navire. Ces mots en alphabet latin lui avaient-ils au moins confirmé que ces deux-là, et ceux tout autour qui portaient la même coiffe, étaient bien des marins yougoslaves et non soviétiques, car dans ce dernier cas les inscriptions auraient plutôt dû être écrites en alphabet cyrillique.

Aussi, sur la manche droite de chacun d'entre eux, au niveau de l'épaule, pouvait-il voir une ancre ornée d'une étoile rouge et des lettres, JRM, en couleur blanche. Ainsi donc, à nouveau par déduction, tous ceux qui étaient accoutrés de cette façon – et aucun marin en uniforme dans les environs ne semblait habillé différemment – étaient-ils certainement des Yougoslaves et non des Soviétiques.

Les deux cerbères avaient aboyé dans leur langue et, si Jeff avait tourné les talons pour tenter de s'éloigner, ils lui avaient illico emboîté le pas en continuant de demander quelque chose que Jeff ne comprenait pas. Jeff avait alors pressé le pas et les deux, qui en avaient fait de même, l'avaient finalement saisi par le bras. Retenu, apeuré, Jeff ne savait pas ce qu'il se passait. Les deux types lui avaient ensuite mis les mains dans le dos et passé les fers. Il était embarqué !

Malgré notre étonnement et notre envie clairement manifestée d'en savoir plus, Jeff, qui n'avait visiblement pas trop envie de s'appesantir sur cet épisode, restait évasif et, pour une fois, ne nous regardait pas, tourné qu'il était vers la fenêtre au travers de laquelle on voyait se dérouler la suite ininterrompue des paysages de la pampa new-yorkaise. Il avait quand même finalement accepté de raconter un peu ce qu'il s'était ensuite passé avec ces deux matelots.

Ils l'avaient conduit dans ce qui devait être la capitainerie du port, où il avait attendu au moins deux bonnes heures, menotté à un radiateur, avant qu'un type patibulaire, en uniforme, qui s'était présenté comme *Kepétane corvetta* ou quelque chose qui, selon Jeff, sonnait un peu comme cela, ne vienne lui poser, dans un anglais très rudimentaire et pendant qu'il examinait son passeport canadien, des questions sur sa présence dans une zone interdite.

Le port de Bar ne constituait certes pas, contrairement à ceux de Zadar, Pula ou encore Split, une infrastructure majeure pour la marine de guerre du pays, mais il était tout de même un site sensible, du genre de ces endroits qui n'aimaient pas la présence d'intrus et des regards trop curieux, surtout de types qui, comme Jeff, arboraient ce look de hippie barbu si caractéristique du milieu des années 1970.

Ce qui, en définitive, lui avait sauvé la mise, c'était l'absence, dans ses affaires, de toute arme ou de tout autre objet suspect. Au moins ne l'avait-on pas pris pour un espion. Jeff avait cependant précisé qu'il possédait dans son sac un petit appareil photo reflex qui, heureusement pour lui, n'avait pas vu de pellicule depuis des lustres. Il n'avait en effet jamais voulu, depuis son départ d'Angleterre, et ce contrairement à ce qu'il avait initialement prévu, puiser dans sa maigre bourse pour en acheter une et n'avait donc pas utilisé l'appareil.

Il avait même prévu de le vendre en cas de nécessité, par exemple en cas de panne sèche pécuniaire, ou pour s'acheter sa moto au début de son périple sur sol yougoslave. Il s'était ensuite tâté à le faire pour financer les réparations de sa moto, lorsqu'elle était tombée en panne, mais c'était avant d'apprendre que sa monture était fichue et avant qu'il ne réalise qu'avec ce qu'il en tirerait au Monténégro, il ne pourrait pas s'en offrir une autre. Pour obtenir plus de cet appareil, il aurait fallu le revendre avant d'entrer en Yougoslavie.

Comme le marin tenait encore ledit appareil dans ses mains, et pour s'assurer qu'aucune image sensible ne *fuiterait*, il ne s'était pas gêné d'en ouvrir le boîtier, ce qui aurait bien sûr voilé les photos si une pellicule s'était trouvée à l'intérieur.

Quand Jeff nous a raconté tout cela, j'ai fait une sorte de flash-back et repensé aux pellicules de l'époque, "*clic-clac Kodak, le voleur de couleurs*", cette fin des années 1980 où, enfant puis jeune adolescent, il me fallait prendre des clichés avec parcimonie car leur développement en laboratoire coûtait cher. Cette partie du récit de Jeff avait d'ailleurs fait remonter à la surface ces cours facultatifs de photo que je prenais entre midi et deux au collège... mon émerveillement à l'époque d'apprendre des techniques aujourd'hui finalement désuètes, par exemple le développement de pellicules argentiques noir/blanc, quand le prof nous avait expliqué qu'en dehors du rouge, la plus petite source de lumière, même un tout petit peu de ce radium luminescent dont les aiguilles des montres-bracelets étaient enduites pour briller dans la nuit, suffisait à voiler un film entier ou à gâcher un tirage non encore passé au fixateur.

Pour en revenir à Jeff, une fois terminé son interrogatoire par le *corvettard*, il avait été laissé là, toujours enchaîné à son radiateur où il avait eu un “rab” de trois longues heures d’attente avant qu’enfin quelqu'un d'autre n'apparaisse ! C'était également un marin qui, après lui avoir refusé un passage par ce qui faisait office de toilettes, en fait de mauvaises latrines qui, olfactivement parlant, ne donnaient apparemment pas envie, l'avait reconduit jusqu'au portail d'entrée de la capitainerie, où l'attendaient deux nouveaux types en uniforme, des policiers cette fois-ci, au vu de l'inscription милицija (milice) qu'ils arboraient sur leurs vareuses, et que cette fois-ci Jeff avait comprise.

Il avait été emmené dans la vieille Zastava brinquebalante des deux policiers avant de se retrouver, en ville, dans un poste de police un peu crasseux où, contrairement à ce qu'il avait expérimenté dans la capitainerie du port, il avait pu enfin soulager sa vessie et n'avait ensuite pas dû trop attendre avant d'être à nouveau interrogé par un policier qui, lui non plus, ne maîtrisait pas grand-chose de la langue de Shakespeare.

En nous racontant tout cela, Jeff avait paru ému, allant même jusqu’à faire une pause, comme si, près de cinquante ans plus tard, il était en train de revivre physiquement et émotionnellement ce qu'il nous décrivait. Il nous avait alors expliqué que les fers qu'on lui avait passés, le temps d'attente, tout cela l'avait plongé dans une sorte d'introspection à laquelle il ne s'était pas attendu et à laquelle il n’avait pas été préparé. Il avait revu, en un temps rapide, comme on le fait paraît-il avant sa mort, le fil de sa vie, et s'il s'était mis dans une situation délicate dans ce port, au moins avait-il vécu une situation un peu tolstoïenne qui l'avait sorti du roman *guère épais* de son existence, s’était-il dit.

En fin de compte, il avait trouvé sa dérive dans les rues et sa mésaventure dans le port de Bar des plus enrichissantes. Certes, il s'était retrouvé restreint dans ses mouvements, car si on ne lui avait pas littéralement passé une laisse autour du cou, l'avait-on néanmoins mis aux fers. Ce qu'il s'était dit à l'époque, et semblait penser encore plus fort au moment de nous raconter tout cela, c'était que là, il avait vécu un truc, un trip, aussi inhabituel qu'inattendu et pris le risque d'être emprisonné, battu, par des cerbères qui se parlaient entre eux comme on ne parle pas à son chien. Au moins avait-il pleinement vécu ces moments. Désormais, il serait moins timide, moins réservé. Il irait davantage au contact des gens. Cette épreuve l'avait paradoxalement libéré, mais, et cela il ne le savait pas encore, une autre, bien plus délicate et bien plus périlleuse, l'attendait à la tombée de la nuit.

Après avoir roulé un moment sans presque s'arrêter, notre train avait ralenti pour marquer une halte dans une gare dont, distrait, j'avais loupé la plaque qui indiquait le nom. Comme je voulais quand même savoir où nous étions arrivés, et que pour ce faire j'étais en train de me pencher vers la fenêtre, Jeff, tout sourire, qui avait compris, avait calmement et dans un français teinté d'un très fort accent américain entonné : "*J'aimerais tant voir Syracuse...*". Syracuse ? Wow, on était à Syracuse... certes l'autre, celui de New York. "*Prochain stop, les jardins de Babylone ?*" avais-jc alors répondu, étonné par le nom de cette localité. "*No, Easter Island first*", avait alors répliqué Jeff, et ce le plus sérieusement du monde, sans que, sur le moment, je ne comprenne la finesse de sa réponse.

J'avais alors pris le dépliant accompagnant notre billet et, trouvant cette halte de Syracuse, puis m'intéressant aux suivantes, j'avais remarqué qu'on était en fait parti pour un véritable tour d'Europe : Syracuse, Rome, Amsterdam, ce qui avait fait rigoler Jeff et ma femme quand je leur avais partagé la chose. "*You missed Frankfort*", avait ajouté le Canadien. Quoi ?

Frankfort, dans l'État de New York, *stupid* ! Apparemment, on y était déjà passé. Si on avait connu les deux Francfort allemandes, celle sise sur le fleuve Main, bien sûr, la riche capitale financière de l'Union européenne, et l'autre, plus modeste, sur un autre fleuve, l'Oder en ex-RDA, lieu où se trouvait un long pont que l'on avait emprunté à pied pour se rendre en Pologne, eh bien désormais, on allait pouvoir dire que l'on avait connu une troisième ville portant ce nom, à New York, celle-ci !

En regardant encore le parcours imprimé pour voir si je n'avais pas raté un autre nom européen, j'avais ajouté : "*European tour of cities and, and, and... countries ! Check this out : Albany.*" Jeff, qui n'avait pas compris, s'était penché pour regarder. "*Albany, like the country, Albania*" avais-je précisé... et Jeff d'éclater de rire, "*Ah, Albany, the city, Albania the country, no connection, but yes, Albania... hey, by the way, you know that Bar, Yugoslavia, you know, where I was arrested by the sailors, was actually on the border with Albania.*" (Ah, Albany, la ville, et l'Albanie, le pays, rien à voir, et au passage, vous savez que Bar en Yougoslavie, vous savez, là où j'avais été arrêté par les marins, eh bien c'était à la frontière avec l'Albanie).

Sans transition, c'était l'occasion pour Jeff de reprendre son récit là où il l'avait laissé quelque part au milieu des années 1970, à Bar, à la frontière entre la Yougoslavie et, donc, l'Albanie.

Ainsi donc, Luther s'était-il mis à fréquenter un groupe de jeunes de la paroisse de Zion, située sur la place du même nom, dans le centre de Berlin-Est. Les églises, qui bénéficiaient de la sorte de concordat mis en place en 1976 entre les autorités du régime et les représentants des cultes principaux, offraient une tribune unique à qui était désireux d'échanger sur le plan des idées, unique car en leurs murs, les paroissiens étaient libres de s'exprimer et c'était là probablement la seule exception dans tous les pays. En effet, sur leur lieu de travail, à l'école, dans les clubs de loisirs et partout ailleurs sur la place publique, il fallait surveiller sa langue car les dénonciateurs, officiels comme informels, professionnels comme amateurs, étaient partout. L'État ne se mêlait plus aux affaires des Eglises, et la réciproque était attendue de leur part, or, nombreuses étaient les personnes qui fréquentaient la Zionkirche non pour des raisons intimement spirituelles mais parce qu'elle offrait une scène à quiconque – croyant ou pas – voulait partager ses idées.

Luther, lui, s'y était rendu parce que l'un de ses pasteurs-stagiaires, Samuel Bendt, l'un des aumôniers qu'il avait connus durant son emprisonnement à Hohenschönhausen, l'y avait donc invité. De fil en aiguille, au bout de quelques semaines, il avait noué des liens d'amitié avec plusieurs de ses camarades, ce qui l'avait aidé à sortir un peu de la logique d'autoapitoiement dans laquelle ses déboires, en Bulgarie puis en prison en Allemagne, l'avaient plongé. Luther avait besoin de se reconstruire et il savait qu'en tant que grand-frère – sa sœur Kerstin devait alors avoir six ou sept ans – il devait montrer l'exemple.

C'est au mois de juin qu'une petite nouvelle avait fait son apparition du côté de la Zionkirche. Une Française, de Toulouse. Et sa manière de se présenter en avait surpris plus d'un. Que venait faire une jeune française à Berlin-Est ? Comment, même, avait-elle pu entrer dans cette prison à ciel ouvert qu'était l'Allemagne de l'Est? Des gens comme Luther n'avaient jamais vraiment songé à cela mais il était vrai que les portes de la RDA ne demeuraient closes que dans le sens de la sortie, et pour ses ressortissants uniquement. Tout étranger, surtout occidental, était libre d'y venir, principalement quand il avait des devises fortes à dépenser, et d'en repartir à sa guise.

Ainsi donc, Corinne, c'était son nom, était-elle venue en Allemagne en général pour y parfaire son allemand, et à Berlin-Est en particulier pour ménager sa maigre bourse. Tout y était effectivement moins cher qu'à l'Ouest, pour un allemand tout aussi bon, voire plus limpide et plus clair, qu'en RFA occidentale.

Luther avait vingt ans et Corinne, visiblement, un petit peu plus mais il n'avait osé lui demander combien, exactement. Il était tombé sous le charme de la Française avec laquelle il s'était rapidement lié d'amitié. Elle habitait du côté de Friedrichstrasse, près du fameux Checkpoint Charlie, et fréquentait régulièrement un centre culturel français du côté de la place de l'Académie, aujourd'hui rebaptisée

Gendarmenmarkt Platz, où les deux, Luther et elles, avaient pris l'habitude de se retrouver.

C'était une intello, diplômée de philo dans son pays qui n'était en fait pas protestante, alors qu'elle fréquentait le groupe de jeunes de la Zionkirche, et, Luther allait progressivement s'en rendre compte, n'était même pas réellement croyante. Luther la trouvait jolie et intéressante et, se rendant compte qu'elle devenait évasive et vague quand il abordait des thématiques religieuses, il avait décidé de ne pas lui poser, ni se poser, trop de questions sur son parcours.

Par contre, entre les murs de l'église, Corinne y allait. On avait vite remarqué qu'elle semblait pétrie d'idéologie. Elle était venue en RDA, disait-elle, par affinité avec le socialisme, et se revendiquant marxiste-léniniste ainsi qu'écologiste, ce qui avait étonné parmi les jeunes de la paroisse. Là, elle s'était particulièrement nouée d'amitié avec un groupe de barbus qui éditait une publication semi-légale, en fait un samizdat appelé dans un premier temps *Die Umwelt-Bibliothek, Informations et communications,* puis directement *Die Umweltblätter* (Les fiches environnementales), leur donnant des informations qu'elle avait entendues à Berlin-Ouest où elle se rendait une ou deux fois par semaine, au sujet de la catastrophe nucléaire qui venait d'avoir lieu à Tchernobyl, en Ukraine soviétique, un désastre littéralement passé sous silence par des autorités de RDA totalement inféodées à Moscou.

En fait, au fur et à mesure que les semaines passaient, Luther voyait bien que Corinne se détachait du groupe de jeunes chrétiens pour se lier à d'autres gens qui, eux, fréquentaient la Zionkirche pour des raisons autres que religieuses. C'étaient des personnes qui voulaient profiter de l'étroite plateforme de libre-expression qu'elle offrait, au risque de voir l'institution épinglée par la Sécurité d'État qui surveillait toujours plus étroitement ses activités. Il s'en était ouvert à Corinne qui avait compris son raisonnement et estimé à son tour que la Stasi risquait un beau jour de prendre prétexte de certaines activités d'ordre politique qui avaient lieu en les murs de l'église, pour la fermer administrativement. Il était évident pour tout le monde qu'in fine, la préoccupation de Corinne n'était pas les chrétiens et leur culte, mais l'activisme politique et gauchiste, toutefois il était certain qu'à ce moment-là, tout ce petit monde devait s'entendre et se soutenir pour ne pas offrir aux autorités l'occasion de mettre un coup d'arrêt aux activités des uns des autres.

À l'été, Luther avait un peu perdu de vue Corinne qui était rentrée quelques semaines en France, avant de revenir mais comme détachée de lui. Il ne la croisait plus qu'occasionnellement et ils ne s'étaient, durant cet été, vus qu'une seule fois du côté de Platz der Akademie. Elle lui avait donné rendez-vous devant le Musée des Huguenots, situé au Dôme français, du nom du temple protestant français qui bordait la place. L'échange avait été un peu terne, ce qui était peut-être dû à l'austérité de ce haut lieu du calvinisme francophone à Berlin.

Corinne ne parlait que d'idéologie, de son désir de rencontrer plus de militants d'extrême-gauche en RDA. Elle voulait leur éclairage, pouvoir rapporter leurs témoignages en France. Elle avait aussi rencontré des Français qui habitaient également en RDA et elle se réjouissait de bientôt passer un week-end avec eux, du côté de Weissensee, ce qui avait étonné Luther qui n'habitait pas loin.

Luther comprenait de plus en plus que Corinne avait utilisé la Zionkirche comme un moyen de rencontrer des Allemands de son âge, et la paroisse protestante francophone comme le centre culturel français de Platz der Akademie pour rencontrer d'autres Français qui vivaient à Berlin. Après réflexion, il n'avait rien trouvé d'anormal à cela. Il en aurait fait de même à Paris, où il aurait recherché une église luthérienne francophone et un centre culturel allemand pour rencontrer des gens et avoir un minimum de vie sociale.

Corinne avait bien progressé en allemand, et Luther se demandait combien de temps, encore, elle allait rester en Allemagne. On était déjà en septembre et il approchait de son entrée sous les drapeaux. Il avait pensé qu'elle allait retourner en France pour continuer des études mais elle avait finalement opté pour une prolongation de son séjour en RDA. Elle avait rencontré des Français, notamment de Toulouse comme elle, avec qui elle partageait certaines affinités politiques.

Luther en avait rencontré deux à l'occasion d'une soirée dans les faubourgs de Berlin mais le courant n'était pas passé. Ils avaient feint, selon Luther qui n'était pas dupe, de ne pas maîtriser suffisamment l'allemand pour esquiver toute discussion avec lui. Se sentant de trop, il ne s'était pas éternisé et Corinne n'avait d'ailleurs pas fait grand-chose pour le retenir. Dans le S-Bahn qui le ramenait du côté de chez lui, il avait réfléchi à tout cela, trouvant illogique de venir apprendre l'allemand dans un pays pour finalement rester en compagnie de francophones.

Une fois, peu avant d'entrer au service militaire, elle était venue chez Luther qui l'avait présentée à ses parents, leur précisant que ce n'était qu'une amie.

Quand Pali, le père de Luther, lui avait demandé ce qu'elle faisait, elle avait répondu qu'elle était étudiante mais Pali l'avait prise en défaut en lui indiquant, sur le ton de l'étonnement, qu'il l'avait vue dans un bureau du centre culturel de Platz der Akademie quand il était venu chercher pour sa femme, qui était enseignante, de la documentation au sujet du système scolaire français. Décontenancée, elle avait néanmoins assez rapidement apporté une réponse satisfaisante : pour financer son séjour berlinois, elle donnait des cours particuliers de langue française à des Allemands et devait donc régulièrement se rendre au centre culturel qui tenait la liste des personnes qui s'inscrivaient pour ces cours particuliers.

Plus tard, Pali avait dit à Luther qu'il ne la sentait pas trop, qu'il se demandait ce qu'elle cherchait réellement à Berlin-Est. Pour ce dernier, ce que Corinne recherchait à Berlin, ce n'était en tous cas pas la foi chrétienne, elle qui n'avait plus beaucoup remis les pieds à la Zionkirche au moment où Luther entamait ses 18 mois de conscription.

La musique militaire, ce n'était pas “archi le truc” de Luther – qu'importe, il ferait avec. Dans son unité régnait une certaine discipline mais tout de même pas ce à quoi il aurait pu s'attendre au sein d'une unité classique de combat, dixit de nombreux témoignages un peu effrayants qu'il avait entendus ici où là. Luther était content d'avoir échappé à l'infanterie ou aux troupes-frontière. Il apprendrait certes, ainsi qu'il l'avait souhaité, à se servir d'une arme mais, pour l'essentiel, en tant que membre d'un ensemble musical, il n'aurait pas à s'en servir, en tous cas pas contre des personnes, même en cas de guerre.

La musique militaire, c'était un peu une planque à dire vrai. Tout de suite, dès l'entrée en caserne, on avait dit à Luther et à ses camarades qu'en fait de ramper dans la boue ou de rester faire le planton en position de garde-à-vous pendant une nuit, ils devraient se préparer pour un grand événement prévu pour l'été suivant, à savoir les célébrations du 750e anniversaire de la ville de Berlin.

Dans ce cadre, il était prévu que la formation de Luther soit intégrée à un certain nombre d'autres des forces armées de RDA, en vue d'offrir aux habitants de la ville un grand concert pour marquer ce jubilé, concert qui était prévu du côté, et cela, Luther l'avait trouvé amusant, de la Platz der Akademie. Dans un soupir, il s'était dit que Corinne y assisterait peut-être, pour peu qu'à ce moment-là elle soit encore du côté de Berlin et qu'elle se souvienne de lui.

À sa grande surprise, courant novembre, il avait eu la preuve qu'elle se souvenait encore de son existence. Elle lui avait écrit une carte postale de Paris, où elle s'était apparemment rendue, carte qu'il avait reçue à la caserne et qui avait fait sa fierté auprès de ses camarades recrues. Il leur avait un peu laissé entendre qu'il avait une petite amie française, ce qui était un peu osé mais avait fait son petit effet. À leurs yeux, une française, yep, ce Luther devait être *quelqu'un*.

Au cours d'une permission, il avait vu Corinne et lui avait raconté l'anecdote, la suppliant de lui écrire encore, et de jouer les petites amies françaises, histoire d'impressionner les hommes *des casernes* qui lui servaient de camarades, ce qui l'avait fait rire. Elle avait donné son accord, valant à Luther de recevoir quelques cartes supplémentaires, mais aussi, un jour de début février, et cela il ne l'avait pas vu venir, de recevoir, en caserne, la visite d'un peu sympathique personnage, à savoir un agent de la Sécurité d'État.

De retour à la gare de Bar, suffisamment à temps pour prendre son train de nuit pour Belgrade, et non sans avoir enfin acheté une pellicule pour son appareil photo qu'il avait décidé de garder pour le moment du moins, Jeff avait tourné un peu en rond avant de trouver un employé des chemins de fer qui lui avait indiqué que la rame qu'il devait emprunter se trouvait sur la voie numéro 2. À sa surprise, pensant qu'il avait dû mal entendre, il n'avait trouvé le long du quai en question qu'un train tout éteint sans aucune trace de voyageur dans les parages. Accolée à un wagon, une plaque, écrite *en russe*, lapsus de Jeff, indiquait que le train avait bien comme destination finale *Beograd* ("Ville blanche" en serbo-croate), ce qu'avait tant bien que mal confirmé – l'anglais n'étant décidément pas trop maîtrisé par les locaux – un autre employé des chemins de fer affairé à ouvrir les portes dudit wagon dans lequel Jeff, une fois monté, se retrouvait seul, expérimentant en quelque sorte – un comble en terres socialistes – les joies du chemin de fer privatisé !

Alors que le trajet s'annonçait de tout repos, pauvre Jeff, la ligne de nuit entre Bar et Belgrade n'était en fait pas des plus conseillées sur le plan sécuritaire, mais ça, il ne le savait pas encore. Il n'avait en fait pas sur lui un de ces guides modernes, *Routard* ou *Lonely Planet,* et encore moins, à l'époque, d'applications de smartphone pour le guider, le conseiller voire l'avertir des perturbations et dangers imminents.

Lorsque le convoi s'était finalement ébranlé, peu après neuf heures du soir, Jeff était encore seul à l'intérieur, mais c'était une ligne sur laquelle tout au long de la nuit, jusqu'à Belgrade, il s'arrêterait à chaque gare, et j'ai bien aimé la façon dont Jeff avait décrit cela en anglais, parlant de "*milk train*" ou quelque chose comme ça, du genre qui s'arrête dans toutes les gares pour livrer le lait, et dans son cas précis, un train embarquant progressivement, tout le long du parcours, une foule aussi cosmopolite que bigarrée de passagers parfois, hélas, abreuvés d'autre chose que de petit lait.

Dans ce coin des Balkans, on pratiquait pas mal de langues, parfois compliquées, et toutes aussi déroutantes les unes que les autres pour un Canadien anglophone voyageant pour la première fois en Europe : serbo-croate, albanais, grec, bulgare, roumain, italien, turc, hongrois et même allemand, ce qui garantissait à tout Occidental fréquentant bus et trains qui parcouraient ces contrées ayant connu bien des invasions, vénitienne, turque, austro-hongroise, italienne, allemande ou encore russe, un très dépaysant melting-pot linguistique!

Jusqu'à Titograd, capitale de la République socialiste du Monténégro aujourd'hui rebaptisée Podgorica, prononcé "Podgoritsa", tout était resté relativement calme. En revanche, Jeff n'était déjà plus seul dans son compartiment. Deux jeunes, des frères étudiants en médecine qui retournaient à la capitale après une semaine de vacances sur le littoral, étaient en effet apparus peu après le départ de Bar, peut-être lors de la halte à la gare de Virpazar, l'une des premières sur le chemin vers Belgrade.

À Titograd, cependant, et c'était normal puisqu'on était dans la capitale du Monténégro, une ville autrement plus importante que celles traversées jusque-là, Bar comprise, un nombre conséquent de passagers avaient embarqué, certains très bruyants et agités, et de surcroît visiblement éméchés. La situation commençait doucement à se corser.

Jeff nous avait alors raconté qu'il était sorti de son compartiment et avait ouvert la fenêtre du couloir qui donnait sur le quai, dans le but de voir quelque chose de Titograd et, dans la foulée, regarder un peu quelle sorte de clientèle allait embarquer. La foule était nombreuse pour une heure si tardive, mais tous ceux qui la composaient n'étaient heureusement pas montés dans le train.

Parmi ceux qui avaient embarqué se trouvaient, un peu plus loin, dans un autre wagon, des jeunes très bruyants qui, de la fenêtre de couloir qu'ils avaient eux aussi abaissée, brandissaient des bouteilles d'alcool, probablement de la bière et de la Rakija, ce qui avait incité Jeff à dégainer le petit appareil photo qu'il venait de doter d'une pellicule, prenant justement un cliché au moment où un des bruyants fêtards alcoolisés avait jeté sa bouteille vide sur le quai, au pied du chef de gare qui, avant de les invectiver, avait tout d'abord exprimé son mécontentement par de virulents coups de sifflet.

Prendre des photos à ce moment-là n'était pas utile, surtout que l'appareil de Jeff datait de plus d'une décennie, donc du début des années soixante, et à la nuit tombante, comme ça, sans flash, les clichés ne risquaient pas de donner quoi que ce soit d'un point de vue qualitatif. Un des fêtards qui, de loin, de la fenêtre de couloir de son wagon, avait vu Jeff les prendre en photo, l'avait copieusement insulté dans sa langue, ce que les autres, lui emboitant le pas, avaient à leur tour fait rageusement, brandissant de surcroît leur majeur en direction du Canadien. Sur ce, ce dernier s'était illico retiré de la fenêtre de couloir sans demander son reste, fenêtre qu'il avait refermée en la glissant vers le haut, avant de retourner sagement s'asseoir dans son compartiment.

Au bout d'une demi-heure, alors que le train avait depuis un moment repris sa course pour s'arrêter et repartir de nouveau à plusieurs reprises, et alors qu'une forte agitation régnait dans les wagons, Jeff avait eu une envie pressante qui l'avait poussé à sortir de son compartiment pour se rendre aux toilettes. Ces dernières étaient apparemment dans un état déplorable dont Jeff nous a, délicate attention, épargné la description, des toilettes de train yougoslave des années 1970 dans un état apparemment bien pire que celles, en comparaison propres et modernes, de notre train de la compagnie Amtrak qui nous amenait vers New York, des toilettes qu'il venait d'ailleurs d'aller tester… il en était en effet bien à sa cinquième chopine, au moins, depuis que l'on s'était assis ensemble dans le wagon-restaurant, une poignée d'heures plus tôt.

Ce qui l'avait alors marqué, en revenant des toilettes pour retourner dans le compartiment de son train qui avait franchi la frontière et fonçait désormais à travers la campagne serbe, c'était un type basané, peut-être un rom, donc une personne issue d'une minorité ethnique originaire d'Inde que l'on trouve dans nombre de pays de l'Est, des gens à la fois malheureusement aussi pauvres que mal perçus, et parfois même moqués voire persécutés, par le reste de la population. En l'occurrence, ce type devait avoir subi une agression car il courait dans la direction de Jeff, le visage en sang.

Notre ami canadien – le malheureux l'avait d'ailleurs croisé sans prêter attention à lui – était alors vite retourné s'asseoir dans son compartiment, se disant que ce voyage, qui semblait si bien parti quand le train était encore vide à Bar, commençait à vraiment mal tourner. Et notre pauvre Jeff n'était malheureusement pas au bout de ses émotions. Dans un premier temps, certes, et en dépit de l'agitation et du bruit dans le couloir, à l'extérieur de son compartiment, il avait profité du calme qui régnait à l'intérieur de ce dernier pour se relaxer un peu et presque s'endormir.

En plus des deux frères qui lui faisaient face, l'un à côté de la porte coulissante du compartiment, le second, le plus grand physiquement, sur la place du milieu, pile en face de Jeff qui occupait lui aussi la place du milieu de sa banquette, il y avait, à côté du frère qui était assis au milieu, donc cette fois contre la fenêtre du wagon, une dame âgée tout habillée de noir qui faisait du tricot. Sur la banquette de Jeff, il y avait à sa droite, côté porte du compartiment, une autre dame, plus jeune, qui paraissait perturbée, semblant même parfois soliloquer et, à sa gauche, contre la fenêtre et face à la dame qui faisait du tricot, il y avait un homme relativement âgé qui dormait.

Malgré la barrière de la langue, Jeff avait échangé avec les deux frères, chaque partie en présence ayant quelques notions de la langue de l'autre, Jeff de serbo-croate, les deux frères d'anglais. Certes, c'est donc dans un très approximatif serbo-croate que Jeff s'était lancé, auquel les étudiants avaient répondu en un *broken English* qui ne l'était pas moins. C'était en fait à ce moment-là que Jeff avait appris que les deux étaient des frères et des étudiants en médecine. Comme la conversation, en plus d'être un peu forcée, se trouvait limitée par les faibles compétences linguistiques des intervenants et que l'agitation allait croissante en dehors du compartiment, générant un fort brouhaha, elle avait rapidement tourné court.

Après de longues minutes où personne n’avait parlé et que Jeff se demandait comment il allait dormir assis… la porte coulissante du compartiment s’était violemment ouverte. Sur le pas de cette dernière se tenaient trois gars visiblement très alcoolisés. Le premier, celui qui s’était avancé dans le compartiment, brandissait une batte de baseball quand, derrière lui, le second portait un poing américain, et le troisième, qui se tenait en retrait, d’arborer une sorte de longue matraque télescopique. Les passagers du compartiment, hormis le plus âgé qui roupillait toujours, étaient restés muets, pétrifiés.

Le premier des zigotos, celui qui avait la batte, s'était avancé dans le compartiment, regardant d'abord le frère qui était assis en face de Jeff, au milieu de sa banquette, avant de subitement se retourner vers le Canadien qui ne respirait plus. Le type, qui s'était penché, offrant à Jeff la délectation des effluves fortement chargées de vapeurs éthyliques que convoyait son haleine, allait lui adresser la parole quand, par miracle, il s'était finalement retourné vers le frère assis en face de Jeff pour lui hurler une question à laquelle le Canadien n'avait rien compris. Heureusement que ce n'était pas à lui – anglophone apeuré et au niveau de serbo-croate plus que limité – que la question avait été si délicatement posée. Les deux frères avaient négativement hoché de la tête, protestant péniblement de faibles "*Ne znam, ne znam…*"

Le type à la batte s'était alors encore un peu plus avancé dans le compartiment, observant brièvement la dame tricoteuse qui se blottissait le plus en retrait possible dans l'angle formé par son siège et la fenêtre. Le loubard avait ensuite jeté un regard amusé en direction du vieux monsieur que tout ce raffut avait fini par réveiller, avant d'en revenir à Jeff et de le toiser attentivement, Jeff faisant tout son possible pour ne pas croiser son regard, un moment qui avait duré une éternité avant que l'agité ne revienne vers la porte du compartiment, brandissant à nouveau sa batte de baseball d'un air menaçant. Il était alors sorti, emmenant dans son sillage ses deux potes alcoolisés, puis avait violemment claqué la porte coulissante derrière lui.

Un silence de mort avait alors, selon Jeff, régné dans le compartiment, silence assourdissant, seulement interrompu par l'ouverture violente de la porte du compartiment voisin suivi de nouveaux hurlements du jeune alcoolisé à la batte de baseball.

Au bout de presque une minute, Jeff, qui voulait essayer de comprendre ce qu'il s'était passé et ce que le type à la batte de baseball avait bien pu demander, avait commencé à questionner les deux frères, osant des "*Who are they ?*" et des "*What's wrong here ?*" (Qui sont-ils, qu'est-ce qu'il se passe ici ?). La réaction des frères n'avait pas manqué de terrasser Jeff. Les deux avaient en effet hoché négativement de la tête en un mélange de désapprobation et d'incompréhension, geste qui ressemblait à celui qu'ils avaient fait lorsque le type à la batte leur avait demandé quelque chose en hurlant, mais cette fois-ci, c'était en fixant Jeff qu'ils le faisaient.

Le frère qui était assis au milieu de sa banquette avait alors roulé son index pour faire comprendre au Canadien de s'approcher, ce que ce dernier avait aussitôt fait. Malgré son mauvais anglais et sa voix basse, le type s'était quand même fait comprendre, lançant à Jeff un : "*Hey, my friend, no more camera !*"

Choqué, Jeff avait compris que c'était après lui qu'en avaient ces types qui avaient fait cette brutale intrusion dans son compartiment. Du côté de Titograd, c'était leur bêtise abyssale – les insultes et les jets de tessons de bouteilles au pied du chef de gare – qu'à la nuit tombante, il avait par mauvais réflexe immortalisé sur sa pellicule.

Les deux frérots étudiants en médecine avaient ensuite fait comprendre à Jeff qu'il était dans son intérêt de faire profil bas, de se montrer discret, de ne plus toucher à son appareil photo, de ne pas sortir du compartiment, et de ne surtout pas parler à qui que ce soit, où que ce soit, tant qu'il ne serait pas arrivé dans la capitale. Le Canadien devait donc bien faire attention de ne pas révéler à qui que ce soit d'autre sa qualité d'étranger, car cela, dans le contexte turbulent de ce train où les gens se criaient, s'insultaient et se tapaient dessus, l'aurait immanquablement mis en danger.

Otto Hoffmann n'avait pas pris de détour, après s'être présenté à Luther comme agent de la Stasi, la Sécurité d'État, lui demandant quelle était la nature de ses rapports avec *cette Française*, pourquoi elle lui écrivait, à lui soldat de la NVA, l'Armée populaire allemande, des cartes postales bidon – la Stasi n'était pas dupe et avait repéré ce manège. Hoffmann suspectait peut-être un code secret au moyen duquel Luther passait des informations à une étrangère, mais Luther ne voyait pas trop comment cette hypothèse pouvait tenir debout. Cela ne semblait en effet pas avoir de sens.

Luther n'accomplissait son service militaire qu'au sein d'une simple formation musicale, et seule sa trompette n'avait plus de secret pour lui, des secrets cependant peu susceptibles d'intéresser le monde du renseignement militaire. Il avait certes des connaissances approfondies des accords à utiliser pour jouer la martiale marche dite des *Yorckschen Korps* de Ludwig von Beethoven ou celle dite du *Vieux Dessauer* de Karl May dont il était capable de tenir les multiples solos à la trompette sans faillir, ce qui était en soi remarquable, mais rien au sujet de ce qui aurait pu concrètement intéresser l'étranger, par exemple concernant d'éventuels missiles ou radars nouveaux.

Après l'interrogatoire, Luther avait été laissé tranquille mais la source des cartes postales s'était tarie. Il attendait sa prochaine permission pour savoir si c'était parce que Corinne ne lui écrivait plus – et si oui pourquoi – ou si c'étaient les services postaux militaires qui n'acheminaient plus les cartes qu'elle lui écrivait.

En permission, quelques jours après l'entrevue avec cet agent de la Stasi, et alors qu'il se rendait à la Zionkirche retrouver son groupe de jeunes, par le truchement de reflets dans les vitres de son tram, précisément à l'intersection de l'allée Schönhauser et de la rue Eberswalder, il avait furtivement vu une personne ressemblant précisément à Hoffmann, l'agent de la Stasi qui l'avait cuisiné quelques jours auparavant, en train de le suivre. Alors que les portes de son tram se refermaient, il avait sauté au-dehors, faussant in extremis compagnie à n'importe qui dans l'engin qui aurait essayé de le suivre, le laissant s'enfoncer seul dans la nuit sur Kastanienallee, qu'il avait à sa suite longée tout en évitant cependant l'arrêt du même nom – quelqu'un aurait pu descendre du tram pour l'y attendre.

S'approchant de la paroisse de Zion où il avait prévu de rencontrer les jeunes de son groupe d'amis, il avait eu comme un pressentiment et avait marqué une petite pause, dans un coin discret, sous le porche d'une porte de la petite Griebenowstrasse qui jouxtait l'édifice religieux. En regardant bien, il avait aperçu des véhicules, certes sagement garés mais, fait plutôt inhabituel pour une nuit glaciale de janvier, chacun moteur éteint et néanmoins occupé par deux types qui semblaient observer les allées et venues autour de la paroisse.

Luther avait compris qu'il valait mieux ne pas s'approcher. Il était resté tapi dans l'ombre, un peu engourdi par le froid polaire. En y réfléchissant bien, il se disait qu'il avait toujours été clair que les lieux de cultes étaient surveillés par les autorités, et il avait déjà vu comme ça, ici ou là, une voiture garée occupée par des personnes chargées de fliquer l'accès de l'église, mais là son intuition lui disait qu'il se passait quelque chose de sensiblement différent, ce qui ne pouvait que l'inciter à la prudence.

Il s'était discrètement écarté et, soudainement, il y avait eu comme un grand bruit, des cris. De loin, tentant de distinguer à travers la nuit ce qui se passait du côté de l'église, il pouvait deviner une certaine agitation ainsi que la lumière de gyrophares. Il ne comprenait pas trop ce qui se passait là-bas, mais sentait bien qu'il était préférable de s'en éloigner.

Il avait alors pris ses jambes à son cou, croisant dans sa fuite deux Trabant de la Volkspolizei qui, toutes sirènes hurlantes, se dirigeaient vers l'Eglise. Au moment où il traversait la rue, il avait entendu le bruit strident d'un sifflet et s'était retourné. À une centaine de mètres de lui, des policiers à pied lui faisaient signe de s'arrêter. S'il n'avait rien à se reprocher, son intuition lui commandait cependant de ne pas se faire appréhender là. Il pourrait fausser compagnie aux pandores et rentrer chez lui, sans que l'on ait pu le reconnaître formellement ni que l'on puisse lui reprocher quoi que ce soit.

Il s'était remis à courir, entendant clairement dans son dos les policiers qui faisaient de même en lui emboîtant le pas. Il allait devoir manœuvrer pour les semer. Comme les flics n'étaient pas loin derrière lui, et que la nuit les sons portaient plus que le jour, il avait entendu le grésillement d'un talkie-walkie. Les types en uniforme poursuivaient un suspect mais ne semblaient pas savoir qui il était. Luther pouvait encore peut-être espérer leur échapper et s'en sortir sans problème. Une autre voiture de police avait soudainement fait son apparition, lui barrant la route. Le temps que les policiers en sortent, Luther l'avait contournée, pour disparaître dans la nuit.

Avec prudence, mais presque en courant, se faufilant de petites rues en petites rues, Luther avait rejoint les environs de son domicile. Il pouvait encore entendre des sirènes et, parfois, apercevoir une voiture de police fonçant dans la nuit, gyrophares enclenchés. À ce moment, Luther se demandait encore ce qui avait pu se passer, si par hasard la troisième guerre mondiale n'avait pas commencé à la Zionkirche.

En tous les cas, il avait décidé de temporiser, attendant dans un parking souterrain que les choses se calment en surface. Au moins demeurait-il là à l'abri, si ce n'était des odeurs d'urine, du vent et du froid et, à cette époque-là, il n'y avait pas toutes les caméras de surveillance que l'on a partout de nos jours.

Au bout d'une trentaine de minutes à patienter là, dans ce parking, et parce qu'en surface il n'avait plus entendu de sirène depuis un moment déjà, Luther s'était risqué à passer une tête au-dehors. Après tout, se répétait-il donc constamment, il n'avait rien fait de mal et au pire, s'il était appréhendé, que pourrait-on lui reprocher sinon d'avoir été dans la rue à proximité de son domicile ?

C'est ainsi qu'il avait fini par rejoindre ce dernier, au huitième étage de son immeuble décrépit de banlieue, domicile où l'attendait, surprise désagréable, son “ange-gardien” de la Sécurité d'État, Otto Hoffmann.

Otto Hoffmann devait être un bon agent de la Stasi. Il avait du moins un atout fondamental de tout bon élément de ladite Sécurité d'État : il faisait peur. En fait, il allait bien avec la météo hivernale de ce mois de février : il était froid et ses yeux perçants auraient très bien pu être, quarante-cinq ans plus tôt, ceux d'un agent de la Gestapo. Il avait, qui sait, peut-être de qui tenir parmi ses aïeux. En tous les cas, Hoffmann n'était pas le genre à se perdre en formules de politesse et à tourner longtemps autour du pot. Il allait généralement droit au but.

Il voulait savoir pourquoi Luther avait "sauté du tram", rue Eberswalder. Ce dernier qui, lorsqu'il avait vu Hoffmann en arrivant chez lui, avait rapidement réfléchi, n'avait pas été pris au dépourvu par la demande de l'agent. Il avait une réponse toute faite mais peut-être un peu courte. Il avait eu envie de se dégourdir les jambes et avait préféré continuer à pied. Hoffmann avait alors demandé où il s'était ensuite rendu, et Luther de répondre du tac-o-tac que sa destination était bien la Zionkirche mais qu'en s'en approchant, il avait entendu pas mal de bruit ainsi que des cris, ce qui l'avait incité à rebrousser chemin. Ainsi, on ne pouvait rien lui reprocher sans qu'il n'ait à vraiment mentir. Hoffmann, qui cherchait une raison d'arrêter Luther, était coincé. Pour quel motif aurait-il en effet bien pu l'appréhender ?

La discussion sur le pas-de-porte du domicile de Luther avait réveillé sa sœur, Kerstin, qui était venue demander ce qu'il se passait. À son tour, le papa, Pali, était apparu, demandant sans détour à l'agent de la Stasi quel motif il avait de venir enquiquiner sa famille en pleine nuit. Hoffmann, qui était décidément coincé, avait dû s'excuser et battre en retraite. Pour cette fois-ci, du moins, Luther s'en était tiré à bon compte.

Tout le monde était allé se coucher sans demander son reste.

Là, quarante-cinq ans après, tranquillement installé dans notre train qui filait vers New York, ma femme et moi, ainsi que mon fils dont l'attention avait soudainement été attirée par la manière dont Jeff avait haussé la voix, revivant ce moment tendu où sa vie n'avait plus tenue qu'à un fil, la question se posait de savoir qui étaient ces types alcoolisés et violents qui, dans ce train, en Yougoslavie, s'étaient permis de faire régner leur loi de petites frappes.

En fait, concernant mon fils et son soudain intérêt pour les souvenirs de jeunesse de Jeff, il m'a dit après coup, le lendemain, que jusque-là il avait trouvé plutôt ennuyeux le peu du récit qu'on lui avait traduit… surtout que ça se passait il y a longtemps, et en plus dans un pays, je cite, "*qui n'existait pas*" (sic). En revanche, Jeff a tout de suite capté l'attention de mes enfants en parlant de batte de baseball et de poing américain, se levant même pour mimer les gestes de ces abrutis alcoolisés.

Il est vrai que jusque-là, hormis l'incident avec les matelots et la police de Bar, hormis aussi l'accident de moto de Lee et bien sûr la panne définitive du propre engin de Jeff, il n'y avait pas eu d'anicroche à signaler dans ce que Jeff avait raconté de ces semaines qu'il avait passées en Yougoslavie.

Mais, pour en revenir à ce train de nuit du milieu des années 1970… la question que mon fils avait posée, et que nous avions traduite à Jeff, était de savoir pourquoi il y avait eu à bord, cette nuit-là, tous ces types, je le cite, *"cheums"* et alcoolisés ? S'étaient-ils échappés d'une prison voisine, voire d'un asile de fous ? Que s'était-il donc passé cette nuit-là ? Jeff nous avait alors révélé que les frères étudiants lui avaient dit que le lendemain, à Belgrade, aurait lieu un match de football décisif du championnat ou de la coupe – il ne savait plus – de Yougoslavie, un derby qui s'annonçait explosif entre les deux clubs phares de la capitale, et donc du pays, le *Partizan*, le club de l'Armée, et l'*Étoile rouge*, le club du Parti.

En attendant la rencontre, donc, et ce pendant toute la nuit, le train dans lequel il était monté à Bar prenait des supporters des deux équipes, des aficionados de leurs clubs respectifs dont il était de notoriété publique qu'ils se détestaient, ce qui pouvait paraître absurde pour des fans de deux équipes provenant de la même ville, des formations en plus toutes deux liées au pouvoir communiste, donc la question n'était même pas politique ! Cette rivalité entre supporters des deux clubs de Belgrade m'avait fait penser – toute proportion gardée – à ce que l'on voit aujourd'hui, à Milan, entre *tifosi* de l'*AC* et de l'*Inter*, ou encore, à Madrid, entre *socios* du *Real* et de l'*Atletico*.

La rivalité entre les fans des deux grands clubs rivaux de la capitale yougoslave était d'ailleurs à son comble en ce milieu des années 1970, et elle n'allait pas en diminuant. Les deux équipes se tenaient habituellement dans un mouchoir de poche tout au long du championnat, provoquant une rivalité qui montait crescendo au fur et à mesure qu'approchait le mois de mai qui était celui des rencontres décisives, le *money time* avait dit Jeff.

Ce dernier, qui reprenait son récit, se souvenait parfaitement de l'angoisse ressentie à l'idée de se savoir coincé dans un train de nuit où bagarres et cris allaient croissant, sans perspective d'amélioration en vue. Il commençait même à s'inquiéter de ce qu'il allait advenir de lui cette nuit-là, se sentant en quelque sorte tombé dans un traquenard, un piège potentiellement mortel. Il avait certes eu la vie sauve grâce à la présence d'esprit et à l'empathie louable des deux frères étudiants en médecine qui avaient vite compris qu'en cas de double découverte par les hooligans de l'appareil photo de Jeff et de la qualité d'étranger de son propriétaire, ils l'auraient massacré sur place.

Mais qu'allait-il se passer si, pour une raison ou pour une autre, Jeff finissait par être démasqué comme étranger, comme touriste, donc forcément quelqu'un possédant un appareil photo ? Comment allait-il en réchapper ? Au vu de l'agitation, le Canadien comprenait que les types étaient toujours dans les parages. Ils étaient même revenus dans un compartiment de son wagon. La situation devenait critique, l'agitation, à son comble. La porte de son compartiment s'était à nouveau ouverte. Un des types, celui qui avait une matraque, avait fait un pas à l'intérieur avant, miracle, de vite en ressortir, un de ses camarades de beuverie l'ayant rappelé du dehors.

Il était temps pour Jeff de faire quelque chose, de forcer le destin, de défaire cette laisse qui l'avait tenu sagement assis dans ce compartiment, endroit qui risquait de devenir le dernier qu'il aurait connu ici-bas. Les Américains avaient fait leurs premiers pas sur la Lune, lui ne ferait pas ses derniers dans ce wagon. Quitter cet espace clos, se retrouver dans le couloir. En espérant que ce ne serait pas celui *de la mort*.

Le train ralentissait à l'approche d'une des nombreuses gares qui balisaient le trajet en cours. Ce n'était pas Buffalo-Depew, Rochester ou Syracuse, mais quelque part, dans la nuit, une énième localité yougoslave jalonnant le parcours menant à Belgrade. Le convoi avait ralenti et était sur le point de s'arrêter. Sur le quai, il y avait du monde. Les excités qui étaient debout dans le couloir s'étaient jeté d'un coup, en grappe, contre les fenêtres, à l'image des zombies de *The Walking Dead* ou de *The Last of Us* flairant de la *"chair fraîche"* pas loin.

Des fenêtres de couloir qui, précisément, donnaient sur le quai et, alors que le train s'était presque immobilisé, ils faisaient déjà des gestes obscènes en direction de la foule composée, coup du sort, de supporters de l'équipe rivale, des hooligans qui formaient une meute d'allumés se pressant en contrebas contre le train qui venait de s'arrêter et qui s'apprêtaient à embarquer… annonçant un aussi sérieux qu'inquiétant grabuge pour des tiers comme Jeff qui étaient là, au mauvais endroit et au mauvais moment.

Il était donc plus que temps pour ce dernier de se sortir de cette situation. Très vite retourné dans son compartiment pour se saisir de ses affaires sous le regard étonné des deux frères étudiants qui n'avaient pas bougé de leur siège, il avait dans la seconde pu revenir dans le couloir du wagon et se faufiler en direction des portes, pour les ouvrir avant même que les excités qui se pressaient sur le quai en vue de monter n'aient eu le temps de le faire. Jeff, n'ayant pas l'allure d'un supporter – il avait l'air d'un individu lambda – avait pu descendre du train sans embûche, se faufilant ensuite au travers de la foule.

Il faisait nuit, et Jeff n'avait pas trop compris où il était. Quelque part sur Terre, ça c'était sûr, en Yougoslavie, aussi, c'était sûr, mais où exactement ? Peu lui importait de le savoir, il était sauf. Il en avait réchappé.

Comme on lui avait demandé à plusieurs reprises dans quelle ville il avait débarqué, Jeff avait souri en disant qu'en descendant du train, il n'en savait alors rien, sa seule préoccupation sur le moment ayant été de s'éloigner de cette gare, par peur de tomber sur un autre groupe agressif. Sachant que de toute façon, il n'était pas à Belgrade ni même à Zlatibor, car pour cela, il aurait fallu descendre du train plus tard, peu lui importait de savoir s'il se trouvait à Pétaouchnok ou à Pétaouchgrad.

Il faisait nuit et il était deux heures du matin. La petite bourgade dont il arpentait les rues n'était pas très éclairée. Ici ou là sur son chemin, il passait devant des devantures en cyrillique qu'il peinait à déchiffrer. Tantôt un bar, tantôt une épicerie ou ce qui ressemblait à une pharmacie. Au cœur de la nuit, tout commerce étant fermé, et la circulation automobile circonscrite à de rares véhicules, l'atmosphère était fort paisible. Voilà qui le changeait de la zone de turbulence qu'il venait de traverser !

Pas d'auberge à l'horizon, et, de toute façon, pas vraiment de quoi se payer un toit. Jeff, qui avait prévu de passer la nuit dans le train, ne savait désormais guère où il pourrait dormir. En continuant sa progression, il se demandait en permanence s'il avait fait le bon choix de s'éloigner comme ça de la gare, au hasard. Certes, il n'était plus question, cette nuit-là ni même les nuits suivantes d'ailleurs, de se risquer à emprunter un autre train de nuit et de tomber sur l'assaut de la vague suivante de supporters violents et alcoolisés. Il pouvait en revanche espérer trouver un train de jour, plus sûr, qui le conduirait enfin à Belgrade. Quant au risque de s'égarer, Jeff se disait qu'ayant progressé en ligne droite, il retrouverait la gare sans problème en revenant sur ses pas. De toute façon, il pourrait aussi demander son chemin une fois le jour venu et la ville rendue à un rythme diurne.

Il était un peu plus tard tombé sur une sorte de parc peu éclairé qui comptait des bancs, et sur l'un d'entre eux, dans un coin discret, éloigné de la route, il s'était couché avant de rapidement s'endormir. Nous étions fin mai, et malgré l'impression qu'il avait d'être relativement en altitude, peut-être déjà en moyenne montagne, la température était suffisamment supportable, agréable, pour se risquer à passer la nuit dehors, ce qui aurait certainement été impossible au cœur de l'hiver.

Lorsqu'il s'était réveillé, le jour était déjà là. Il était en fait pratiquement 11h00 du matin, et la vie semblait avoir repris autour de lui. Il pouvait en effet distinctement entendre le passage de véhicules sur la route qui longeait les abords de ce parc dans lequel il avait terminé la nuit. Après un brin de toilette pour le moins sommaire, il n'était pas équipé pour le camping, Jeff, que la faim tenaillait, s'était remis en route sans trop réfléchir à la direction qu'il allait prendre. Il avait instinctivement continué dans la direction qui avait été la sienne depuis sa descente du train, pour assez vite remarquer, à la faveur de la lumière du jour, qu'elle semblait devoir bientôt le mener en dehors de la bourgade dans laquelle il avait débarqué.

Après quelques minutes, il était tombé sur un cimetière et avait eu la confirmation qu'il s'éloignait du cœur de la zone urbaine, et comme il avait faim, le sentiment l'avait parcouru que ce n'était pas là une très bonne idée. Si la perspective de revenir sur ses pas ne le satisfaisait guère, au moins trouverait-il plus facilement de quoi se sustenter en regagnant la civilisation. Une chose était certaine, il tournait de toute façon en rond.

À la hauteur du cimetière et à la faveur de l'espace grandissant entre les bâtiments au fur et à mesure que, s'éloignant du centre, ces derniers se faisaient rares, il avait pour la première fois remarqué un fleuve qui longeait la ville. En se rapprochant de sa rive, il avait obtenu une vue dégagée sur la bourgade dont il s'était éloigné. À vue de nez, cette dernière devait tout au plus compter quelques cinq à dix mille âmes. C'était une petite ville de moyenne altitude. De l'autre côté, dans la direction qu'il avait suivie depuis sa descente du train, lui étaient apparus, à environ un kilomètre de sa position et au travers des arbres qui longeaient le cours d'eau, des bâtiments qui lui semblaient être des usines.

Il n'avait aucune raison de continuer en direction d'une zone industrielle, ce qui l'avait donc décidé à revenir sur ses pas pour retourner vers le cœur de la ville. Au moment où Jeff se tournait pour repartir dans l'autre direction, il avait *in extremis* remarqué au loin, dépassant un peu de hauts murs de ce qu'il avait d'abord cru être une usine, ce qui lui avait semblé être le toit de bus scolaires jaunes tels qu'il les avait connus au Canada !

Ce qui était amusant, c'était qu'au moment où Jeff nous racontait cela, on arrivait en approche d'Amsterdam, dans l'État de New York, et que ralentissant en vue de l'arrêt, on passait tranquillement le long d'un dépôt de bus scolaires jaunes que j'avais alors pointé du doigt. Jeff, regardant par la fenêtre, s'était exclamé : "*Yeah, looked like this !*"

Est-ce qu'en Yougoslavie, au milieu des années 1970, on transportait les élèves dans des bus jaunes ? Cela, sur le moment, Jeff, n'en savait rien, mais après tout, ce que de loin il avait pris pour une banale fabrique n'en était en fait peut-être pas une, mais peut-être plutôt un établissement scolaire ? Peut-être que quelqu'un parlerait anglais ? Ou alors, peut-être était-ce une gare routière qui lui offrirait des options plus économiques et plus sûres que les trains de nuit pour continuer sa route en direction de Belgrade ? Comme cet endroit ne semblait guère éloigné de sa position et qu'au pire il avait l'option de revenir sur ses pas pour rejoindre la gare, ça ne lui coûterait rien d'aller voir. Une déception l'attendait.

Presque arrivé à destination, il lui apparaissait déjà comme évident qu'il s'était trompé. Il s'agissait bien d'une classique zone industrielle et non de quelque établissement scolaire ou autre gare routière. Il ne savait pas trop ce que l'on pouvait bien fabriquer dans la grande usine sur le toit de laquelle trônaient trois lettres géantes qu'il avait déjà pu déchiffrer de loin, "FAP". Peut-être des motos ? Il s'était dit cela car, lui qui ne connaissait rien ou presque à la mécanique en arrivant en Europe, il s'était un peu découvert une passion pour cette dernière, à force de devoir effectuer en permanence de petites réparations et autres opérations d'entretien sur son deux-roues qui lui manquait.

En s'approchant vers le portail d'entrée de ce qui apparaissait à chaque pas plus clairement comme étant bien une banale fabrique, Jeff avait distingué des inscriptions en langues étrangères, en anglais notamment, mais aussi, semblait-il, en allemand, ce qui n'avait pas manqué de l'étonner. Il avait aussi remarqué un flot d'employés qui sortaient du bâtiment principal pour se diriger vers un autre sur lequel était inscrit, en grandes lettres écarlates, un mot qui était désormais familier de Jeff : *Restoran*, mot qui se passait de traduction d'autant plus qu'il n'était pas inscrit en cyrillique, mais, curieusement en plein cœur de la Serbie, en lettres de l'alphabet latin. En levant la tête, Jeff pouvait voir que le soleil était haut dans le ciel. Il était en effet près de midi. Un détail que Jeff avait remarqué, c'était qu'un certain nombre des employés qu'il avait vus sortir du bâtiment principal pour se diriger vers le restaurant semblaient être davantage des cols blancs que bleus. Il y avait donc des bureaux et, au vu des plaques sur le portail d'entrée, peut-être même un personnel international ?

Il devait donc probablement y avoir des anglophones et, qui sait, même une ligne de téléphone à laquelle, idéalement, il obtiendrait l'accès, mais il ne voyait pas comment. Alors que Jeff s'était avancé, franchissant sans le vouloir la démarcation qui séparait le domaine public du périmètre de l'usine, un garde était apparu et l'avait interpellé. L'agent de sécurité le retenait par le bras en lui demandant quelque chose que Jeff ne comprenait pas, ce qui lui fit repenser à son expérience de la veille avec les matelots de Bar.

Dans ces circonstances, la communication ne pouvait être que difficile. Bien sûr, le Canadien s'était bien douté qu'il ne pourrait pas entrer comme ça, et ce n'avait pas été son intention d'ailleurs. Il s'était juste un peu avancé pour mieux observer les lieux. Jeff s'était alors reculé pour revenir dans la rue tout en essayant, au moyen d'une gestuelle improvisée, d'en savoir plus sur ce que fabriquait cette usine. Le gardien, satisfait d'avoir mené à bien sa mission, était retourné dans sa cabine, surveillant du coin de l'œil le Canadien qui avait laissé tomber pour ce qui était d'une explication quant à savoir ce que cette usine fabriquait. À être trop curieux de tout, Jeff avait connu des ennuis la veille dans le port de Bar et il avait retenu la leçon. Il ne voulait en effet pas à nouveau être arrêté et retenu par qui que ce soit. Après tout, savoir ce que cette usine produisait n'était pas d'une importance capitale pour un Jeff qui ne s'était posé la question que par simple curiosité.

Au moment où il allait repartir en direction de la gare, un homme en col bleu s'était à son tour présenté devant l'entrée de l'enceinte, et Jeff avait tenté de lui poser des questions, mais c'était un ouvrier qui, ne comprenant rien à l'anglais, avait répondu à Jeff sur un ton clairement étonné par une question qui, en retour, était tout aussi inintelligible à notre Canadien.

Un autre homme, lui en col blanc et portant une cravate, proche de l'entrée de l'usine, s'était avancé vers Jeff pour lui glisser quelque chose en serbo-croate. Comme le Canadien n'avait à nouveau rien compris, l'homme avait alors prononcé les mots magiques pour tout étranger perdu : "*Deutsch, English ?*".

Le lendemain, au réveil, Luther avait pris son petit-déjeuner en compagnie de sa sœur Kerstin qui se préparait à aller à l'école. Le papa, Pali, était déjà à son travail et la maman, qui n'avait rien entendu du manège de la nuit, préparait un cours de son côté, dans sa chambre, elle qui avait en quelque sorte inventé le jeûne intermittent, ne mangeant jamais le matin et se contentant habituellement d'une tasse de café bien chaude.

Kerstin avait demandé à son frère ce qui s'était passé durant la nuit, précisant que c'est en pensant à cet incident qu'elle s'était réveillée. Elle voulait savoir qui était ce type avec lequel il avait discuté sur le palier de la porte de leur appartement. Luther n'avait évidemment pu lui dire que c'était un agent de la Stasi qui avait cherché à l'arrêter. Il lui avait simplement répondu que c'était un officier de l'armée qui habitait la même allée qu'eux et qu'il avait croisé dans l'escalier en rentrant. Ce qu'il avait trouvé intéressant, c'est que lui aussi s'était réveillé *là-dessus*.

Comme il avait allumé la radio juste avant de s'asseoir devant sa sœur qui finissait un bol de céréales, attendant le journal de 7h30 qui allait débuter, il avait un prétexte pour écourter la conversation avec elle. Il préférait ne pas en dire trop de ce qui s'était produit la veille et, le transistor dont on ne pouvait monter le volume, avait été une bonne échappatoire pour garder le silence. Le bulletin d'information n'avait finalement rien apporté. À la grande déception de Luther, aucune mention n'avait en effet été faite d'un quelconque incident survenu dans Berlin la veille. Le soir, la famille avait, pour une fois, regardé Aktuelle Kamera, le JT officiel de la télévision est-allemande, mais là non plus, il n'y avait rien eu de spécial à signaler.

Comme chez Luther, à l'instar de bien des foyers de RDA, on captait plus ou moins bien les chaînes hertziennes de RFA, et ce malgré les tentatives de brouillage du régime qui ne voulait pas que sa population regarde les informations de l'Ouest, Luther s'était rabattu sur les chaînes ARD et ZDF qui n'avaient rien mentionné non plus de ce qui avait bien pu se passer du côté de la Zionkirche la veille, la seule information intéressante, en marge des habituels reportages sur les aléas et soubresauts des interminables guerres en cours du côté de l'Orient, au Liban, entre l'Iran et l'Irak aussi, sans oublier l'embourbement soviétique en Afghanistan, avait été l'annonce de l'arrestation, dans le sud de la France, de membres d'un groupe terroriste qui avait commis des attentats à Paris notamment.

Deux ou trois semaines plus tard, à l'occasion d'une nouvelle permission et alors qu'il avait pour la première fois remis les pieds à la Zionkirche, Luther avait eu la confirmation que la Volkspolizei avait bien opéré, le soir où il avait lui aussi failli être interpellé, un coup de filet aux alentours de l'édifice lors duquel plusieurs jeunes qu'il ne connaissait pas avaient été arrêtés. Intéressé de savoir si Corinne avait été revue, on lui avait répondu par la négative. Personne ne l'avait revue depuis des semaines et elle n'avait d'ailleurs plus donné de signes de vie depuis.

Au sein de la Zionkirche, la contestation contre le régime battait son plein. Le tirage du samizdat semi-clandestin, qui était édité par des contestataires qui utilisaient les locaux pour la protection qu'ils offraient contre les arrestations, avait considérablement augmenté, comme la fréquence des débats de nature politique plus vraiment en rapport avec les grandes questions théologiques.

De grandes banderoles porteuses de slogans qui pouvaient rappeler ceux de Mai 1968 en France avaient été affichées dans l'établissement, dont une qui proclamait : "*Freiheit ist immer der Andersdenkenden*", une citation de Rosa Luxembourg habilement retournée contre le régime stalinien qui se réclamait officiellement d'elle, et qui se traduisait par "*La liberté est toujours celle de ceux qui pensent autrement*".

La pression policière montait ostensiblement. Les autorités, qui avaient leurs espions dans la place, savaient pertinemment que cette église, comme tant d'autres à Berlin et dans le pays, constituaient des foyers d'agitation contre le régime. Une agitation qui allait croissante, au point que la Stasi, le bras policier dudit régime, commençait à réfléchir à des actions plus musclées pour faire taire la contestation, mais remettre les églises au pas aurait nécessité, cela aurait été très délicat, de revenir sur la sorte de concordat qui avait été instauré une dizaine d'années auparavant entre le pouvoir et les cultes principaux.

Le gouvernement de Berlin-Est était en fait pris entre de multiples feux. En interne, d'un côté, pour étouffer tout vent de rébellion, il lui fallait donner plus de droits et de moyens à sa police politique, de l'autre il y avait la population qui grondait, frustrée de l'absence de tout progrès en termes de droits politiques comme individuels, notamment le droit de vote, le droit de voyager librement hors du bloc soviétique. En externe, il y avait la pression de plus en plus considérable de Moscou, là où un certain virage avait été pris quelques mois auparavant avec l'avènement de Mikhail Gorbatchev, une sorte de dirigeant réformateur et moderne qui voulait donner une nouvelle impulsion, plus démocratique et plus transparente, à l'empire à la tête duquel il se trouvait.

Berlin-Est ne pouvait donner libre cours à une répression tous azimuts de sa dissidence. Moscou y veillait. Aussi, le régime qui manquait de capitaux voulait montrer un autre visage, plus amène, et essayer de s'ouvrir à l'Ouest. Il avait lancé une initiative diplomatique qui avait vu, grande première pour un leader est-allemand, Erich Honecker être reçu par l'Allemagne de l'Ouest. Dans la foulée, ce dernier s'était secrètement pris à rêver d'une invitation de la Maison Blanche… se voyant déjà dans l'avion, volant vers l'Amérique.

Mais voilà, c'était plutôt le président des Etats-Unis qui était venu à Berlin, Berlin-Ouest bien sûr, à la Kennedy, pour réclamer au leader soviétique Gorbatchev, sous la porte de Brandebourg dont les chevaux qui l'ornaient étaient tournés vers l'Est et montraient par conséquent leurs fesses à l'Ouest, qu'il abatte le Mur qui coupait la ville en deux !

Celui qui était abattu, c'était Luther. À l'été 1987, il n'avait pas de piste pour la suite, une fois que se terminerait son service militaire. Il avait espéré qu'au terme de ce dernier, les portes des études supérieures se rouvriraient pour lui mais cela n'en prenait pas le chemin. Certes, Otto Hoffmann, l'agent de la Stasi, leur avait lâché la grappe, à lui et à sa famille, et il n'y avait plus eu d'incident notoire.

Par contre, donc, pour ce qui était de son avenir, de ce qu'il ferait courant 1988, à la fin de son service national, il était dans le brouillard. Sa condamnation, pour avoir simplement tenté de franchir une frontière, lui collait à la peau. Si ses aventures bulgares lui avaient ouvert les portes du pénitencier, elles maintiendraient désespérément closes celles de l'université. Il n'était pas manuel donc partir dans un apprentissage technique lui semblait inconcevable. Il lui restait la musique. Et devant lui, plusieurs mois de service militaire.

En bon soldat, il avait persévéré dans ses efforts pour surmonter les difficultés qu'immanquablement, la vie militaire mettait sur son chemin. Il y avait la discipline de fer, le lavage de cerveau marxiste-léniniste, bref, il devait survivre avec une laisse autour du cou et les fers passés aux pieds.

Certes, il y avait la musique, sa planche de salut, en marge de sa foi qui avait un peu grandi. Il s'était raccroché à sa Bible, celle qu'il avait jadis reçue de sa grand-mère maternelle et qui lui avait valu des moqueries à la caserne, mais aussi, donc, à la musique qui avait toujours été sa passion, même si, en bon jeune des années 1980, il préférait les airs modernes aux marches prussiennes qu'il devait répéter des jours entiers.

Le grand concert du 750e anniversaire de la ville de Berlin approchait, et son unité s'était d'ailleurs rendue en reconnaissance sur le lieu où il se produirait, la fameuse Platz der Akademie qu'il connaissait bien, du fait des rendez-vous qu'il avait eus là-bas avec Corinne. Il avait été déçu de ne pas l'y apercevoir, ne serait-ce que fugitivement, se demandant même s'il n'avait pas inconsciemment développé des sentiments amoureux à son égard. Il ne l'avait pas revue depuis des mois, et même, il n'avait plus revu grand monde parmi ses anciennes relations dans le civil. À certains égards, ce n'était d'ailleurs pas plus mal. Luther se montrait en effet désormais plus prudent dans ses fréquentations, passant d'ailleurs moins de temps à la Zionkirche.

Bien lui en avait pris. En octobre, un concert sauvage d'un groupe punk ouest-allemand, *Element of Crime*, formation au nom et aux paroles de chansons étonnants pour un événement se tenant dans une église, y avait été organisé, événement en marge duquel, et pour des raisons peu claires, des incidents sérieux s'étaient produits. Alors en caserne, il n'avait pu y assister mais il avait appris que des jeunes skinheads, car il y en avait visiblement à l'Est, avaient pris d'assaut le bâtiment et sévèrement battu des jeunes punks qui participaient à l'événement.

Une polémique était née de l'absence de réaction policière, la Volkspolizei étant apparemment restée un bon moment l'arme au pied avant de siffler la fin de la récréation. Comme les incidents avaient eu lieu au sein d'un édifice religieux, la maréchaussée avait en fait été quelque peu empruntée avant d'intervenir. Le gouvernement s'était ensuite retrouvé sous le feu des critiques. On lui reprochait une complaisance avec les skinheads alors qu'il n'en était en fait rien. Au contraire, pour le régime, l'avènement de groupes néonazis sur son sol était la preuve d'un certain pourrissement de la société. La situation devenait préoccupante.

La société contestait tous azimuts et les extrêmes, de gauche comme de droite, tiraient leurs marrons du feu. Un autre sérieux événement, qui avait d'ailleurs eu des répercussions carrément internationales, avait été, quelques semaines plus tard, une intervention de la police au sein même de la Zionkirche. Du matériel d'impression, des banderoles, avait été emmené et des activistes d'extrême-gauche arrêtés. Un changement de cap vers plus de répression s'était amorcé. Cela allait conduire à un raidissement de la situation ouvrant la voie à la “Wende”, un tournant, une révolte populaire allant crescendo qui verrait, fin 1989, s'effondrer le

Mur puis le régime dont il dépendait absolument pour sa survie.

"*Yes, English !*" avait répondu Jeff illico, à la surprise de son interlocuteur qui l'avait alors regardé de la tête aux pieds. On était dans un environnement industriel, et le moins que l'on pouvait dire, c'était que Jeff, qui avait passé la nuit dehors, avait un look de babacool à la dérive dont la mine pas très fraîche et l'habillement un poil sale étaient fort éloignés de la tenue standard de l'ouvrier lambda prenant son service.

La "col blanc", un homme dans la cinquantaine, lui avait alors expliqué qu'il s'agissait là de l'enceinte d'une entreprise, la "FAP", dont l'accès était réservé aux seuls ayants droit. Jeff avait répondu qu'il avait bien compris qu'il ne pouvait pas entrer et que ce n'avait pas été son intention d'ailleurs, qu'il était juste un touriste canadien qui, s'étant égaré, était passé là par hasard et avait remarqué les inscriptions en anglais.

À la surprise de Jeff, l'homme à la cravate s'était alors mis à sourire en se disant honoré de rencontrer un citoyen du pays à la feuille d'érable, avant de lui poser quelques questions au sujet du Canada et ce, non sans lui avoir précisé que son fils adolescent rêvait de faire des études, là-bas, en Amérique du Nord, du moins d'y passer un peu de temps pour y perfectionner un anglais pour l'heure uniquement scolaire.

Ce qui avait étonné Jeff, c'était que notre homme posait des questions tout en semblant un peu pressé – il avait regardé sa montre à plusieurs reprises. Ainsi, Jeff s'attendait à ce que la discussion s'arrête tantôt, mais, après quelques instants d'hésitation, l'homme lui avait proposé de le suivre à l'intérieur. Aussitôt dit, aussitôt fait, Jeff s'était contre toute attente retrouvé, un plateau à la main, dans la file du self de l'usine. L'homme, qui semblait occuper une position importante, au point de pouvoir inviter des étrangers extérieurs à l'entreprise à y pénétrer, et ceci sans que le gardien n'ait eu mot à redire, lui avait demandé d'où précisément au Canada il venait.

Jeff s'était senti très honoré qu'on s'intéresse comme ça à son cas, c'est-à-dire autrement que menotté pour un interrogatoire. L'employé lui avait répété, dans un bon anglais, qu'il avait un fils adolescent qui rêvait de faire des études en Amérique du Nord, ou tout du moins d'y faire un séjour pour apprendre l'anglais. Il avait ajouté que par souci d'hospitalité et aussi bien sûr pour en savoir plus sur le Canada, et parce qu'il trouvait si incroyable d'être tombé comme ça sur un Nord-Américain un peu perdu, il avait eu envie de l'inviter à manger.

Une chose qui était vraie, nous avait alors dit Jeff à l'occasion d'un petit aparté, c'était que les Yougoslaves étaient très accueillants et, malgré une relative pauvreté, pratiquaient l'hospitalité bien plus que nous le faisions en Occident. Poursuivant alors son récit, Jeff nous avait dit avoir remarqué la déférence des employés de la cantine à l'égard du type qui l'avait invité et cet élément, en plus du fait qu'il devait avoir la cinquantaine, lui avait comme confirmé qu'il devait s'agir d'une sorte de directeur.

Dans un premier temps, cependant, il n'en avait pas su d'avantage, la petite discussion tournant exclusivement autour du Canada et de son système scolaire de secondaire. Jeff avait alors expliqué être âgé de 19 ans et que, son lycée terminé, il bourlinguait un peu en Europe, "*pour voir autre chose*" en attendant de retourner dans son pays et commencer un bachelor. Quant à celui que Jeff surnommait déjà dans sa tête "*le directeur*", il avait recommencé à parler de son fils qui devait avoir en gros trois ou quatre ans de moins que Jeff. Pour lui, donc, le collège, en Amérique du Nord ou ailleurs, devait être une perspective encore éloignée.

Jeff avait alors profité d'un bref moment de silence pour enfin poser la question qui l'avait taraudé depuis son arrivée dans la ville, à savoir précisément dans quelle localité il était, et cela au grand étonnement de son interlocuteur, qui avait alors voulu vérifier qu'il avait bien compris sa question. Sur la confirmation de Jeff, l'homme, dans un grand éclat de rire, lui avait appris que la localité s'appelait Priboj, prononcé pri-boy, et que l'usine dans laquelle il se trouvait était une fabrique de véhicules utilitaires civils, principalement des camions, une entreprise appelée "FAP", comme Jeff l'avait remarqué, un acronyme qui signifiait simplement *Fabrika Automobila Priboj*.

Jeff lui avait alors demandé ce qu'il y faisait, et l'homme, en lui tendant sa carte de visite, lui avait répondu qu'il était le directeur *élu* du département amortisseurs. Jeff, qui avait commencé à lire la carte, avait brièvement relevé les yeux quand l'homme avait dit *directeur élu*, pour les reposer aussitôt sur la carte qui révélait à Jeff que son interlocuteur s'appelait Anton Fischer, un nom inhabituel pour un Yougoslave, sachant que là-bas les patronymes se terminaient la plupart du temps en "-ić", prononcé “its” ou en "-ič", prononcé “itch”. Il lui en avait d'ailleurs même fait la remarque, lui demandant s'il était en fait plutôt Allemand.

Au moment où M. Fischer allait répondre, une personne était venue lui demander quelque chose. En se levant, le directeur s'était excusé auprès de Jeff, lui disant qu'il avait une urgence, le plantant là, seul à table, au milieu du réfectoire. Au moins Jeff pouvait-il alors tranquillement finir son repas. Il avait un look qui détonnait au milieu de cette cantine d'usine, mais on l'avait vu avec un directeur et on le laisserait tranquille. Peut-être certains avaient-ils pensé qu'il était son fils, ce qui expliquait comment il avait pu entrer et manger là.

Il restait un problème pour Jeff, celui du téléphone. En fait, les problèmes étaient imbriqués les uns dans les autres. Dans l'absolu, il voulait joindre ses potes qui devaient l'attendre un peu plus loin, à Zlatibor, ville dont il ne savait pas exactement à quel point elle était proche de Priboj, la localité, où il se trouvait donc depuis sa descente du Bar-Belgrade. Maintenant, il était coincé. Comment les joindre sans savoir, où précisément, ils étaient ? À l'époque, il n'y avait pas de téléphones portables, seulement des lignes fixes et, en Yougoslavie, le réseau n'était pas aussi développé qu'au Canada. Joindre une personne sans savoir exactement où elle se trouvait était évidemment de l'ordre de l'impossible.

Il n'était pas loin de treize heures et, quand bien même ses amis à moto se seraient arrêtés la nuit précédente à Zlatibor, eh bien n'y trouvant pas Jeff ils avaient sûrement depuis repris la route en direction de Belgrade. En réfléchissant, Jeff en était arrivé à la conclusion que la meilleure chose à faire était d'appeler son ami Lee qui était toujours à l'hôpital à Rijeka, un établissement dont il avait précieusement conservé le numéro de téléphone sur lui. Sachant que les deux autres potes, ceux qu'il avait été censé retrouver à Zlatibor ou à Belgrade, le feraient sûrement aussi de leur côté, Lee servirait en quelque sorte d'agent de liaison pour mettre tout le monde à la même page. Il fallait donc, au plus vite, peut-être même déjà dans l'usine FAP où il se trouvait, mettre la main sur un téléphone pour appeler Lee.

Une fois son repas terminé, Jeff était allé vers la caisse pour tenter de demander où il pourrait trouver un *téléphone*, mot heureusement international et compris partout. En Yougoslavie, du moins, c'était le cas. Avec des gestes, l'employée lui avait fait comprendre qu'il n'y en avait pas là et qu'il lui fallait aller à la réception, mais Jeff ne savait pas où cette dernière pouvait bien se trouver. Comme il n'était pas parvenu à faire comprendre ce qu'il voulait, il avait dû se débrouiller une nouvelle fois seul. Il avait alors suivi *au pif* quelques employés qui quittaient le réfectoire et se dirigeaient vers le bâtiment principal. C'était de toute façon là où il serait allé, s'était-il dit en marchant quelques mètres derrière eux.

Une fois entré dans le bâtiment de bureaux, il y avait bien une réception et, posé là, un précieux téléphone qui faisait saliver Jeff. Restait à faire comprendre à la dame ce qu'il voulait. Par chance, et parce que visiblement l'usine FAP avait des activités internationales, la réceptionniste parlait un peu d'allemand et d'anglais. Cependant, elle n'avait pas l'air très sympathique et ne semblait pas très compréhensive non plus. Elle lui avait répondu sur un ton peu accommodant que les ouvriers avaient des cabines téléphoniques pour appeler leurs familles, cabines hélas situées dans un périmètre où Jeff ne pouvait pas accéder, faute d'être un employé. Le Canadien s'était senti coincé, mais, sans s'en rendre compte, c'est la réceptionniste qui lui avait trouvé une potentielle solution en lui demandant qui il était et, surtout, comment il était entré dans l'enceinte de l'usine.

Jeff, qui n'avait rien à perdre, avait un dernier atout à abattre du côté de l'usine FAP. En cas d'échec, il la quitterait et se dirigerait vers la gare où il tenterait de trouver un téléphone et, au pire, il prendrait le train ou, préférablement, un bus diurne pour Belgrade, avant de retrouver ses potes quelques jours après à Rijeka. À la réception de l'usine FAP, devant cette femme slave aussi bourrue qu'obtuse, Jeff avait donc sorti de sa manche, pour ce qui était de Priboj du moins, sa toute dernière carte, c'était le cas de le dire, en fait la carte de visite qu'Anton Fischer lui avait donnée quelques minutes plus tôt, dans la cantine.

Jeff avait souri à la mine étonnée de la réceptionniste, mais un peu moins quand cette dernière lui avait demandé, d'un air soupçonneux, où et comment il l'avait trouvée. Jeff avait donc bluffé et joué son va-tout en disant que c'était Monsieur Fischer en personne qui la lui avait donnée et qu'il était venu s'entretenir avec lui. La réceptionniste, regardant Jeff de bas en haut, visiblement étonnée qu'un directeur ait réellement pu donner sa carte à une personne chaussée et habillée comme un hippie, avait quand même daigné décrocher son téléphone et parlé avec quelqu'un.

Jeff s'était logiquement attendu à voir débouler un cerbère de la sécurité qui le ficherait dehors manu militari. En lieu et place, et à sa grande surprise, c'était Anton qui était apparu tout sourire, s'excusant auprès de lui de l'avoir laissé, comme ça, au réfectoire. Il était donc *le quelqu'un* avec lequel la réceptionniste venait de parler et, au téléphone, il lui avait demandé de le laisser téléphoner, mais non sans, auparavant, la prier de le retenir trois petites minutes, le temps qu'il descende, car il avait quelque chose à lui dire en personne.

Le *quelque chose* en question, c'était une invitation en bonne et due forme pour le soir même, Anton se réjouissant de pouvoir présenter un Nord-Américain à sa famille. Jeff devait réfléchir, et vite. Comme il n'avait pas d'hôtel, une invitation chez des gens le soir, même pour manger, et comme rien ne disait qu'il serait invité à y passer la nuit, risquait de se finir en une nouvelle nuit à la belle étoile. Peut-être pouvait-il plutôt avoir un moyen de quitter Priboj dans l'après-midi et, en fonction de la durée de trajet restant jusqu'à Belgrade, retrouver ses potes en début de soirée déjà. Mais Anton Fischer était directeur. Il avait visiblement le bras long et était respecté, comme Jeff l'avait constaté, d’abord à la cantine et désormais à la réception.

Jeff avait trouvé ce coup du destin plutôt intéressant, ainsi s'était-il décidé à jouer cette carte jusqu'au bout. Quand on est SDF, et c’était après tout ce qu’il était, on ne refuse pas la main tendue d'un directeur ! Il avait donc pris le parti d'accepter l'invitation de monsieur Fischer, et tant pis si ce dernier croyait qu'il était à l'hôtel et qu'en fait il devrait peut-être encore passer une deuxième nuit sur un banc public !

Anton lui avait alors écrit son adresse sur la carte de visite, bien sûr en alphabet latin, et comme Jeff ne savait pas où c’était ni s’il pourrait s’y rendre, il lui avait ajouté un croquis au dos, lui expliquant comment, depuis l’usine, il pourrait y aller à pied. Il était question, selon Fischer, d’environ quarante-cinq minutes de marche jusqu’au domicile de ce dernier. Pour Jeff c’était OK, il n’était pas à trois-quarts d’heure près, mais, prévoyant, il voulait d’abord repasser à la gare, voir ses options pour Belgrade le jour même ou le lendemain, comme cela, quand il irait chez Anton en fin d’après-midi, et suivant ce qu’on lui offrirait sur place, par exemple y passer la nuit, il saurait sur quel pied danser, à savoir quand, au plus tard, il lui faudrait rejoindre la gare de Priboj le lendemain.

Anton qui devait repartir travailler l’avait alors salué, tout en redonnant une instruction à la réceptionniste qui avait immédiatement tendu le fameux téléphone à Jeff. Ce dernier ne s’était pas fait prier. Il avait composé le numéro de l'hôpital de Rijeka où se trouvait donc Lee, son ami au lit, celui qui avait été accidenté à moto sur le circuit d’Opatija. Comme il n’y avait pas de téléphone dans les chambres qui étaient communes, Jeff n’avait pu parler qu’à une réceptionniste, laissant comme message le fait qu’il avait eu des soucis sur son trajet en train depuis Bar et qu'il se trouvait dans une ville industrielle, Priboj, située non loin de Zlatibor. Il s'était interrompu pour demander à la réceptionniste à combien de temps en voiture il était de Zlatibor et cette dernière, surprise de la question, avait répondu "*environ une heure*". Sans trop réfléchir, Jeff avait rendu le combiné du téléphone et s'en voulait de n'avoir pas laissé de numéro, mais, comme il n'était pas à l'hôtel et n'avait pas de point de chute, il n'en avait de toute façon pas à donner. Il ne pouvait pas laisser celui de l'usine FAP ni celui d'Anton qui, bien que visiblement généreux, n'était pas non plus à son service pour "dépatouiller" ses problèmes logistiques.

Jeff avait alors quitté l'usine pour retourner vers la gare. Là, il avait eu la confirmation que Zlatibor se situait bien à un jet de pierre de Priboj et, Belgrade, à six heures environ. Malgré l'invitation des Fischer, la tentation était en effet grande pour Jeff de rejoindre le jour même ses amis dans la capitale. Ce qui était dommage, c'était qu'en semaine, et pour des clopinettes, quelques dinars en fait, il aurait pu s'y rendre l'après-midi même, mais on était samedi et il n'y aurait pas d'autre train avant celui, de nuit, qu'il avait pris la veille. Le train de nuit étant exclu, il avait repoussé l'option du chemin de fer pour le lendemain et pouvait se détendre enfin un peu pendant l'après-midi avant d'aller tranquillement chez les Fischer.

Elle ne s'appelait en fait pas Corinne, mais cela, il ne le savait pas encore. Tout du moins, jusqu'au moment de se rendre, en ce samedi 4 novembre 1989, sur Alexanderplatz, la grande place centrale de Berlin-Est située au pied, ou presque, de la grande tour de télévision qui avait été érigée vingt ans plus tôt par le régime.

Un régime aux abois qui n'en avait plus que pour quelques semaines au pouvoir. Cela non plus, Luther ne pouvait le savoir, même si, parmi les dizaines de milliers de manifestants qui s'étaient rassemblés là, l'intuition commune était qu'on approchait du dénouement de nombreuses semaines de manifestation contre le pouvoir néo-stalinien. Chaque lundi déjà, sur cette place comme sur tant d'autres à Berlin et dans les autres grandes villes du pays, des dizaines, des centaines de milliers de manifestants avaient pris l'habitude de se rassembler pour crier leur hostilité au pouvoir du parti socialiste unifié d'Allemagne.

Environ deux semaines plus tôt, il l'avait appris d'amis qui participaient à ces rassemblements et qui étaient venus, à la Zionkirche de Berlin, pour en témoigner, près de 200'000 personnes s'étaient retrouvées à Leipzig, brandissant drapeaux américains et portrait de John Fitzgerald Kennedy, pour clamer leur soif de changement, pour plus de liberté. Les images de la foule et des Vopo, les agents de la Volskpolizei, dépassés dans leur tâche de répression, avaient fait le tour du monde. Il y avait eu des heurts importants et de nombreux blessés à déplorer.

Luther lui-même avait été brièvement arrêté alors qu'il manifestait le samedi 7 octobre, le jour de la fête nationale, du côté de la Zionkirche. Le matin, il était allé du côté de la Karl-Marx-Allee, voisine de Alexanderplatz, voir de loin le traditionnel défilé militaire qui marquait les 40 ans de la création de la RDA. Il avait, toujours de loin, aperçu les invités de marque du régime, Mikhail Gorbatchev en tête, et à ses côtés, la meute de louveteaux que constituaient les dirigeants du bloc soviétique, les Erich Honecker, les Nicolae Ceausescu, et autres Wojciech Jaruzelski, ainsi que, bien sûr, le bulgare Todor Jivkov que Luther voyait pour la première fois même s'il connaissait un peu son pays pour s'y être fait tirer dessus par des soudards des unités de gardes-frontière.

Entendre la musique militaire jouée sur fond de défilé de chars d'assauts et autres rampes mobiles de lancements de missiles l'avait un peu replongé dans sa période de service militaire qui, tant bien que mal, entre sanctions disciplinaires et moments intenses de désespoir, s'était achevée un an et demi plus tôt. Il n'était pas un homme des casernes et voulait que son pays sorte, lui, du temps des cavernes dans lequel il avait été plongé durant quatre décennies.

Ainsi donc, en ce samedi 7 octobre, il avait apporté sa pierre, en fait un pavé, à l'édifice de la contestation rampante. Il en avait lancé un gros sur les Vopos et, au cours de la bousculade notoire qui s'en était ensuivie, il s'était fait serrer par l'un d'eux, dans les effluves de gaz lacrymogènes qui avaient accueilli les manifestants.

Il avait donc passé quelques heures au poste, avant d'être libéré, les services de police et justice du régime étant débordés et se concentrant sur les cas les plus graves.

Le 4 novembre, donc, un samedi aussi, il était venu sur Alexanderplatz, assister à une grosse manifestation qui avait été annoncée peu de temps auparavant. Là, à sa grande surprise, parmi les orateurs, il y avait un certain Markus Wolf, ancien chef du contre-espionnage extérieur de la Sécurité d'État, la HVA, qui avait commencé par se faire copieusement huer, par Luther notamment, un Luther qui n'oubliait pas que les types qui l'avaient ramené convalescent de Bulgarie étaient placés sous ses ordres.

Par contre, Wolf avait pris parti contre le régime, et cela avait causé un électrochoc chez les manifestants de Alexanderplatz qui avaient alors, certes timidement, applaudi la fin de son intervention. Séduit par la volonté d'ouverture affichée par l'ancien cacique des services secrets, se disant qu'il pourrait peut-être aller l'aborder histoire de lui demander s'il était vrai que les gardes-frontière bulgares qui abattaient des Allemands de l'Est recevaient effectivement une récompense de Berlin-Est pour leurs méfaits, il s'était approché de lui après la fin de la manifestation.

Comme des gens se pressaient tout autour, Luther avait décidé de sagement attendre son tour, tout en repensant à ce qu'avait rapporté la maman de Heinz, son compagnon d'infortune en Bulgarie, celui qui avait été abattu lorsqu'ils avaient tenté de passer à l'Ouest, elle qui avait clairement vu un agent de la Stasi leur remettre des enveloppes. Luther s'était dit que sa lanterne serait peut-être éclairée par la volonté d'ouverture et de transparence affichée par Wolf.

Après avoir été distrait quelques instants, il avait recommencé à s'approcher de Wolf autour duquel stagnaient soudainement moins de personnes. Cependant, l'ancien cacique des services secrets était toujours en grande conversation, dans une langue étrangère, avec une femme. En arrivant juste derrière cette dernière, il l'avait reconnue. C'était Corinne !

Que pouvait-elle faire là ? Alors qu'elle parlait encore avec Wolf, il l'avait accostée en vue de lui demander. Le reconnaissant, elle avait eu un moment de recul, comme si elle avait voulu fuir. Etonné par cette interruption, Wolf avait fait un pas en arrière. Un garde du corps s'était interposé et Corinne avait réussi à s'esquiver. Finalement plus intéressé par elle que par Wolf, Luther avait tenté de lui emboîter le pas. Elle s'était glissée dans la foule et il l'avait perdue des yeux. Continuant dans la direction qu'elle avait prise, il avait fini par l'apercevoir, se pressant pour s'éloigner. Et il l'avait rattrapée.

Corinne avait semblé très embarrassée par la tournure des événements. Elle ne s'était pas du tout attendue à recroiser Luther un jour, et en tous cas certainement pas là, parlant en français avec Markus Wolf qui, en bon maître-espion, maîtrisait plusieurs langues. Elle avait tenté de justifier sa fuite, prétendant n'avoir pas reconnu Luther et croyant qu'il s'agissait d'une sorte d'attentat contre Wolf, arguant d'ailleurs du fait qu'un garde du corps s'était interposé entre lui et Wolf.

Bon prince, Luther, qui n'était pas dupe, avait cependant fait mine de la croire. Sa fuite excitait d'autant plus sa curiosité. Qui était-elle donc pour qu'un Markus Wolf parle comme ça avec elle, dans une langue étrangère pour lui. Luther et Corinne avaient ensuite marché ensemble, sans échanger de mot, et sans se parler ou presque, étaient entrés d'entente dans un des petits cafés qui jouxtaient la gare d'Alexanderplatz. Le temps des grandes explications était venu.

Une fois attablés, et alors qu'au-dehors on entendait des sirènes et on voyait passer, en trombe, des Trabant des Vopos, la conversation s'était engagée. Elle ne s'appelait pas Corinne, lui avait-elle donc révélé, mais sans donner son vrai prénom. Elle n'était pas étudiante mais agente du contre-espionnage français, sans préciser le nom de son agence, mais Luther avait découvert plus tard qu'il s'agissait de la D.G.S.E., la direction générale de la sécurité extérieure, et qu'elle s'appelait en fait Céline Michel, qu'elle avait non pas trois ou quatre ans de plus que lui, ainsi qu'il l'avait toujours cru, mais en fait neuf. Elle paraissait juste plus jeune que son âge.

Normalement, ce genre d'agents étaient réputés pour leur discrétion quant aux activités sensibles que leurs fonctions les amenaient à remplir mais, tout en précisant qu'elle n'en dirait pas trop non plus, tenait à le remercier pour son accueil et son amitié, trois ans auparavant, quand ils se fréquentaient – platoniquement – entre la Zionkirche et Platz der Akademie.

Voyant bien qu'il brûlait de curiosité, affamé qu'il était d'en savoir plus, elle lui avait fait quelques révélations très importantes sur ce qui s'était en fait passé en 1986, lorsqu'ils se fréquentaient. En fait, depuis quelque temps à ce moment-là, la France, son pays, était secouée par une vague d'attentats. En septembre par exemple, rue de Rennes, à Paris, un grand magasin avait été secoué par une explosion, d'origine terroriste, qui avait fait sept morts. Un peu plus tard, le patron de la régie Renault, le grand constructeur automobile français, avait été abattu en pleine rue. L'année précédente, un général, puis un amiral, puis un grand capitaine d'industrie du secteur du BTP avaient subi le même sort, et les services français étaient sur les dents pour démêler les ficelles de tous ces événements.

C'est comme ça que Corinne, ou plutôt Céline, s'était retrouvée à Berlin. Voyant que Luther ne comprenait rien à tout cela – en fait, il ne voyait pas quel était le lien entre les événements tragiques survenus en France dont elle avait brièvement parlé, et l'Allemagne –, elle l'avait repris, avec un clin d'œil, pour lui préciser : "*L'Allemagne, oui, mais de l'Est*".

Chez Anton, ce soir-là à Priboj, Jeff avait fait la connaissance de sa famille, notamment du fils ainé, Danijel, celui qui rêvait d'étudier au Canada et qui, en fait âgé de 13 ans, était plus jeune que ce que Jeff avait imaginé. Si à cet âge-là il n'était qu'à trois petites années d'entamer son Bachelor, c'était parce qu'il avait oublié d'être bête. Il avait en effet sauté deux classes.

Danijel avait un plus jeune frère, Jan, âgé lui de 9 ans, qui rêvait de faire du saut à ski suite à une initiation du côté de chez ses grands-parents, en Slovénie, mais la Serbie, faute de tremplin, sauf à Zlatibor qui en comptait un petit d'initiation, n'était pas un lieu approprié pour la pratique de ce sport.

La particularité de cette famille était que la maman, Verena, était en fait suissesse. Jeff n'avait initialement pas bien compris le comment du pourquoi de la rencontre d'Anton et de Verena, des époux qui avaient une différence d'âge d'environ dix ans, elle étant la plus jeune, mais il se doutait que le fait que l'usine FAP construisait des camions sous licence pour Saurer qui était un constructeur suisse avait peut-être eu quelque chose à voir là-dedans.

Anton avait alors un peu expliqué ce qu'il s'était passé, à savoir qu'il avait été dépêché au siège de

Saurer, à Arbon dans le canton de Thurgovie en Suisse, et que c'est comme cela qu'il avait fait la connaissance de "Vera" comme il l'appelait. C'est comme cela, aussi, qu'il avait perfectionné son allemand, langue évidemment pas inutile dans le petit monde de l'industrie automobile.

Dans le salon de Anton, Jeff avait remarqué une certaine collection de coupes et, comme Jan, le fils âgé de 9 ans qui rêvait de saut à ski ne pouvait pratiquer ce sport en Serbie centrale où il habitait et qu'il était de toute façon trop jeune pour avoir déjà gagné tant de trophées, il en avait tiré la conclusion que c'était un autre membre de la famille qui avait dû remporter tout cela. Anton avait rougi quand Jeff avait posé la question, et répondu qu'il avait fait "un peu" de water-polo dans sa jeunesse. Le Canadien ne connaissait rien au water-polo, ni même à grand-chose au sport en général. Il n'était lui-même pas très sportif, mais comme il avait assisté à un Grand prix moto et s'était même essayé au pilotage sur la piste d'Opatija, il pensait qu'adolescent, et s'il avait eu l'occasion de les pratiquer, les sports mécaniques auraient peut-être pu l'intéresser. Et justement, à défaut d'être pilote, Jeff s'était dit qu'il pourrait devenir mécanicien. Tout cela, d'ailleurs, sachant bien qu'après sa parenthèse européenne de motard backpacker, il lui faudrait rentrer au pays, or il se cherchait une voie professionnelle.

Si Jeff avait terminé son high school, il ne savait effectivement encore pas trop dans quelle voie s'orienter professionnellement. Il n'avait pas été un élève très brillant – dans la moyenne mais sans plus – et s'il ne pouvait décemment pas espérer décrocher ces diplômes qui ouvraient sur des carrières de management en col blanc – et sur les salaires confortables qui allaient avec – il se disait qu'avec ce qu'il avait appris sur le tas depuis l'acquisition de sa moto, et surtout le fait qu'il y avait pris goût, il avait peut-être trouvé un cap à suivre.

Anton était ingénieur et il aimait parler de son métier, de la mécanique. Jusque-là, Jeff n'avait pas été très attiré par les camions, et encore moins par les camions européens car au Canada, au moins, étaient-ils bien plus gros et plus impressionnants, mais Anton, qui voulait le convaincre que "ses" camions étaient les meilleurs, lui avait proposé de visiter l'usine à sa réouverture, le lundi.

Jeff était embêté. Il avait en effet prévu, le lendemain, de partir vers le Nord, et il n'avait pas du tout compté s'attarder à Priboj. Il avait donc répondu qu'il ne pourrait rester aussi longtemps, qu'il n'aurait pas de logement pour prolonger son séjour jusqu'à lundi. Mais il était coincé… il avait peur qu'Anton ne découvre que cette nuit-là, pour ne pas crécher à la belle étoile, Jeff comptait impoliment sur son invitation.

Et la catastrophe s'était produite. Anton lui avait en effet demandé où il logeait, et jusqu'à quand exactement, à la suite de quoi, et pour ne pas passer pour le SDF qu'il était techniquement, Jeff, qui éventuellement aurait pu être tenté de s'asseoir sur ses principes, à savoir répondre par un mensonge, mais qui n'avait pas vu d'hôtel depuis son arrivée dans la ville et ne connaissait donc aucun nom d'établissement sur Priboj, avait dû se résoudre à mettre cartes sur tables, ce qui signifiait simplement dire la vérité : il n'avait aucun hôtel car il avait pensé qu'il n'en aurait pas besoin.

Comme il l'avait dit à Anton devant l'usine FAP, il était arrivé en milieu de nuit à Priboj – résumant au passage ce qu'il avait enduré dans le train reliant Bar et Belgrade – et avait initialement prévu de repartir dans la foulée, par le premier train pour Belgrade, et donc de quitter Priboj bien avant la nuit.

Vera, c'est comme ça que son mari l'appelait, avait été très choquée par le récit des incidents survenus dans le train. À la télévision, Danijel suivait le match et tenait les adultes au courant de l'évolution du score. Le *Partizan* menait et prenait une option sur le titre. Anton avait déjà, sporadiquement, entendu parler d'incidents dans des tribunes ou autour de stades, mais, pour lui, le football était en général un prétexte, la contestation politique ouverte étant difficile dans le pays, le sport servant parfois d'exutoire.

Jeff avait confessé qu'il ne connaissait pas grand-chose à la politique et qu'il ne voyait pas en quoi le pays était "communiste" ni, en fait, ce que cela pouvait bien dire. Il avait entendu les pires horreurs sur ce type de régimes, mais n'avait pas constaté que la société yougoslave fusse spécialement totalitaire ou policière.

Anton, lui, adorait parler "politique" et avait avoué qu'avec un étranger c'était plus facile, parce que, par exemple, une critique du pouvoir faite en présence d'un collègue pouvait être rapportée, en général déformée, et valoir des ennuis à son auteur. Jeff était étonné qu'émettre une critique vis-à-vis du gouvernement pouvait valoir à son auteur des ennuis, chose qui lui semblait bien improbable au Canada. Anton lui avait rétorqué qu'il en était en réalité certainement de même, certes différemment, plus subtilement, en plein cœur de la City de Londres ou au Canada, et même en fait n'importe où ailleurs en Occident. Émettre une opinion politique, et peu importe à quel type d'autorité on avait affaire, et surtout quand il était question d'une critique, c'était selon Anton immanquablement s'exposer à des désaccords, des inimitiés, en Yougoslavie comme partout ailleurs.

Jeff avait alors repensé à son père qui, en effet, lui avait jadis conseillé de ne pas aborder les *sujets qui fâchent* – religion ou politique – et ce surtout dans des lieux publics tels que l'école ou le travail, voire à l'occasion de réunions familiales élargies comme lors du dîner de Thanksgiving qui avait lieu chaque année le deuxième lundi d'octobre. Et c'était au Canada !

Un élément avait surpris Jeff, et il avait eu, lors de ce repas chez les Fischer, l'occasion de mieux comprendre de quoi il retournait, à savoir ce qu'Anton lui avait dit dans la cantine en lui tendant sa carte de visite, le fait qu'il était le directeur *élu* de son département. Y avait-il en Yougoslavie des élections d'entreprise autres que celles, plus symboliques qu'autre chose, de délégués du personnel tels qu'on les connaissait en Occident ? Anton avait paru flatté par la question. Oui, chez eux, c'était rien de moins que les cadres et le patron que l'on élisait ! C'était ce que l'on appelait l'*autogestion*, une sorte de démocratie ouvrière en vigueur dans ce pays. Cela avait bien étonné Jeff qui n'avait jamais entendu parler de tout cela, et qui avait répondu que dans un tel système, il élirait le candidat qui proposerait le meilleur salaire et le plus de vacances ce qui, une fois qu'Anton avait traduit dans leur langue, avait bien fait rire toute la famille.

Il y avait en effet la barrière linguistique. Anton parlait certes assez bien l'anglais et, apparemment, plutôt bien l'allemand, la langue de sa femme ainsi que, techniquement, celle maternelle de ses enfants qui étaient tous deux nés en Suisse. Vera, qui avait dû être une assez bonne élève, se débrouillait bien dans la langue de Molière, contrairement à un Jeff, lui aussi issu d'un pays dont c'était une des langues officielles, mais qui ne la maîtrisait pas trop, même si au *high school*, qu'il venait de terminer, elle avait bien évidemment figuré au programme des matières enseignées.

Pour ce qui était de la question de l'élection du directeur, Anton avait sauté sur l'occasion de la réponse un peu sarcastique de Jeff pour apporter quelques précisions sur "son" système et en vanter les mérites. La différence, selon lui, entre la démocratie représentative à l'occidentale et la démocratie directe à la yougoslave, c'était qu'en Occident régnaient, tout-puissants, la démagogie et le spectacle : quand on ne votait pas pour quelqu'un en se basant uniquement sur son physique ou sur son éloquence verbale, on plébiscitait celui qui promettait de *raser gratis*, un candidat qui, de toute façon, n'aurait plus de contact avec son électeur et ne lui rendrait aucun compte une fois son élection remportée et son mandat entamé, le plus souvent dans des fonctions politiques "hors-sol" déconnectées du quotidien de l'électeur lambda. À ce tarif, avait ajouté Anton, on pouvait se permettre, en Occident, de ne pas prendre ce système au sérieux, ce qui conduirait, à terme, à une défiance de l'électorat qui déboucherait sur une forte abstention, voire sur l'émergence d'un vote protestataire potentiellement dangereux.

En écoutant Jeff dans ce train qui filait vers New York, et en tant que Français, j'avoue avoir trouvé plutôt fine cette analyse et les arguments de ce Anton Fischer, analyse qui remontait donc à plus de 45 ans au moment où Jeff nous l'avait partagée ! Quelques années d'ailleurs après que Anton ait fait cette analyse au sujet de la démocratie représentative, on avait assisté dans mon pays à l'émergence d'un vote protestataire assez important, sous la forme d'un parti, le *Front National*, qui avait su capter les votes d'un électorat désabusé par les travers du système de la Ve République française. Et Jeff de poursuivre.

En Yougoslavie, selon Anton, la situation était toute différente de ce qu'il se passait en Occident. Le travail était au centre du quotidien et c'était avant tout là qu'on y connaissait les élections les plus cruciales. On appelait dans ce pays la direction de l'entreprise "comité d'entreprise", selon ce que Jeff nous avait rapporté, un organe qui avait apparemment là-bas des responsabilités autrement plus sérieuses que celle d'organiser le tournoi annuel de pétanque ou la *sauterie* de fin d'année.

Ainsi, en Yougoslavie, lors des élections, on n'élisait pas le membre d'un parlement national distant ni même un représentant syndical sans pouvoir réel, mais bel et bien son patron et, forcément, le candidat n'était jamais un inconnu des ouvriers, le parachutage étant apparemment – on veut bien le croire – inconnu là-bas. Le candidat était toujours quelqu'un que l'on avait depuis un moment côtoyé au quotidien, dans le travail, et, une fois élu, c'était quelqu'un avec lequel on collaborait d'autant plus qu'il avait désormais la lourde responsabilité d'être à la hauteur de la tâche confiée, sous peine de "sauter" !

Un élu occidental pouvait se permettre, du moins le temps que durerait son mandat, de négliger son électorat et de servir d'autres intérêts, celui de lobbies puissants par exemple, alors qu'en Yougoslavie, le comité d'entreprise et ses membres individuels pouvaient être révoqués à tout moment, avant la fin de leur mandat. Une mauvaise gestion, des erreurs de jugement, de la négligence, des injustices ou du *j'm'en-foutisme* de quelque cadre ou patron que ce fut, et l'épée de Damoclès de la destitution flottait rapidement au-dessus de sa tête ! De fait, c'était bien le patron qui était tenu en laisse par ses employés au contraire de ce que l'on connaissait en Occident.

Anton avait vraiment insisté sur le fait que, selon lui, la proximité entre l'ouvrier-électeur et son patron empêchait toute démagogie à l'occidentale. En Occident, le candidat pouvait promettre monts et merveilles, les décisions qu'il aurait à prendre au cours de son mandat n'impactant pas directement son électeur alors qu'en Yougoslavie, si les ouvriers se laissaient aller à voter, comme l'avait suggéré Jeff en s'amusant, pour le candidat promettant démagogiquement vacances et augmentations, la conséquence à terme aurait été la faillite de l'usine et le chômage. Là, on ne votait pas à la légère ! Le fait que l'ouvrier votait sur ce qui touchait directement à son pain quotidien l'obligeait en effet à faire preuve de la plus grande diligence. Le système de démocratie directe à la yougoslave responsabilisait profondément le monde salarié, au contraire de ce à quoi on assistait – et on assiste toujours – en Occident avec la démocratie dite "représentative".

Réfléchissant à cela, et alors que j'ouvrais à mon tour une bière, ma première de la journée, j'étais plutôt d'accord avec l'idée qu'être appelé à élire une personne qu'il allait ensuite être amené à côtoyer au quotidien ne pouvait qu'inviter le salarié-électeur à prendre les choses plus au sérieux que s'il devait simplement élire un député qui resterait distant et qu'il n'aurait, au plus, croisé qu'une ou deux fois dans sa vie, un candidat qui se ficherait en réalité de lui comme de sa première chemise.

Et Jeff de revenir à Anton pour ajouter qu'il lui avait dit que l'Occident ne tenait selon lui que des élections bidons, un système sur lequel les électeurs n'avaient en réalité aucune prise, ce qui n'empêchait pas les chancelleries occidentales de prendre de haut la Yougoslavie et lui administrer des leçons de démocratie, un comble sachant que son pays avait, lui, instauré une réelle démocratie, la seule réelle démocratie directe jamais établie dans une société industrialisée où tout tournait autour du travail. Et Anton d'ajouter qu'il fallait mettre ceci en comparaison de pays comme la France donneuse de leçon où – 1789 ou pas – le monde du travail en était encore à un fonctionnement autoritaire et vertical d'Ancien régime.

Tout était devenu clair pour Luther, qui avait, au cours de cet échange, compris qu'un élément très important, mais subtil, qu'il avait eu sous les yeux, deux ans et demi auparavant, lui avait échappé. Il en était ressorti médusé, et un peu attristé aussi, car Corinne-Céline avait été claire : ils ne pourraient plus se revoir, tout du moins "*dans cette vie*" avait-elle précisé.

Il était alors rentré chez lui pour tout raconter à ses parents. Interdit professionnellement, et à plein-temps – mais bénévolement – engagé dans le mouvement de contestation contre le régime, il n'exerçait en fait pas d'activité rémunérée et dépendait de "ses vieux" pour assurer sa subsistance. Bien sûr, une fois percé le Mur de Berlin et levées les barrières staliniennes obstruant le passage vers l'Ouest pour tout le monde en général, et celui vers la carrière universitaire pour lui en particulier, il avait pu entamer des études de droit et devenir juriste, spécialisé dans les Droits de l'homme, mais en attendant, il était contraint de cohabiter avec papa et maman pour un temps encore.

Ce que Corinne-Céline lui avait, avec parcimonie de détails cependant, révélé, c'était que la France avait compris, courant 1986 déjà, que tous les attentats n'étaient pas l'œuvre des mêmes personnes. Certains étaient clairement imputables à une puissance en guerre du Golfe persique, mais d'autres étaient l'œuvre de soldats perdus de la lutte armée placés sous la houlette d'un groupe terroriste ouest-allemand bien connu, la RAF, "Fraction Armée rouge", également connue sous l'appellation de "Bande à Baader", du nom de son fondateur depuis longtemps "suicidé" dans une geôle ouest-allemande.

Évidemment, ce n'était pas la Fraction Armée rouge qui avait directement sévi en France mais bien des locaux, des gens notamment issus de Toulouse, qui se disaient membre d'une organisation appelée "*Faction Prolétaire*", au sigle FP bien connu. Les services français avaient alors suivi la piste allemande et c'est comme ça que Corinne-Céline s'était retrouvée infiltrée, jouant les pétroleuses d'extrême-gauche, à la Zionkirche, car il était devenu clair pour Paris que des Français de cette mouvance radicale profitaient indûment de l'abri relatif qu'offraient malgré elles les églises, pour nouer des contacts avec des activistes allemands.

Ce que Luther avait compris, c'était que certains poissons avaient fini par mordre à l'hameçon. Les "potos" français de Weissensee, notamment les deux qui l'avaient à peine calculé, et au final complètement ignoré, étaient des gens de la nébuleuse.

Une chose que Luther ne savait pas et que Corinne-Céline lui avait apprise, c'était qu'en assassinant Raoul Alban, un amiral français qui négociait une vente de navire de surface de classe Khéops à l'Irak, un allié de l'URSS, puis Geoffroy Gresse, le patron de la puissante SMP, Société des Mines et des Ponts, que la RDA et la Pologne avaient approché en vue de la construction d'un barrage et de stations hydroélectriques sur le fleuve Oder qui séparait ces deux pays, ces soldats perdus du gauchisme en roue libre avaient fini, à force de viser des industriels français, par porter atteinte aux intérêts du bloc soviétique en général, et de la RDA en particulier. Elle n'avait pas donné trop de détails mais, sur fond de guerre Iran-Irak, et de contrats industriels qui se négociaient discrètement entre Paris, Moscou et Berlin, les attentats de *Faction Prolétaire*, un groupe plus ou moins inféodé à la Fraction Armée rouge qui était couvée par la Stasi de Markus Wolf, faisaient plutôt mauvais genre. La RDA avait enfin compris que ces organisations de lutte armée étaient désormais hors de contrôle et avait finalement décidé de *tirer la prise*. Et c'est à ce moment que Corinne-Céline avait, sans le savoir, permis à Luther de comprendre qu'il avait loupé quelque chose de majeur qui pourtant était passé sous son nez.

Désireuse d'en finir avec son soutien logistique relatif à la Fraction Armée rouge et aux groupes qui trainaient dans son orbite, Berlin-Est avait décidé de collaborer sur ce dossier avec Paris. Maintenant, le fait que ces énergumènes avaient un peu utilisé comme abri les églises, qui en réalité n'y pouvaient rien, offrait un merveilleux prétexte à la Stasi qui cherchait depuis un moment un prétexte pour s'en prendre à elles.

Corinne-Céline avait rencontré Markus Wolf en personne, un Markus Wolf qui avait donné son blanc-seing personnel à son projet d'infiltration à la Zionkirche. Cela était intéressant pour la Stasi car cela créait un précédent. Paris ne pourrait pas, ensuite, reprocher à Berlin-Est d'infiltrer des espions dans ses lieux de culte !

Comme elle était française, de Toulouse en plus, cela, son accent le révélait pleinement, et semblait si parfaitement en adéquation idéologique avec les tenants de la lutte armée d'extrême-gauche, elle avait fini par rencontrer des types d'un groupuscule français proche de Faction Prolétaire, à savoir les CAOSS, les *Cellules anti-impérialistes ouvrières socialistes et soviétistes* (sic). C'étaient les types de Weissensee. Par leur biais, elle avait croisé une passionaria proche de Faction Prolétaire et c'est comme cela qu'elle avait su, avec un peu d'aide d'autres agents français infiltrés ailleurs ainsi que de la Stasi pour ce qui avait été de la géolocalisation exacte, que le noyau central de Faction Prolétaire, activement recherché par tout ce que la France et la Navarre comptaient de services sécuritaires, se cachait dans une bergerie des Pyrénées.

Et, coïncidence, le jour de février 1987 durant lequel cette bande avait été arrêtée par le GIGN était précisément le même que celui où la Stasi avait mené son coup de filet à la Zionkirche, opération durant laquelle Luther avait failli être arrêté avant de se réfugier dans un parking. De cela, le lendemain, si les médias est-allemands n'en avaient pas du tout parlé, ceux de l'Ouest, en revanche, l'avaient fait. Luther avait effectivement vu, sur les antennes quelque peu brouillées par la censure des chaînes d'Allemagne de l'Ouest, ZDF et ARD, les images de l'arrestation du commando de Faction Prolétaire, jamais il n'avait fait le rapprochement avec ce qui s'était passé au même moment sous ses yeux, à la Zionkirche. Et jamais il n'avait su que, ce soir, et en réalité à l'échelle de toute la RDA, la Stasi était passée à l'action pour arrêter des activistes de cette mouvance !

Alors qu'ils en étaient au dessert et que la conversation portant sur la démocratie et les élections était passée, Anton avait subitement demandé à Jeff si, étant donné qu'il n'avait pas vraiment de programme, il pouvait s'imaginer finalement rester un peu à Priboj, deux ou trois semaines peut-être, pour aider ses enfants avec l'anglais, eux qui suivaient déjà informellement des cours dans la langue de Shakespeare. Ce n'était en effet pas à l'école qu'ils avaient atteint le niveau qui était le leur.

Jeff avait déjà remarqué l'aura du monde anglo-saxon dans certains pays et c'était particulièrement le cas en Yougoslavie même si, depuis qu'il était dans ce pays, on lui avait répété que les gens rêvaient surtout d'aller en Allemagne ou en Autriche, des contrées où on était entièrement libre, plus qu'en Yougoslavie qui restait socialiste, et de surcroît des pays où on "gagnait bien".

Quant à l'offre d'Anton à laquelle il ne s'était pas du tout attendu, Jeff s'était mis à peser le pour et le contre. Certes, il serait nourri et logé, ce qui était intéressant, mais il ne voulait pas non plus laisser ses copains en plan. Il voulait se concerter avec eux et, pour cela, il fallait aller les trouver à Belgrade ou

Rijeka. Anton avait proposé à Jeff d'utiliser son téléphone pour appeler l'hôpital où Lee séjournait encore, histoire d'aller aux nouvelles concernant ses amis qui devaient être en route pour Belgrade, voire qui y étaient déjà arrivés, et peut-être prendre des décisions par téléphone, sans devoir s'y rendre personnellement, surtout en pleine nuit.

Sautant sur l'occasion, Jeff avait donc téléphoné à Rijeka et, enfin, pu parler à Lee qui n'était plus au lit, car il s'était remis à marcher, certes avec des béquilles, et avait pu se déplacer jusqu'au téléphone. Leurs amis étaient bien à Belgrade, dans une auberge de jeunesse dont Lee avait communiqué le numéro à Jeff. Ce dernier avait parlé à Lee de l'usine FAP de Priboj, entreprise et ville dont Lee, évidemment, n'avait jamais entendu parler, et pour dire aussi qu'il était tombé sur une famille cool qui lui avait offert de rester quelques jours, une semaine ou deux peut-être, pour faire la conversation en anglais avec leur fils qui rêvait des grandes plaines et des collèges prestigieux d'Amérique.

Plus tôt dans la journée, Franck avait dit à Lee que Zlatibor où il était bien arrivé avec Dower, mais sans trouver Jeff, était une station en altitude où, de plus, l'hôtellerie était onéreuse. Il y faisait froid, et Jeff étant introuvable, ils avaient décidé de continuer vers Belgrade plutôt que de s'éterniser sur place. Le plan était donc logiquement devenu que Jeff prenne le lendemain, dimanche, le train à Priboj pour aller directement sur Belgrade où les compères le rejoindraient.

Jeff faisait face à un choix cornélien. Il lui fallait trancher. Continuer le périple avec ses potes anglo-saxons, ensuite retourner au Canada… pour faire quoi ? Cela il ne le savait pas, peut-être de la mécanique, mais où, il n'en avait aucune idée, peut-être à Toronto qui était la grande ville de la partie de la province d'Ontario dont il était issu, ou alors laisser ses potes continuer vers Rijeka sans lui, pendant qu'il resterait un peu à Priboj. Peut-être visiterait-il même l'usine FAP, mais, ne connaissant rien aux formalités administratives et aussi parce qu'à cette époque la Yougoslavie n'appliquait pas de régime de visa à l'encontre des Occidentaux – pour mieux les attirer, eux et leur argent, dans les zones touristiques qui ne manquaient pas là-bas –, et ses douaniers ne tamponnant les passeports que pour indiquer la date d'entrée sur le territoire, il était quelque peu perdu.

Ainsi, Jeff, qui ne s'était pas posé la question avant, ne savait pas jusqu'à quand il pouvait rester dans le pays ni s'il pouvait éventuellement envisager d'exercer une quelconque activité rémunérée. Il savait en tous cas que là d'où il venait, les règles étaient strictes. Un cousin à lui, bien que Canadien anglophone avec de bons résultats scolaires, n'avait pas réussi à obtenir la précieuse *Green card,* sésame indispensable à l'émigration de travail aux USA.

Anton, auquel Jeff avait demandé ce qu'il en pensait, avait répondu qu'il n'y avait pas de problème de ce genre en Yougoslavie. Jeff lui avait au passage montré son passeport à la vue duquel Anton avait déterminé qu'il pouvait encore rester cinq semaines dans le pays. Il avait alors proposé à Jeff de couper la poire en deux et de rester une quinzaine de jours, voulant, il l'avait répété, que ce dernier fasse la causette en anglais à ses enfants, histoire que ceux-ci *prennent l'oreille* et progressent dans la langue de Shakespeare.

Jeff avait accepté cette proposition, inattendue, de "jeune homme au pair" chargé de développer les connaissances aussi bien théoriques – grammaire, conjugaison – que pratiques – les *conversation skills* – de la progéniture Fischer.

Avertis par Lee de ce changement de plan, ses copains qui l'attendaient à Belgrade avaient alors repris leur route et étaient repassés par Rijeka. Une fois Lee enfin sorti de l'hôpital et mis dans un train pour l'Allemagne de l'Ouest, ils avaient de leur côté continué à moto leur route vers le Nord, pour eux aussi retourner en Allemagne, via Zagreb puis l'Autriche, et ils ne s'étaient plus jamais revus.

Resté à Priboj, Jeff y avait visiblement adoré son séjour, le prolongeant même encore deux fois pour ne partir qu'au bout de quatre semaines. Il avait donc bien visité l'usine FAP, atelier après atelier, trouvant par exemple très impressionnante la nouvelle halle de montage des véhicules, et il n'était plus très loin de se passionner pour les camions quand Anton avait définitivement fait pencher la balance en l'invitant un dimanche sur un circuit où se déroulait une course de poids-lourds à laquelle la FAP participait.

En raison de sa surface financière, le constructeur de Priboj avait même été le favori de l'épreuve quand bien même une entreprise concurrente sur le plan national, la TAM de Maribor, en République socialiste de Slovénie, avait dépêché de gros moyens pour contrer la FAP. Après le Grand prix moto quelques semaines auparavant, c'est donc à un Grand prix de camions que Jeff avait alors assisté du côté de Niš (prononcé "Niche") dans le sud de la République socialiste de Serbie.

Nous n'avions, ma femme et moi, jamais entendu parler de cette ville, mais, étant tous les deux nés et ayant grandi à Nice, dans le sud aussi, mais de la France, on avait trouvé ce nom amusant. Profitant de ce que Jeff répondait – par la négative – à ma femme qui venait de lui demander s'il était déjà allé dans *notre* Nice, la seule *vraie* (avec un sourire), j'avais rapidement pianoté sur mon iPhone et appris que, étonnamment, Nice en France et Niš en Serbie, à la mi-juillet 2022 en tous cas, n'étaient pas des villes jumelées.

Pour en revenir à notre course de camions et bientôt fermer la page "Priboj", Jeff nous avait appris que, au grand désarroi des "priboyens", ce sont finalement les ennemis de la TAM qui avaient remporté une course qui avait été apparemment aussi animée qu'émaillée de collisions de toute sorte.

À Priboj, Jeff avait aussi assisté à quelques matches du FK FAP, l'équipe locale de "soccer" comme il l'appelait, à savoir le football tel qu'on le connaissait en Europe et qui, selon lui, n'était joué que par les filles en Amérique où on préférait le "vrai" football… "américain" aux USA (ligue NFL) et "Canadien" au Canada (CFL).

Au bout d'un mois du séjour de Jeff, Danijel avait lui un peu progressé en anglais. Il avait peut-être eu un déclic, démontrant au fil des jours de moins en moins de peur à se risquer à des bribes de conversations dans cette langue. Le rêve d'Anton était qu'il puisse, après sa scolarité secondaire, passer un peu de temps à étudier l'anglais au Canada avant d'entrer à l'université, idée que Jeff, qui avait été si gentiment accueilli par cette famille à laquelle il s'était attaché, trouvait plutôt cool, pensant que son propre paternel n'émettrait pas trop d'objections à accueillir Danijel au Canada.

Le rêve de Danijel était d'étudier la médecine et, après tout, Toronto était un lieu de formation réputé à l'international, dans ce domaine comme dans d'autres. Cela s'était finalement fait, au tout début des années 1980… quand Danijel avait en effet pu aller passer six bons mois au Canada, un séjour qui l'avait définitivement mis sur les rails en anglais.

Concernant son séjour à Priboj, Jeff avait encore ajouté un mot pour dire qu'il avait eu l'occasion de découvrir les environs de cette ville qui était principalement constituée d'une vallée sauvage et très naturelle parcourue par une rivière, la Lim, qui jouxtait une étendue d'eau de couleur émeraude, le lac Potpeć – sur le coup, j'avais compris *Popeye* et l'avais fait répéter – en fait une retenue d'eau artificielle qui s'était formée au moment de la construction, dans les années 1960, de la centrale hydroélectrique appelée à fournir en électricité l'usine FAP ainsi que tout Priboj.

À cet endroit, ils avaient fait de la pêche et du camping et il avait rencontré une fille, seule fois depuis le début de son récit qu'il évoquait enfin un peu de romance, pour certes très vite refermer la parenthèse. Dans la suite de la conversation, on allait cependant avoir l'occasion de retrouver un peu d'amour et d'eau fraîche.

Jeff nous a vivement conseillé de visiter cette région, chose qui, je dois bien l'avouer, ne nous serait autrement pas vraiment venue à l'esprit, mais, bien sûr, avait-il pris grand soin de préciser, en nous invitant à nous méfier des trains de nuit!

PARTIE II

À l'orée des années 1980, Jeff, désormais âgé de 23 ans, n'habitait déjà plus chez ses parents, étant parti suivre des études de mécanique. Scott, le frère cadet de Jeff qui avait presque le même âge que Danijel, avait pris ce dernier sous son aile et s'étaient bien amusés ensemble. Comme il faisait du basketball et que Danijel était yougoslave, un pays réputé dans ce sport, ils s'étaient inscrits et avaient joué ensemble dans une équipe junior qui avait connu du succès.

À ce moment précis de son récit, Jeff avait été interrompu par quelqu'un qui, dans notre dos, venait d'apparaître derrière la table du wagon restaurant où nous étions assis. Jeff s'était levé, l'air ému, et avait embrassé la personne qui s'était présentée, la serrant fort dans ses bras. Constatant notre étonnement doublé d'incompréhension, il nous avait alors informés que c'était là Barthélémy, dit Bart, *son fils*.

Ainsi donc, Jeff avait-il bien un fils, lui qui, lorsqu'on l'avait rencontré pour la première fois, la veille à Niagara-on-the-Lake, avait si franchement semblé en douter.

En fait, et c'était une chose à laquelle je n'avais même pas prêté attention, on était à l'arrêt, notre train étant arrivé à Albany, la ville – pas le pays ! –, peut-être au moment où on avait parlé de la course de camions de Niš, en Serbie, ou du camping sur le lac Potpeć.

Albany, donc, était la capitale de l'État de New York, et Bart avait embarqué pour rejoindre son père qui lui avait envoyé un *texto* pour lui dire qu'il était dans le wagon restaurant. On avait en effet vu qu'il avait pianoté quelque chose sur son smartphone au moment où il nous livrait certains détails de sa visite, effectuée plus de quarante ans plus tôt, de l'usine FAP de Priboj.

Le père avait alors demandé au fils ce qu'il avait pensé d'Albany, et ce dernier de répondre par une question à la fois intéressante et ironique : "*Peut-il venir d'Albany quelque chose de bon ?*", et d'ajouter une ou deux perfidies sur la classe politique locale. Albany étant la capitale d'un État aussi important que celui de New York, elle devait donc très vraisemblablement constituer un grand centre politique et administratif.

Quand le fiston avait répondu ce qu'il avait répondu, ma femme et moi nous étions furtivement regardés, comme si la petite sortie un peu spirituelle mais ô combien intrigante de ce Barthélemy avait peut-être déjà révélé quelque chose de la personnalité étonnante de ce gars que l'on ne connaissait pas ! À ce moment-là, on entrait effectivement dans une mise en abîme en forme de billard à douze bandes, mais ça, on ne le savait pas encore.

Bart avait à peu près notre âge et ressemblait assez à son père, du moins physiquement. Il habitait à Londres, en Angleterre, et avait donc également voyagé en Europe. Après nous être présentés et que Bart, qui se débrouillait dans la langue de Molière, se soit dit très honoré de rencontrer des francophones, on avait proposé de les laisser, père et fils, se retrouver un peu, pensant que nous avions déjà pas mal discuté avec Jeff.

Cependant, Bart avait répondu que nous pouvions rester et qu'ils auraient du temps pour parler une fois à New York.

On aurait dit, comme ça, que Bart devait être un peu coincé, limite côté "flic"… visage carré, regard perçant, épaules assez larges pour quelqu'un de taille moyenne comme lui, mais avec une simple *Coors*, il se décontractait enfin et devenait cool, rieur, blagueur. Si le père, Jeff, avait été intéressant à écouter, je veux dire, pour des gens comme nous qui aimons nous intéresser aux autres, on doit dire que le fils, lui, nous a vraiment plu.

Sous ses faux airs de mec sérieux, c'était un vrai rebelle, qui en avait fait voir des vertes et des pas mûres à ses géniteurs et à d'autres en fonction d'autorité. Nous avions encore quatre ou cinq bonnes heures de trajet jusqu'à Manhattan, et après avoir expliqué ce que nous avions vu lors de notre périple sur la côte Est des États-Unis depuis notre arrivée deux semaines plus tôt, périple qui nous avait vu "monter" jusqu'au Canada, d'où nous étions en train de redescendre, Bart m'avait demandé si c'était la première fois que je venais dans le "*niouveau mooonnde*".

C'est ainsi que je retranscris cela, car, fait amusant, alors que sa question était en anglais (parce que c'est dans cette langue que nous avions échangé tout au long avec Jeff, et qu'il avait été naturel de continuer ainsi), il n'avait pas utilisé les mots "new world", mais bien "nouveau monde", dans son français fortement teinté d'accent américain.

Je lui avais expliqué que j'avais de la famille à New York, ce qui l'avait étonné. À mon accent, parlant en quelque sorte l'anglais comme lui parlant le français, c'est-à-dire chacun dans son accent natif, je me doutais bien qu'il était évident que je n'avais pas grandi en terres anglophones, comme il était tout aussi évident que lui non plus en terres francophones.

Jeff était alors intervenu pour demander comment il se faisait que j'avais de la famille là-bas. J'avais alors raconté comment ma tante, qui était de Nice comme moi, avait rencontré un marin américain à la Libération. Il fallait en effet savoir que cette ville, une fois libérée par les Américains de la présence allemande, était devenue une très importante tête de pont de l'U.S. Navy dans le sud de l'Europe, au point que la localité voisine de Villefranche-sur-Mer était même devenue le port d'attache et le quartier général de la Sixième flotte américaine, qui avait toute la Méditerranée comme théâtre d'opérations.

Jeff avait répondu qu'il rêvait de visiter le sud de la France, qu'il serait impressionné de voir les navires de la Sixième flotte, peut-être même un porte-avion, pensant que cela devait être plus impressionnant que ce qu'il avait vu en Yougoslavie, quarante ans plus tôt... "*Et peut-être même plus sympathique*", avait alors lâché un Bart sur un ton sarcastique. Lui qui, bien sûr, connaissait la mésaventure qu'avait connue son géniteur qui, pour rappel, avait fini menotté pendant des heures dans le port de Bar pour un simple chewing-gum craché. “*Pire que Singapour*” avait alors pesté Bart.

J'avais répondu à Jeff que si le sud de la France était très beau, que les calanques de Marseille ou les plages de Nice et des environs, y compris celle que nous avions l’habitude de fréquenter à Villefranche-sur-Mer, rivalisaient avec la côte croate qu'il avait connue, la Sixième flotte de l'US Navy avait, en revanche, depuis longtemps déménagé du côté de Naples, en Italie, en fait après le retrait de la France du commandement intégré de l'OTAN dans les années soixante.

Bart, qui avait attentivement écouté ce que je disais, avait alors murmuré avec son accent américain impossible à retranscrire ici, et sans que l'on sache ce qu'il pensait du personnage, mais déjà c'était étonnant en soi de voir un trentenaire ou un jeune quadra nord-américain connaissant cette figure de l'histoire de France… "*De Gaulle, De Gaulle…*"

Jeff, qui entamait sa septième ou sa huitième bière, avait alors poussé son fils à reprendre un peu la parole. *"Dis-leur ce que tu fais"*, lui avait-il lancé.

Bart était réservé, mais ça, on ne le savait pas encore. Il avait en effet paru gêné que toute l'attention se concentre désormais sur lui, commençant un peu scolairement en disant qu'il avait presque 40 ans et qu'il était né à Windsor, ce à quoi nous avions réagi par l'étonnement. À Windsor, le château ? Bart avait éclaté de rire et précisé : *"Non, Windsor, Ontario"*.

J'étais un peu étonné. Jeff n'était-il pas de Hamilton, près de Toronto ? Ne l'avions-nous pas rencontré du côté de Niagara Falls, là où il passait visiblement sa retraite ? C'était où, Windsor ? C'est Jeff qui avait alors répondu.

À son retour d'Europe, désireux de se lancer dans la mécanique, et après avoir suivi à Hamilton environ un an de cours de rattrapage et de mise à niveau scolaire, surtout en maths et physique, il avait pu entamer l'année suivante un cursus de mécanique, à l'université de Windsor précisément. Cette faculté était réputée pour la mécanique car Windsor la canadienne faisait face à Detroit, l'américaine, et comme on le sait, Detroit était LA capitale états-unienne de l'automobile. C'était là, enfin dans cette ville de Windsor, que Jeff avait rencontré celle qui deviendrait la maman de Bart. Comme Jeff n'en a finalement pas dit davantage sur la génitrice de son fils, et ce malgré la tentative de ma femme d'en savoir un peu plus à son sujet – nous n'avons pas réussi à connaître son prénom ni à savoir ce qu'elle avait bien pu devenir – nous n'avions, alors par pudeur, pas osé insister, préférant attendre que Jeff ou Bart en parlent d'eux-mêmes, ce qui ne s'était pas produit.

Une fois son bachelor de mécanique obtenu, Jeff avait trouvé un emploi chez Ford Canada, à Windsor même. Ford avait son siège mondial et ses cols blancs, la direction, les finances, le département R&D (Recherche et développement) en face, à Detroit aux États-Unis, mais les salaires et autres conditions sociales étant plus favorables au Canada, les cols bleus, Jeff compris, se retrouvaient, eux, du côté canadien.

Sept ou huit ans après, Jeff avait changé de crèmerie, rejoignant un équipementier qui travaillait pour les groupes Ford et General Motors, entre autres. Tout cela, c'était bien sûr avant la délocalisation du gros des troupes vers le Mexique, d'abord graduellement avant que la tendance ne s'accélère dans les années 2000.

Ainsi, Jeff avait-il perdu cet emploi moins de dix ans après l'avoir pris, vers 1996 ou 1997, et c'était la raison pour laquelle, avait ajouté Bart, il n'avait pas eu, adolescent à son tour, l'intention de suivre son père dans l'industrie automobile désormais sinistrée en Amérique du Nord. Jeff avait ajouté qu'aux alentours de 2014/2015, Windsor, qui s'était positionnée pour obtenir la production mondiale du nouveau moteur d'un très grand constructeur, donc un très gros contrat, avait reçu une claque de ce dernier qui avait sans surprise préféré le Mexique et ses bas salaires.

C'était aussi, selon Bart, parce que les autorités de la province de l'Ontario avaient à juste titre refusé certaines demandes financières extravagantes du constructeur en question qui attendait, de fait, un subside – illégitime selon lui, il avait bien insisté là-dessus – du contribuable pour alléger la charge salariale de sa filiale canadienne, et Jeff de s'étonner de ce que des géants capitalistes américains demandent sans vergogne aux pouvoirs publics de passer à la caisse, y voyant quelque part un chantage à l'emploi. Il avait conclu sa remarque par un cinglant : *"Si c'est ça le capitalisme, c'était finalement pas si mal en Yougoslavie"*.

Bart avait alors apporté une précision à ce que son père venait de lâcher. Un géant international de l'automobile réclamant une participation financière des pouvoirs publics locaux de tel ou tel région ou pays, ce n'était pas, selon lui, du capitalisme pur et dur, ce dernier avait bon dos, mais plutôt, je cite, du "*crony capitalism*", expression que, peu au fait de ces questions, je ne connaissais pas, mais qui signifie, après recherches, *"capitalisme de connivence"*, c'est-à-dire une version faussée du capitalisme qui voit des groupes privés censés se débrouiller seuls avec les lois du marché trouver toute sorte de moyens de les contourner, du type copinage avec des élus ou chantage éhonté à l'emploi. Ces pratiques irresponsables et égoïstes de ces grandes entreprises, comme des politiques, faisaient du tort au *vrai capitalisme,* et constituaient une aubaine pour les esprits chagrins et rabougris qui n'avaient pas abandonné l'idée de l'enterrer.

Bien des grands groupes de tous les secteurs et de tous les continents allaient là où les pouvoirs publics payaient le plus, et selon Jeff, au moment où nous parlions, c'était apparemment au tour d'un géant européen de l'automobile de tenter le coup auprès des pouvoirs publics canadiens. La rumeur, et Jeff qui avait encore de nombreux contacts dans l'industrie automobile de l'Ontario était apparemment bien informé, voulait en effet qu'un groupe allemand avait reçu d'Ottawa la promesse d'une participation de plus de vingt-cinq milliards de dollars canadiens, soit plus d'une quinzaine de milliards d'euros d'argent du contribuable, en vue d'une implantation à Windsor pour y produire des batteries de véhicules électriques.

À ce prix-là, c'était en fait l'État qui paierait les salaires des employés d'une entreprise privée, et selon un Bart visiblement courroucé, cela menait droit vers une *soviétisation* de l'industrie, paradoxalement au profit de groupes privés, ce à quoi son père avait répondu que certains y voyaient la seule solution pour sauver des dizaines de milliers d'emplois en Ontario. Bien sûr, les deux avaient tenu à préciser qu'ils n'étaient pas dupes : si les politiciens faisaient cela, c'était avant tout pour être réélus lors des élections suivantes. Au final, avait glissé Bart sur un ton acide, *"Les emplois des ouvriers – et les postes des politiciens – seraient sauvés avec l'argent des ouvriers."*

Aussi, avait ajouté Jeff, une fois refermé le robinet alimenté par le contribuable canadien, les emplois seraient très vite délocalisés ailleurs, là où les vannes d'argent public étaient encore ouvertes ou promettaient de s'ouvrir, et là où les salaires étaient bas. S'en était ensuivi tout un débat, intéressant je dois dire, sur la question des délocalisations, et on a pu constater que père et fils n'étaient pas exactement sur la même longueur d'onde à ce sujet.

Pour Jeff, c'était une calamité, un drame, et sa réaction bien compréhensible était due au fait que c'était à cause de cela qu'il avait lui-même perdu son emploi, sans jamais pouvoir professionnellement rebondir ensuite, ce qui avait fini par durablement affecter son moral et sa santé. Pour Bart, en revanche, les délocalisations pouvaient parfois constituer "une opportunité". Selon lui, on envoyait loin, outre-mer, des emplois à faible valeur ajoutée, ce qui offrait une chance à des pays émergents d'émerger, précisément, et ce qui pouvait dans le même temps forcer, pour leur bien, les travailleurs occidentaux à sortir de leur zone de confort, à se recycler vers des qualifications à plus haute valeur ajoutée.

C'est à ce moment-là que nous en étions revenus aux délocalisations de certaines entreprises du secteur de l'automobile états-unien vers le Mexique, et Jeff de bien préciser qu'il n'en voulait pas aux Mexicains. Il avait visité leur pays plusieurs fois. C'était plutôt aux grands groupes mondialisés et surpuissants qui se jouaient allégrement des frontières quand ça les arrangeait qu'il en voulait. En effet, on le savait, Jeff avait voyagé et, il avait encore insisté sur le fait qu'il rejetait absolument le racisme ou la xénophobie.

Il se souvenait en revanche que parmi certains de ses collègues qui s'étaient retrouvés sur le carreau avant lui, et le phénomène des délocalisations avait commencé suite au choc pétrolier dans les années 1970 pour s'accentuer à l'orée des années 80, certains avaient développé de la haine contre les Asiatiques en raison de la concurrence féroce des constructeurs automobiles japonais et sud-coréens alors émergents, ce que, pour sa part, il avait absolument refusé de faire même si, au fond de lui, il en avait quand même un peu voulu à ces constructeurs asiatiques, sentiment caché qu'il avait révélé malgré lui en affirmant que s'il ne voulait plus entendre parler de tel ou tel constructeur américain, il ne roulerait pas non plus en Toyota !

Bart avait tout de suite précisé qu'il ne pensait pas du tout que les constructeurs d'Asie avaient fait quoi que ce soit de mal. Suite à quoi, son père avait ajouté qu'au fond, il était d'accord avec lui, que c'était avant tout l'industrie automobile nord-américaine qui n'avait pas réussi à s'adapter à la nouvelle donne, aux conséquences des chocs pétroliers, de la longue guerre entre géants pétroliers qu'étaient l'Iran et l'Irak durant les années 1980, du Krach de Wall Street en 1987, de la guerre du Golfe en 1991 et de la crise économique en général. Avec l'explosion des prix du pétrole, et avec le début de la prise de conscience des enjeux écologiques également, le public occidental était devenu demandeur de véhicules plus sobres en matière de consommation de carburant, ce que l'industrie américaine, qui n'avait pas encore fait son aggiornamento sur ces questions, n'avait pas eu l'intention de fournir.

Jeff se souvenait que pendant que le prix à la pompe du carburant prenait l'ascenseur, et alors que l'on commençait de plus en plus à parler d'environnement, les gros moteurs V8 de Ford ou de Chevrolet restaient tout aussi gourmands en carburant, tandis que les petits moteurs japonais et sud-coréens en consommaient de moins en moins. Progressivement, le public, y compris en Amérique du Nord, s'était détourné des modèles de Detroit incapable de répondre à la demande par une offre adaptée, et avait plébiscité les importations asiatiques, provoquant le quasi naufrage des grandes marques américaines.

Bart l'avait coupé pour nous apprendre qu'initialement, enfant, il avait pourtant rêvé de faire comme son père une carrière dans l'automobile. En 1987, alors qu'il était encore petit, Jeff l'avait emmené à Detroit, capitale de l'automobile états-unienne située, comme on l'a vu, de l'autre côté de la frontière, assister à un Grand Prix de Formule 1. Comme Jeff était encore employé d'un équipementier qui fournissait plusieurs gros constructeurs automobiles dont plusieurs étaient impliqués dans la course automobile, il avait eu, pour ses cinq ans dans l'entreprise qui faisait alors encore profiter ses employés canadiens de largesses, un *pass* qui lui permettait de visiter en famille le paddock, c'est-à-dire les coulisses, privilège habituellement réservé aux VIPs.

Au moment de continuer son récit, Bart avait jeté un petit coup d'œil presque inquiet en direction de son père. Il allait en effet mentionner un motoriste japonais, et on avait senti une petite crispation de Jeff quelques instants plus tôt, au moment où avait été évoquée la concurrence féroce qu'avaient constituée ces nouveaux constructeurs d'Asie.

En 1987 à Detroit, ils avaient visité le stand de la célèbre équipe Lotus qui avait son siège à Hethel, dans le Norfolk, près de Norwich, en Angleterre, écurie dont les bolides étaient motorisés par les Japonais de Honda. Et Bart, du haut de ses cinq ou six ans à peine, avait visiblement été très impressionné… à ce moment-là de son récit, son père l'avait alors coupé : "*Ce n'est pas le moteur japonais qui t'a impressionné, et le dernier titre mondial de Lotus, c'était avec Ford, eh, eh, 78, pas avec Honda en 87… il ne faut pas inverser les chiffres…*"

Ce qui avait impressionné Bart sur la Lotus, ce n'était en effet pas le moteur, même s'il s'agissait du meilleur propulseur de tout le plateau, mais en fait les suspensions. Lorsqu'ils étaient arrivés devant le stand de l'écurie Lotus, les ingénieurs anglais étaient en pleine "démo", devant les caméras d'une chaîne américaine, ESPN ou CBS. "*Une suspension active*", avait précisé Jeff, ajoutant qu' "*Anton, qui était dans les suspensions, aurait adoré voir ça…*".

On n'avait pas eu le temps de réagir. Ne connaissant rien à la Formule 1 en particulier, ni à l'automobile en général, je n'avais jamais entendu parler de telles "suspensions actives". Bart avait précisé que c'était grâce à elles que le pilote vedette de l'équipe, à savoir le Brésilien Ayrton Senna, l'avait emporté ce week-end-là dans les rues, poussiéreuses et bosselées, de Detroit, comme il l'avait fait deux semaines plus tôt dans celles, plus glamour, de Monaco. On connaissait Ayrton Senna, et moi qui, généralement, ne regardais pas trop la Formule 1, j'avais fortuitement assisté à sa mort en direct, sur les antennes de la chaîne française TF1. Bart, lui, avait vu le Brésilien en chair et en os triompher et monter sur le podium du Grand Prix des États-Unis, sept ans avant son tragique décès.

Comme l'industrie automobile était sinistrée au moment où Bart finissait son high school et que vingt ans après son père, c'était son tour de se chercher professionnellement, il avait dans un premier temps envisagé d'étudier la médecine, et en cela, il avait suivi l'exemple de Danijel, le fils d'Anton Fischer, qui était pour lui comme un grand frère. Il avait donc quitté Windsor pour Toronto, métropole qui possédait une faculté de médecine très réputée, comme Jeff nous l'avait dit un peu plus tôt déjà.

Durant son premier semestre à l'angle de University et Gerrard Street, en fait de potasser ses cours et de se plonger dans les subtilités de l'anatomie humaine, Bart avait plutôt passé son temps, du haut du 17e étage auquel se situait sa chambre d'étudiant, à observer le ballet des hélicoptères médicalisés qui, à intervalles malheureusement réguliers, se posaient pile en face, sur le toit voisin de l'hôpital pour enfants de Toronto… avec pour inévitable résultat la confirmation qu'il ne prêterait jamais le serment d'Hippocrate.

Pour autant, tout cela n'avait pas servi à rien, Bart étant tombé, dans la bibliothèque de sa résidence qui accueillait aussi quelques étudiants de philosophie et de sciences-politiques, sur quelques ouvrages les concernant. En vrac, Kierkegaard, Marx, Popper, Gramsci, Rothbard… des livres, certes sans rapport avec la médecine qu'il était censé étudier, mais qui auront visiblement exercé une influence décisive sur son développement intellectuel.

Avec ces lectures, durant ses dernières semaines d'étudiant en médecine, Bart avait défini un nouveau cap. Il étudierait les sciences-politiques ou, à défaut, l'économie. Bart était une sorte de rêveur anarchisant qui, à contrecœur, et parce qu'il fallait bien vivre, avait opté pour une carrière dans le monde des assurances, une entreprise certes moins édifiante que celle du poète vivant d'amour et d'eau fraîche en attendant de refaire le monde, mais autrement plus lucrative aussi.

Après tout, il y avait bien eu la trotskiste "Starlette" Laguiller au Crédit Lyonnais, il y aurait dorénavant Bart l'anar-libertarien, à la Kingston & Durham Bank of Ontario. Tout du moins, c'est là qu'il avait entamé son parcours professionnel, à Bay Street, au siège de Toronto, près de la fameuse CN Tower que l'on avait visitée la veille, dans un immeuble partagé avec la prestigieuse Royal Bank of Canada.

« *Dans une grande tour dorée* », avait fièrement lancé Jeff, aussitôt corrigé par son fils : « *une prison dorée* ». Et ce dernier de préciser que c'était une blague, mais qu'en raison des formes anguleuses des fenêtres, ce complexe qui culminait à près de 200 mètres de haut était devenu la plus grosse concentration d'araignées de tout le continent américain… « *il y en avait des millions* »… et Bart s'était esclaffé : "*de loin tout était doré, clinquant, étincelant… et de près, de l'intérieur surtout, on ne voyait que les arachnides et leurs toiles de soie. Beau reflet de la réalité !*"

Tout cela, c'était avant de changer de crémerie et d'obtenir, toujours à Toronto, un poste plus intéressant au siège canadien de la prestigieuse Salmon & Ruppert britannique, une société d'assurance internationale à laquelle il avait ensuite appartenu deux ans avant qu'on ne lui propose, contre toute attente, une promotion doublée d'un déménagement vers la vieille Europe, et pour être précis, la City de Londres.

Bart était une sorte d'électron libre et, logiquement, confiné qu'il était dans l'atmosphère pressurisée de la bancassurance qu'il comparait volontiers à la caverne de Platon ou à la mise aux fers des galériens contemporains du célèbre philosophe de l'Antiquité, il se sentait à l'étroit, très à l'étroit même.

En plus de cela – n'ayant personnellement pas trop d'avis sur le sujet, je me borne à retranscrire ses propos, que je trouve en tous cas intéressants –, en plus de cela, donc, dans un mouvement "réactionnaire" selon lui, c'est-à-dire, ainsi qu'il nous l'a expliqué, à contresens de l'Histoire – Histoire avec un grand "H" – on lui avait quasiment sucré son télétravail, un trésor de guerre que, par ses efforts et sa persévérance, et au terme d'une campagne longue de plus de deux années, son allié le général Covid avait conquis pour lui.

Bon, en disant cela, il avait comme marqué une hésitation, pour préciser qu'il n'ignorait pas que le Covid, qui, entre confinements et télétravail, avait été une aubaine pour lui, avait été aussi un moment de grandes souffrances pour d'autres moins chanceux.

C'était ça le problème avec Bart. S'il aimait les jeux de mots et les belles formules claquantes, sa communication était parfois un peu trop directe, ce qui lui avait été reproché à plusieurs reprises. Il sortait un truc, puis se ravisait, comprenant qu'il avait parlé un peu vite. Ça lui avait causé des problèmes dans sa vie professionnelle et, en dehors aussi. S'il était intelligent et souvent dans le juste, il ne prenait pas toujours le temps de tourner sa langue sept fois dans sa bouche avant d'ouvrir cette dernière, et c'était parfois regrettable.

Heureusement, à Londres, dans sa boîte actuelle, la Salmon & Ruppert, il avait un manager suisse, un certain Yvan qui, avant de rejoindre cette compagnie d'assurance, avait passé pas mal de temps au sein d'une banque d'investissement réputée de la place financière zurichoise, un Yvan qui était flexible et aimait sa personnalité un peu spéciale, et c'est parce qu'il était assez bon dialecticien qu'il avait su retenir, parfois avec l'aide de son bras droit, un certain Cyprien qui était assez bon psychologue, notre Bart qui, plusieurs fois, avait voulu *tout plaquer*. De plus, et cela Bart ne pouvait que l'apprécier, cet Yvan avait de l'humour. Ce dernier lui avait en effet une fois dit, le plus sérieusement du monde, mais en plaisantant en réalité, que, dans l'ordre, les trois meilleurs services de renseignement au monde étaient le Mossad israélien, la CIA américaine et les banquiers suisses !

Pour en revenir au télétravail sur lequel son employeur tentait apparemment de revenir, c'était, me semblait-il, un peu partout pareil de toute façon, la régression semblant généralisée et, à l'été 2022, le gros du reflux était encore à venir. Selon Bart, il y avait partout ou presque, à des degrés divers, le même esprit de contrôle des employés infantilisés, et il avait été déçu de constater que les entreprises qui prônaient tellement, comme lui, le *laissez-faire*, la liberté, donc l'autonomie des personnes physiques et morales vis-à-vis de l'État, ne jouaient pas suffisamment le jeu avec leurs salariés. Il pensait en effet qu'une fois les portes de l'entreprise franchies, il n'était souvent alors plus du tout question de laissez-faire, d'autonomie et de liberté, mais, ultimement, de marche au pas de l'oie et de dictature implacable. Au lieu de laissez-faire, un pur régime *laisse et fers*.

C'était une analyse que personnellement j'avais trouvée un peu excessive, même si je pouvais comprendre que selon les entreprises, on pouvait mal tomber, et parfois, retrouver certains traits de régime totalitaire, mais en y réfléchissant bien, je comprenais ce que Bart avait voulu dire. L'idée d'une entreprise réclamant à l'État, en vue de son épanouissement, qu'il la laisse-faire et lui fasse confiance pour, à son tour, mesquinement refuser cela à ses employés qui, pour leur épanouissement dans leur travail, réclamaient eux aussi un minimum d'autonomie, cela me faisait penser à une parabole que l'on trouve dans l'évangile de Matthieu, celle où le Christ racontait qu'un roi avait exigé d'un de ses employés qu'il lui rembourse de l'argent qu'il lui devait, à savoir dix mille talents, ce qui constituait une somme que le débiteur n'était pas en mesure de rendre à son créancier.

Ce dernier, pour se rembourser, avait alors ordonné que l'on vende la femme et les enfants de son débiteur, à la suite de quoi celui-ci s'était jeté à terre devant le roi pour le supplier de ne pas se saisir de ses proches et de plutôt lui donner encore un peu de temps pour rembourser sa dette, requête à laquelle le roi, ému, avait accédé, remettant à son débiteur sa dette, et lui laissant également sa femme et ses enfants…

Et de retrouver ensuite ce débiteur gracié et soulagé de sa dette, en dehors du palais royal, croisant un type qui lui devait à peine cent deniers, soit une fraction infinitésimale de la dette de dix mille talents dont le roi venait de lui faire grâce, et qui s'était malgré tout saisi de lui à la gorge, lui intimant de rembourser de suite les cent derniers qu'il lui devait, et le type qui se faisait étrangler de supplier son créancier qui était en train de le brutaliser de lui laisser un peu de temps pour rembourser sa dette, ce que le premier avait refusé, préférant l'envoyer en prison.

Pour Bart, cette parabole s'appliquait à sa réalité. Il en avait profité pour se répéter, en résumant la situation de cette manière : certaines entreprises disaient "*liberté, liberté !*" à l'État, qui la leur octroyait, et quand, à son tour, comme employé, il avait dit "*liberté, liberté !*" à son employeur, ce dernier avait fermé la porte et répondu "*dictature, dictature !*" et c'était, selon lui, trop souvent la même chose.

Pendant que Bart se répétait, j'avais fait une recherche rapide sur mon iPhone, trouvant un article paru en juillet de l'année précédente sur le site du journal français *Les Echos*, un article qui parlait d'une productivité augmentée de 5% grâce au télétravail, selon des études qui venaient alors d'être publiées aux Etats-Unis. Et le rétropédalage des entreprises sur le télétravail, déjà amorcé à ce moment-là outre-Atlantique, avait commencé à provoquer de la colère chez des employés qui, comme Bart, avaient pris goût à cette facilité et avaient réorganisé leur vie autour de cette nouvelle donne.

Donc, Bart était fâché et il n'était pas le seul. Il avait mentionné plusieurs grosses entreprises états-uniennes qui faisaient face à une fronde grandissante de leurs employés mécontents de ce retour en arrière et, dans la foulée de m'envoyer, entre autres, pour preuve de ce que le mouvement de contestation était massif, le lien d'une publication qui venait de sortir et qu'il avait lue durant son vol pour les Etats-Unis, signée d'un certain Nicholas Bloom du *Stanford Institute for Economic Policy Research* et qui était intitulée "*The Great Resistance: Getting employees back to the office*"

(*La grande résistance : Ramener les employés au bureau*).

Mais, Bart ne voulait finalement plus trop s'étendre sur la question, le retour en arrière des entreprises quant au télétravail ne constituant en fait selon lui que la pointe visible de l'iceberg. C'était, avait-il ajouté, un débat qui faisait presque diversion des vrais problèmes de fond. Il avait eu envie de donner un exemple et, ça tombait bien, on venait de parler de l'industrie automobile.

Pour lui, le monde des entreprises était comparable aux modèles de voitures. Jadis, on voyait, même de loin, la différence entre une Mercedes et une FIAT, entre un Range Rover et un Renault Espace, ou encore entre une Cadillac et une Volkswagen… mais, désormais, avec toutes les fusions-acquisitions qu'il y avait eu entre géants du secteur, tous les modèles de toutes les marques se ressemblaient ! Eh bien, dans le monde standardisé et formaté des entreprises, c'était selon lui pareil ! Des technocrates interchangeables car issus des mêmes moules se succédaient dans des postes et fonctions pour reproduire comme des robots les mêmes façons de fonctionner, les mêmes façons de jargonner, les mêmes façons de flagorner.

Dans son entreprise, et même d'une entreprise à l'autre, selon lui, tout était parfaitement monolithique : pensée unique, vision unique, et même, pour paraphraser un certain *Tyler Durden* qui avait été une de ses sources d'inspiration : collègues à *visage unique*. D'une multinationale à l'autre, seuls le logo et les noms dans l'organigramme changeaient selon lui, et il n'aimait pas travailler dans un panier de crabes – *open space* en anglais – une "*prison panoptique*", avait-il ajouté en français dans le texte, se vantant d'avoir lu dans cette langue *Surveiller et punir* de Foucault – le philosophe, pas l'autre.

Notre train avait commencé à ralentir, visiblement pour marquer un nouvel arrêt, et ce alors que Bart se plaignait désormais que bien des libertariens, anars de droite et compagnie, n'étaient pas, selon lui, des libéraux assez complets. Bien qu'étant apparemment proche des libertariens, il leur reprochait un peu de se borner à penser que la liberté se résumait uniquement à la question du mode de propriété et, par voie de conséquence, de ne se focaliser que sur le seul rapport, certes important, de l'individu à l'État ou de l'entreprise à l'État, sans comprendre que le problème de fond n'était pas tant le mode de propriété, qu'il soit privé, public ou social, comme cela avait été le cas en Yougoslavie du temps où son père y avait séjourné, mais la collectivité, l'institution à laquelle la personne physique ou morale faisait face.

Paraphrasant l'Ecclésiaste, autre source majeure d'inspiration chez lui, il avait dit qu'il n'y avait rien de nouveau sous le soleil et qu'au final, il y avait un temps pour philosopher et un temps pour changer le monde. Changer son monde en fait. Maintenant, avait-il pris grand soin à le préciser, il ne rêvait pas de Révolution au sens où on l'entendait, sanglante et chaotique, ni même de *Grand soir* électoral, d'*Homme providentiel* et autre *Divine surprise*... En bref, il ne croyait pas en un monde à la *CorelDraw* qui pouvait être transformé comme ça, d'un simple coup de baguette magique. Il ne serait donc jamais un révolutionnaire “MLM”, marxiste-léniniste-maoïste, avait-il ajouté.

Comme je lui demandais concrètement s'il était libertarien ou pas, c’est-à-dire favorable, selon ma compréhension limitée de la chose, à un État minimum voire à son abolition, et donc plutôt de droite, il avait plus ou moins répondu par l’affirmative, en refusant toutefois le clivage *gauche/droite* qu'il considérait comme dépassé. Pour lui, le vrai clivage était entre révolutionnaires et conservateurs mais, avait-il précisé, il avait vite compris que personne ne pouvant facilement se mettre d’accord sur une définition de ces termes, il était difficile d’en parler sereinement sans y passer des heures. Je lui avais alors demandé si, en y réfléchissant bien, le clivage entre révolutionnaires et conservateurs n’équivalait pas, en définitive, au classique clivage *gauche/droite*… ce qui nous ramenait à notre point de départ.

À cela, il avait répondu qu’il connaissait des conservateurs de gauche et des révolutionnaires de droite. Il était clairement un révolutionnaire, mais, il craignait de le dire trop fort, sachant bien qu’il risquait d’être perçu pour ce qu’il n’était pas, violent, haineux, sans foi ni loi, par des gens qui n’avaient pas étudié ces questions et se contentaient de stéréotypes tout faits.

Revenant aux libertariens, il estimait que ces derniers n'allaient parfois pas assez jusqu'au fond des choses, leur reprochant de se focaliser davantage sur la défense de la propriété que sur la liberté tout court. Pour lui, ce n’étaient parfois pas des libertariens, mais en fait plutôt ce qu’il appelait des *propriétariens*. Il avait pris l'exemple, en vogue dans ces milieux, de l'île de Robinson Crusoé, imaginant là-bas le développement progressif de la société sans État rêvée des libertariens et donc, en apparence, sans risque de voir un jour apparaître une dictature.

Quid de tout cela si une entreprise privée, sur cette île – et selon le crédo libertarien, on était libre de tout faire sur sa propriété – décidait par exemple d'y instaurer l'esclavage ? Et que se passerait-il si un milliardaire arrivait, rachetait tout, et décidait d'instaurer sa dictature privée, appuyée par sa milice privée ? Les libertariens auraient-ils théoriquement quelque chose à redire ?

Bart adhérait à l'économie de marché et trouvait saine la pensée économique libérale, mais il n'en pensait pas moins qu'elle devait impérativement être *complétée* par autre chose. Si le libéralisme était de droite… "*et parce que j'ai deux jambes, une droite et une gauch*e" avait dit Bart, il fallait, selon lui, ajouter à l'économie libérale de marché un corpus *libertaire,* mais non étatique bien sûr, pour venir contrebalancer les risques de certains abus d'autorité.

Évidemment, et en cela il avait fait allusion aux erreurs de l'exemple yougoslave que son père avait connu, il ne fallait pas, selon lui, imposer comme ils l'avaient fait, une règle unique à tous, ça, avait-il continué, je résume son propos, c'était en gros l'erreur que les sociaux-démocrates français avaient à leur tour fait aux alentours de l'an 2000, avec *leurs* 35 heures, l'imposant à tous de manière monolithique.

Ma femme et moi, qui en avions subi les conséquences du temps où l'on travaillait tous les deux dans l'Hexagone, ne pouvions qu'adhérer à ce point de vue. Les 35 heures hebdomadaires, c'était sûrement bien pour certains salariés, mais, en fonction des secteurs d'activité, des métiers, de l'âge, etc. probablement insuffisant pour d'autres.

À la suite de quoi, et pour en revenir à son île imaginaire sur laquelle un milliardaire avait instauré une dictature, on lui avait demandé si une révolte, voire une révolution, lui apparaissait légitime, et c'est là qu'on était entré plus profondément au cœur de notre sujet.

Pour tout dire, Bart n'aimait pas le mot *révolution*, avait-il répété, car il était porteur, dans l'esprit du public, de pas mal de négativité. C'était comme le mot *anarchie*, qu'il voyait injustement associé au chaos, au désordre, par des gens peu au fait de ces questions, des gens qui le confondaient avec le mot *anomie*.

En général, donc, nous avait-il précisé, il évitait d'utiliser des mots comme "révolution" ou "anarchie", de peur qu'on ne le prenne pour un casseur, un saboteur ou un Robespierre en herbe. Il croyait en fait au concept philosophique d'*Aufhebung*, mot subtil de la langue allemande, nous avait-il appris, qui pouvait tour à tour prendre une signification contradictoire… il s'agissait, si j'ai bien compris, de conserver ce qui devait l'être et de dépasser ce qui le pouvait. Bart ne voulait en effet pas tout casser ou, pis, "*faire rendre gorge*", avait-il dit en français, à qui que ce soit, pas même au milliardaire esclavagiste imaginaire dont il avait été question une minute auparavant.

Faisant allusion au célèbre sociologue allemand Max Weber, et pour compléter son propos, il avait précisé qu'*in fine* son idéal se voyait limité par sa morale et qu'il fallait nécessairement qu'il en soit ainsi pour tous si on voulait éviter la guillotine et les Goulags. Et cette morale pouvait, par exemple, être humaniste ou de source religieuse. C'était l'éthique de conviction contre l'éthique de responsabilité. Ce qu'il voulait, ce n'était pas détruire, mais *construire*, et ce n'était pas non plus renverser, mais *dépasser* !

Et, pour dépasser, concrètement, la première étape était ce qu'il avait appelé la *conscience de place*, à ne pas confondre avec la *conscience de classe* des marxistes, même si ces concepts étaient finalement proches.

Bart ne croyait pas en un mouvement de masse, en un messianisme collectif du type nationaliste, populiste ou socialiste qui sauverait le monde – en fait, il ne croyait même pas que l'Homme sauverait le monde – non, ça le monde avait déjà donné. Ce qu'il voyait en revanche possible, c'était une prise de conscience à l'échelle de l'individu. Il fallait *décentraliser* la révolution.

Ce qui, selon Bart, ferait avancer le schmilblick pour l'individu ayant pris conscience de sa situation personnelle et qui souhaitait désormais la dépasser, ce seraient les efforts subséquents que ladite conscience de place le pousserait à fournir en vue de son auto-émancipation. Ce que Bart voulait dire par là, c'était qu'il pensait important que chaque rouage de quelque institution que ce soit, et ce, quel que fût son rang personnel au sein de ladite organisation, prenne conscience de la place et du rôle qu'il y occupait, réfléchisse à ce qu'il y faisait, où cela le menait et, si c'était bénéfique pour lui-même sans nuire ou porter atteinte à autrui.

Si la réponse honnête à cette grande question existentielle était que le rôle exercé, le rang occupé n'étaient pas satisfaisants, que ce soit moralement, économiquement, ou autre, et si pour x raisons cette situation bloquait l'épanouissement, ou portait atteinte à des tiers comme le faisaient parfois, je cite Bart : "*de petits fonctionnaires de l'iniquité situés quelque part entre Ponce Pilate et Maurice Papon*" – il faisait allusion à tous ces gens qui avaient occupé un rang dans une hiérarchie, exécutant aveuglément des ordres, et ce même s'il s'agissait d'envoyer des enfants dans des chambres à gaz – eh bien cette personne, ce rouage, devait faire *quelque chose*, se prendre en main pour changer de paradigme, et ce *à son échelle* !

Dans la “conscience de place”, Bart voyait aussi la morale d'un Kierkegaard dont il avait pas mal lu les œuvres. Pour le philosophe existentialiste chrétien danois du XIXe siècle, le premier cran moral dans la vie était ce qu'il avait appelé le stade *esthétique*. Pour caricaturer, on dira que c'était jouir des plaisirs de l’existence… le célèbre *Carpe diem*, la tentante *Künstlerleben*, la vie d'artiste, de bohème, le tout sans prendre trop de responsabilités. C'était par exemple se la couler douce professionnellement, sans s'investir dans quoi que ce soit ni sortir de sa zone de confort, ou encore butiner sans jamais envisager d'accepter les contraintes d'un couple et d'enfants à entretenir et éduquer, toutes des choses, un état d’esprit, qui pouvaient mener, en marge de la société, à des vies d’errements voire de dissolution et, *in fine*, dans tous les cas à des vies d’insatisfaction.

Ensuite, chez Kierkegaard, avait continué Bart, il y avait un cran supérieur. On passait de l'insouciance, le stade esthétique, à la responsabilité, le stade *éthique*. Là, on devenait plus sérieux. Longtemps, au Moyen-âge par exemple, c'était l'instruction aux armes, et plus récemment, le passage par le service militaire, qui assurait cette fonction sociale. On sortait de la vie étudiante, on passait à la moulinette de la discipline de corps – comprendre sous les drapeaux – puis on prenait un emploi, on se mariait, on avait des enfants, on faisait évoluer sa carrière avec toujours plus de responsabilités.

Mais voilà, si ce palier représentait déjà une belle progression, beaucoup s'y arrêtaient alors qu’il y avait, selon Kierkegaard, encore plus important après, à savoir le fameux stade *religieux*. Certains qui étaient donc passés de l'esthétique à l'éthique, de l'irresponsabilité à la responsabilité, de l'immaturité à la maturité ou encore de l'enfance innocente à l'âge adulte accidenté, le faisaient pour, au final, faire du mal, devenant – et Bart de s'enflammer à nouveau – de petits fonctionnaires de l'iniquité, des petits Maurice Papon, Otto Hoffmann et autres Torquemada d'opérette qui peuplaient les échelons de la vanité, le tout au service de leur petit nombril quand ce n'était pas tout simplement au service d'une idéologie abjecte, des gens, heureusement pas tous parmi les pensionnaires du stade éthique, mais quand même trop parmi eux qui, par égoïsme, cupidité, soif de dominer les autres et lancés dans la grande course à l'échalote des super bonus, parachutes dorés et autres cooptation au sein du Politburo du Parti, et on ne savait quoi encore… ou tout simplement par aveuglement, appliquaient les ordres venant d'en haut, de hiérarchies souvent réactionnaires… réactionnaires dans le sens qu'elles n'acceptaient pas la confrontation des idées.

Ça, c'était bien sûr le cas dans les systèmes totalitaires, mais aussi, hélas, parfois, dans l'entreprise : la direction décidait et il n'y avait pas de débat. Croyant avancer, ils tournaient en rond dans le désert. Et certaines carrières avaient duré comme ça quarante ans.

C'était l'obéissance, la soumission, la conformité aveugle qui seules, selon tous les réactionnaires et autres adeptes du contrôle, faisaient avancer le schmilblick, alors que pour Bart, en bon dialecticien, et parce que personne ne pouvait, seul, systématiquement avoir ou complètement raison ou complètement tort, c'était plutôt la confrontation toujours renouvelée des opinions – thèses d'en haut et antithèses d'en bas – qui seule aboutissait au meilleur compromis. Pour Bart, c'était donc la dialectique généralisée et non la discipline verticale *de parti* qui faisait avancer le monde.

Il adhérait un peu au matérialisme historique de Marx, mais sans aller trop loin non plus. En bon manieur de la langue et des jeux de mots, il avait précisé ne pas vouloir d'un matérialisme *hystérique*.

Bart avait pris soin de préciser que le matérialisme dont il était question n'entrait pas en conflit, comme beaucoup de croyants le pensaient, avec la spiritualité, les choses d'en haut, mais avec la théorie bien terre-à-terre de l'*Idée* que Hegel – qui était athée – avait formulée. Voyant que visiblement on n'avait pas *fait philo* – on était un peu largués pour tout dire –, Bart était revenu sur le plancher des vaches, et pour être plus concret, en revenait à son concept de “conscience de place” qu'il voyait être entravé par de nombreux obstacles.

Ce qu'il avait remarqué en tous cas, c'était que dès l'étape de la formation professionnelle, par exemple, on prenait soin – hyper spécialisation des tâches oblige – de ne former les gens qu'à remplir des rôles et fonctions précis, à fonctionner comme des machines donc, sans trop y réfléchir, laissant aux seules élites dirigeantes la vue d'ensemble, la connaissance globale. Ainsi, le col blanc lambda, de rang intermédiaire à moyen-supérieur, était-il par exemple expert en maniement de ces clauses écrites en lettres minuscules au bas des polices d'assurance ou un as du logiciel Excel, quand la hiérarchie, qui ne savait même pas allumer une photocopieuse et qui ignorait trop des réalités du terrain, prenait seule, et souvent sans concertation suffisante, des décisions qui impactaient le destin de tout le personnel.

Bart avait cité un Antonio Gramsci qui, dans ses *Cahiers de prison*, avait souligné l'importance de ce qu'il avait appelé l'*unité de la théorie et de la praxis*, à savoir que pour être un bon révolutionnaire – dans le sens, de nouveau, et selon l'acception bartienne du terme, non de détruire, mais de dépasser ! – il fallait certes savoir techniquement manier l'outil de production (les clauses écrites en tout petit, le logiciel Excel, etc.), mais aussi savoir philosophiquement et spirituellement *interpréter* le monde autour de soi. En sorte, il fallait, en plus d'être un bon technicien, être le bon philosophe capable de décrypter le fonctionnement du système, aussi bien au sein de l'institution qu'au-dehors. Et c'est comme cela qu'en cumulant expertise technique et compréhension correcte de son environnement, on pouvait prendre conscience de sa force et confiance en soi, et faire les choix adaptés, conditions *sine qua non* à remplir en vue de se révolutionner *soi-même*.

Mais d'une telle prise de conscience de ceux d'en bas, le système ne voulait pas. Il fallait des employés bornés à de simples routines. Ainsi n'enseignait-on par exemple pas la philosophie en école de commerce. Bart avait ensuite finement résumé son point de vue en disant que l'on voulait de bons ouvriers et techniciens constructeurs de cavernes, mais surtout pas des philosophes *à la Platon* – il l'avait dit en français – qui sauraient les interpréter, à savoir des ouvriers et techniciens capables d'appréhender les tenants et aboutissants *desdites cavernes*.

Et il se trouvait que Bart avait la double casquette de bon employé, du type *employé du mois de chez McDonald* ET de philosophe sachant interpréter le monde, en vue de le transformer. Bart avait dit que c'était du Marx et j'ajouterais que le grand athée que le barbu allemand avait été devant l'Eternel s'était apparemment inspiré du *Qohélet*.

Bart avait donc la double casquette de bonne cheville ouvrière sur le terrain ET de philosophe, ce qui plus souvent qu'à son tour, apparemment, et parce que ça lui avait donné une bonne compréhension de ce qu'il avait autour de lui, l'avait mis en porte-à-faux avec ses hiérarchies et autres codes en vigueur dans le monde professionnel déjà, mais pas seulement, dans celui, associatif et à but non lucratif aussi apparemment, mais il ne nous en avait pas dit plus à ce sujet.

Bart avait aussi donné l'exemple véridique, et bien connu dans certains milieux, d'un ingénieur est-allemand, donc de l'ancienne RDA communiste, un pays dont on allait ensuite bien reparler, mais ça, nous ne le savions pas encore.

Selon Bart, Rudolf Bahro avait été parfaitement bien dressé en RDA. Comme on avait un peu tiqué sur le mot “dressé”, notre interlocuteur décidément très érudit de nous préciser que dans le système éducatif scolaire d'Allemagne de l'Est socialiste, on utilisait pour dire “éducation” le terme “Erziehung”, qui venait du verbe “Ziehen” et qui signifiait “tirer, arracher quelque chose”, et le régime voulait en effet arracher les jeunes à leurs traditions, religieuses notamment, en vue de construire un Homme nouveau et une Société nouvelle, pendant qu'en face, dans l'Allemagne de l'Ouest occidentalisée, on préférait faire usage du terme “Ausbildung”, qui ressemblait au mot anglais “Building” – j'avais bien aimé le raccourci linguistique de Bart – car, à l’Ouest, il s'agissait plutôt de développer, construire l'individu en vue, non de sa soumission comme en RDA, mais de son épanouissement.

Revenant à ce Bahro au sujet duquel il avait commencé à nous entretenir avant son bref aparté sur la différence des systèmes scolaires de RFA et de RDA durant la guerre froide, Bart nous avait dit que c’était quelqu’un qui, bien dressé aux subtilités de la pensée philosophique allemande, avait pleinement intégré toutes les articulations de la pensée des Marx et Engels, une pensée dont il connaissait évidemment la théorie sur le bout des doigts, au moment de faire son entrée dans le monde professionnel, comme ingénieur. Ce Bahro, maniant théorie et praxis, était aussi fort dans les chiffres que dans les lettres, aussi expert dans la théorie révolutionnaire que dans la pratique professionnelle.

Comme il connaissait très bien la pensée de Marx, pensée qui formait le corpus central d'une RDA se voulant le paradis des travailleurs, et que, prenant des fonctions de cadre, il s'était attendu, à l'usine, à être le témoin de choses aussi merveilleuses que miraculeuses, grande avait été sa déception de constater qu'il n'en était rien ! En tous points, la praxis ne suivait en effet pas la théorie. Rien, dans la structure de l'entreprise, dans les rapports entre direction et personnel ou dans ce qu'il se pratiquait à quelque échelon ou dans quelque activité que ce fût ne cadrait avec la théorie contenue dans les livres !

Bahro, aussi bien équipé techniquement que philosophiquement et interprétant correctement ce qu'il se passait autour de lui, allait progressivement devenir un dissident, un contestataire. Il avait fini par coucher une synthèse de ses analyses – a posteriori, on pourrait presque parler de véritable autopsie *pre-mortem* du système socialiste de la RDA – dans un long manuscrit dont rapidement – nul n'étant prophète dans son pays – il avait compris qu'il ne pourrait être publié dans sa république qui se prétendait *démocratique*.

Il avait décidé de décrire l'envers du décor de la propagande, de faire l'analyse, au scalpel, de ce qu'il appellera alors le "*socialisme réel*", c'est-à-dire la réalité pratique derrière les discours grandiloquents des pontes du régime. Mais, surveillé par la police politique du système après avoir été dénoncé aux autorités par…

sa propre épouse, il avait quand même par miracle réussi à faire sortir son manuscrit de RDA en vue d'une publication en RFA sous le titre "*L'Alternative*", un pavé qui connaîtra un écho retentissant pendant que lui, Bahro, était arrêté et jeté en prison pour huit ans, sous prétexte d'espionnage.

Comble de l'aberration du système est-allemand, la seule lecture à laquelle il avait eu droit au cachot, c'était la Bible, qu'il avait lue, ce qui l'avait mené à sa conversion au christianisme… avant d'être finalement *vendu* par le régime – il n'y avait pas de petit profit – à l'ennemi ouest-allemand, sur fond de protestation internationale contre son emprisonnement.

On devinait, à l'écouter, que Bart se rêvait en nouveau Bahro, tout du moins qu'il l'admirait, se contentant pour le moment de n'être qu'un *Bart sans barreaux*. Selon notre interlocuteur, le tort d'un Bahro, ultimement, était d'avoir été trop bien dressé… faisant trop bon usage des deux casquettes que son brillant parcours scolaire et ses lectures incessantes lui avaient permis de porter, celle d'ingénieur et celle de philosophe, sans parler de son intégrité éthique, et religieuse, les deux termes à prendre dans leur acception "kierkegaardienne", jusqu'à tout sacrifier pour la vérité et prenant, en véritable *aile marchante* de la conscience libre, le régime socialiste de RDA sur le flanc contre lequel, focalisé qu'il avait été sur les supposées menaces fasciste et impérialiste, il ne s'était pas attendu à être attaqué et donc précisément là où ses défenses étaient les moins préparées, c'est-à-dire sur son *flanc gauche.*

Ma femme avait alors pris la parole pour commencer par dire à Bart qu'elle ne connaissait pas grand-chose à la RDA et n'avait jamais entendu parler de Rudolf Bahro, mais pour le remercier pour cette histoire vraie – et triste – qu'elle avait trouvé très intéressante.

En fait, elle avait depuis un moment brûlé de revenir aux open space, ayant tiqué quand Bart avait parlé de panier de crabes à leur sujet, une comparaison qu'elle avait considérée excessive, lui expliquant qu'à Monaco elle travaillait elle-même sur *un floor* – comme on disait chez eux – , à savoir celui d'une grosse boîte d'import-export, et que si ça faisait des fois un peu aquarium parce que, clim oblige, ils ne pouvaient pas ouvrir les fenêtres, il ne fallait pas non plus confondre avec un terrarium pour scorpions !

Elle avait ajouté qu'elle n'avait de son côté connu que des expériences agréables en open space, que ce soit dans des banques ou dans l'import-export. Perso, je ne pouvais pas dire grand-chose, n'ayant jamais travaillé dans des bureaux.

Poursuivant, ma femme avait dit qu'elle était d'accord avec Bart sur le fait qu'on ne changerait pas le monde d'un simple coup de baguette magique, que l'homme resterait l'homme après tout, et que rêver d'un monde idéal relevait de l'utopie – Bart avait fait une grimace furtive en entendant cela.

Cependant, avait-elle ajouté, il ne fallait pas noircir le tableau non plus… tout n'était pas si mauvais dans notre monde, selon elle, et on avait de la chance d'évoluer dans une société moderne et, ultimement, le travail au XXIe siècle en Occident, ce n'était pas le bagne non plus ! Comme elle aimait bien toujours aller dans le concret et les aspects pratiques des choses, elle avait cité l'exemple de l'entreprise qui fournissait les chèques-déjeuners, ces fameux "titres-restaurant" dont elle bénéficiait à midi sur son lieu de travail.

Mon épouse avait alors expliqué qu'en France, où nous résidons, les chèques-déjeuners étaient un moyen comme un autre de réduire un peu sa douloureuse fiscale. Si les employeurs n'étaient pas tenus de subventionner la pause-déjeuner, ceux qui le faisaient pouvaient le faire sous forme d'une participation en numéraire, c'est-à-dire sous forme d'allocation virée au moment du paiement du salaire ou, en nature, ce qui était la manière de le faire au final la plus avantageuse pour les employés, et ce sous la forme de l'achat de tickets restaurant, la part employeur se situant de par loi entre 50% et 60% du prix du ticket. Il en allait de même à Monaco pour les travailleurs frontaliers français comme nous qui payaient leurs impôts dans leur pays de résidence, c'est-à-dire en France.

Il se trouvait que l'entreprise qui fournissait ces fameux chèques-déjeuner avait été constituée sous forme de SCOP, donc de société coopérative ouvrière de production au fonctionnement horizontal et démocratique et qui, de plus, était devenue un leader mondial dans son secteur. Bart avait alors interrompu ma femme pour dire que s'il n'avait jamais entendu le terme spécifique de "*scope de production*" (sic), il connaissait en revanche bien les coopératives en général et avait encore récemment lu qu'en France elles étaient particulièrement bien développées.

Et un Jeff de moins en moins présent dans la discussion d'intervenir à ce moment-là pour souligner, analyse intéressante, que dans ces coopératives occidentales modernes, on suivait sans le savoir l'exemple de la Yougoslavie de Tito où les ouvriers élisaient cadres et directeurs.

En effet, pour une fois, et à condition de bien chercher parmi la jungle luxuriante des lois et décrets français de renommée planétaire, on trouvait selon Bart un dispositif des plus intéressants qui offrait certainement une excellente alternative et une voie possible pour l'employé salarié classique qui avait développé sa conscience de place et souhaitait s'émanciper des laisses et fers qui entravaient son épanouissement.

À sa demande, ma femme avait continué, décrivant plus en détail le fonctionnement des chèques-déjeuner offerts "par la maison" et, la raison pour laquelle ils étaient plus intéressants, fiscalement, que les gratifications en numéraire. Bart avait entendu dire – et il voulait bien le croire – que la France était un enfer fiscal – ce que nous ne pouvions pas contester – et il avait entendu parler, également, de la popularité des assurances-vie dans l'Hexagone, une solution qui, à côté d'autres pratiques et *montages* plus ou moins opaques, était effectivement en vogue parmi les classes moyenne supérieure et supérieure en quête d'optimisation fiscale.

Bart, qui écoutait attentivement ma femme au sujet des assurances-vie, avait sorti un document rouge que l'on avait d'abord pris pour un passeport, mais qui, nuance, était en fait un petit calepin en forme de passeport. Et le passeport canadien n'était pas de cette couleur-là, ça, nous le savions, simplement parce qu'on avait vu celui de Jeff au moment d'entrer aux Etats-Unis. Non, Bart voulait prendre des notes au sujet des spécificités de l'administration fé… pardon, fiscale française. En nous écoutant parler du méandre des complications administratives et juridiques françaises, il avait probablement dû se demander quel était notre secret pour éviter la crise… d'*impôplexie* !

Pour revenir à un peu plus de sérieux, et, n'ayant pas bien vu le logo qui était apposé sur son vrai-faux passeport – j'avais d'abord cru qu'il s'agissait du fameux *Homme de Vitruve* de Leonard de Vinci, œuvre que l'on trouvait jadis sur le logo de la boîte d'intérim *Manpower* – et me penchant en conséquence pour essayer de mieux le voir et lui demandant ce que c'était, il me l'avait montré. Il s'agissait en fait du marteau et du compas qui figuraient jadis au centre du drapeau de l'ex-RDA totalitaire dont on avait déjà bien parlé et, un Bart qui considérait apparemment que la différence entre certaines entreprises capitalistes et la RDA n'était pas de nature, mais de degrés seulement, d'ajouter pince-sans-rire : "*Le prochain logo de ma boîte.*"

Notre train avait subitement ralenti sa course. Prenant alors mon itinéraire qui indiquait les stations, et regardant celles qui suivaient l'arrêt marqué dans la capitale de l'État, Albany, je pouvais constater que nous devions probablement atteindre Poughkeepsie ou Croton. Notre train avait certes diminué sa vitesse, mais cela avait été sans finalement marquer un arrêt.

En fait, avait-il suffisamment ralenti pour que, sur un des quais de la gare de Peekskill – j'avais eu tout le loisir de noter ce nom que je ne connaissais pas –, on ait le temps de distinctement voir un certain nombre de jeunes hommes porteurs du même uniforme gris qui m'avait fait penser, je dois l'avouer, aux Sudistes de la Guerre de Sécession, chose que je n'avais pas manqué d'exprimer et qui avait bien fait rire Jeff qui avait alors précisé qu'il s'agissait probablement plutôt de cadets ou, plus vraisemblablement, en plein été, donc en période de vacances universitaires, d'aspirants cadets de West Point, la célèbre académie militaire réputée dans le monde entier qui était connue partout pour sa particularité, plus qu'ailleurs encore, de trier sur le volet les candidats à une scolarité en ses murs.

Il fallait pour intégrer West Point, selon un Bart qui avait mis de côté les saveurs de l'impôt à la sauce indigeste de Bercy pour embrayer sur la question, non seulement les meilleures notes du pays, mais en plus la caution d'un des 535 membres du Congrès ! C'était une école apparemment au-delà du niveau – si c'était possible ! – de Polytechnique en France, une institution très exigeante qui formait l'élite des états-majors des forces armées américaines, mais pas seulement. Plusieurs astronautes célèbres, dont Buzz Aldrin, le deuxième homme à marcher sur la lune, étaient passés par cet établissement situé dans la campagne new-yorkaise, non loin de Manhattan, mais surtout, non loin de chez un cousin qui habitait en effet le coin. Et Jeff, sourire à peine dissimulé, de préciser que malgré sa richesse acquise dans l'immobilier new-yorkais, le père de Donald Trump n'avait pu y placer sa progéniture !

En voyant ces cadets en uniforme là, patientant sur le quai de cette petite gare alors qu'on ne s'y était pas attendu, je m'étais souvenu des propos que Bart avait tenus un peu plus tôt, lorsque l'on avait parlé de la Guerre froide et évoqué toute la violence du XXe siècle et, ce que je n'ai pas relaté ici, de la contribution canadienne à la victoire des Alliés lors de la Grande guerre de 1914-18 ou encore à "Juno Beach", lors du débarquement du 6 juin 1944. Ce petit quelque chose que j'avais eu au bout de la langue, mais qui n'était pas sorti, venait finalement de me revenir en tête de manière complètement impromptue, alors que je terminais de mettre quelques affaires dans une valise que j'avais ouverte et que, en attendant Manhattan et ses gratte-ciels, je voyais défiler en arrière-plan le bucolique décor de l'arrière-pays new-yorkais.

Si, au cours de nos échanges, on avait en quelque sorte dépeint le XXe siècle comme étant une période de guerres, de souffrances et de tensions internationales majeures – il s'agissait après tout du premier siècle où l'Homme avait été capable de s'autodétruire, qui plus es en un clic ou, plutôt, en appuyant sur un simple bouton rouge – je me demandais ce que Bart pensait de l'idée que le XXIe siècle pouvait représenter une opportunité de consolider à plus grande échelle encore les acquis de la chute du mur de Berlin et de voir émerger un ordre international pacifié, sur le modèle de ce que l'on connaissait en Europe de l'Ouest depuis la fin de la Seconde Guerre mondiale. En effet, depuis 1945, où avions-nous revu, en France par exemple, une violence comme celle qu'avaient connue les poilus de 14-18?

Bart avait répondu de manière, certes, pessimiste, mais aussi intelligente, en commençant par parler de Francis Fukuyama et de son fameux livre de 1992 intitulé "*La fin de l'Histoire*", ouvrage dans lequel, en gros, l'auteur annonçait que la chute du Mur de la honte allait déboucher sur une période de paix et de prospérité sans pareil dans l'Histoire.

Il est vrai que je me souviens personnellement que, sortant de l'adolescence à ce moment-là, je ne comprenais pas pourquoi, une fois la réunification allemande et la fin de l'URSS actées, il nous fallait encore faire notre Service national, nous préparer à nous défendre contre un ennemi, le bloc soviétique, qui avait rendu les armes. On avait adhéré à l'excès d'optimisme, au rêve en effet, que nous avait vendu un Fukuyama. La réponse était arrivée moins d'une décennie plus tard : le 11 septembre 2001. Et Bart d'enchaîner avec une surprise, sous la forme d'une citation de la célèbre formule de Lavoisier qui disait que *"Rien ne se perd, rien ne se crée, tout se transforme."*

Ce qu'il avait voulu dire avec cela, avait-il précisé, c'était que la violence *concentrée* de 1916, celle des tranchées de Verdun ou du Chemin des Dames pendant qu'à l'arrière la vie continuait comme si de rien n'était, était toujours là, à notre époque. Il ne parlait pas, quand il disait que cette violence était toujours là de nos jours, du siège de Marioupol et d'autres atrocités commises par les Russes en Ukraine, à Boutcha par exemple, pendant que tranquillement, dans ce train qui nous rapprochait à chaque seconde de Manhattan, nous étions en train de parler, mais bien d'une violence encore présente, sous nos yeux et sous une forme *diffuse*, en France aussi.

Il avait marqué un temps d'arrêt pour réfléchir et, après une hésitation, alors que nous passions non loin de ce qui semblait être l'immeuble abritant la filiale d'une très grande banque internationale, il avait ajouté – mais on ne le sentait pas très sûr de lui, peut-être ne voulait-il pas aller trop loin sur cette question – que la violence était aujourd'hui, selon lui, concentrée *dans le capital.*

À ce moment précis, mon fils m'avait demandé si nous allions voir depuis notre train l'emplacement des *Tours jumelles*, frappées comme on le sait en septembre 2001. Et ma femme avait saisi l'occasion de demander à Bart s'il pensait vraiment que le problème était là où il venait de le dire et s'il ne fallait pas plutôt chercher plus loin que les conditions matérielles. En effet, et elle avait raison, les atrocités du 11 septembre n'avaient pas été l'œuvre de capitalistes cyniques du type de ceux de la mythique *World Company* des regrettés *Guignols de l'Info*, mais de djihadistes peu portés sur les débats relatifs aux rapports de production et autres querelles socio-politico-économiques dont il avait été question dans les lectures de Marx, Lukács ou Gramsci, dont Bart avait parlé plus tôt.

À la suite de la remarque de mon épouse à laquelle il avait acquiescé, il avait un peu revu sa position, s'étant rendu compte que par provocation, et parce que nous nous étions étendus un peu plus tôt sur la situation de l'industrie automobile états-unienne, et par provocation également parce que ça l'avait énervé de repenser à ces années où son père, menacé de se retrouver sur le carreau, avait fait des sacrifices, notamment financiers, pour garder son job... pour finalement se retrouver sur le bas-côté de la route de l'Histoire, et aussi parce qu'on avait parlé d'hégémonie culturelle ou de je ne sais quelle position *philosophico-je-ne-sais-quoi*, et peut-être par fatigue aussi, il s'était à nouveau un peu emballé.

Après deux ou trois minutes de silence, temps passé par Bart à réfléchir, et nous de nous demander si, à cause du manque de sens *et d'essence* intrinsèque de l'opinion matérialiste qu'il avait exprimée, et ne sachant que répondre, il ne nous faisait pas en fait un coup de la panne philosophique, il avait finalement, et comme ma femme le lui avait suggéré, fait un effort et poussé sa réflexion jusqu'à en arriver à une position pour le moins intéressante : il voyait en définitive comme le principal mal dont souffrait notre monde, une violence "*concentrée dans le cœur de l'Homme*."

Elle était très belle, bardée de diplômes, polyglotte – seulement six langues à son actif – et n'avait aucune confiance en elle, mais ça, il ne le savait pas encore. Ils s'étaient revus, et il avait alors su qu'évidemment elle l'avait vu, la nuit suivant leur première rencontre, quand il s'était "innocemment" promené en-dessous de chez elle, bien sûr sans cigare cette fois, mais toujours aussi bien sapé, alors qu'il n'y avait plus de year-end party d'entreprise dans le coin.

Elle l'avait donc laissé mijoter, peu sûre de ce qu'elle voulait exactement, en refermant le rideau de la fenêtre derrière laquelle, du 4e étage de sa tour de banlieue et plongée dans le noir pour être certaine de ne pas être vue de l'extérieur, d'en bas, elle avait observé son manège un peu ridicule, se disant que si elle devait être amenée par la *providence* à le connaître un peu, cela se ferait d'une manière ou d'une autre.

Elle n'était donc pas Russe ou Polonaise comme il avait cru initialement, tout en s'en doutant quelque peu. Elle était en effet brune, or les Russes et les Polonaises, c'était bien connu, ou était-ce une idée reçue de Canadien, étaient toutes blondes. Elle était en fait Allemande, mais Allemande d'une autre Allemagne que celle à laquelle on pensait habituellement,

Allemande de cette Allemagne qui avait été occupée pendant près de cinquante ans par les Russes, à savoir la RDA communiste, la République démocratique allemande, ou, comme certains, à l'Ouest, avaient pris l'habitude de l'appeler du temps de la Guerre froide, la République *problématique* allemande.

Kerstin, c'était son nom, provenait d'un quartier de périphérie typique des grandes villes du bloc soviétique. Décor industriel triste et grisâtre, air archi-pollué par le lignite brûlé pour produire chauffage et électricité, habitations vétustes et mal isolées, absence complète de droits politiques, et surtout, surveillance généralisée de la population par une omniprésente police politique et idéologique, la *Staatssicherheit,* communément appelée “Stasi”, Big Brother est-allemand s'appuyant sur un réseau de plusieurs dizaines de milliers d'*Inoffizieller Mitarbeiter*, les IM, comme on les appelait alors, des informateurs informels dont certains – et on les comprend – n'avaient eu aucune envie de travailler à la consolidation du système totalitaire qui les tenait par une laisse autour du cou, mais auxquels on avait en quelque sorte passé les fers, eux qui avaient été recrutés, souvent contre leur volonté, sous la contrainte ou par le chantage.

Et comment fonctionnait ce recrutement forcé ? Il y avait eu, par exemple, cette femme délaissée de Dresde qui trompait dès qu'elle le pouvait son mari qui, influent, était toujours très pris dans toutes sortes de rencontres et activités et qui rencontrait beaucoup de monde, au point que la police politique avait commencé à soupçonner qu'il fomentait un mauvais coup contre le régime. Ladite police politique avait alors jeté dans les pattes de ladite épouse frustrée un beau et fringuant Roméo qui était en fait un de ses agents. Une fois recueillies les preuves photographiques compromettantes de leurs honteux ébats, et sous menace de transmission de ces dernières au mari cocufié, l'épouse infidèle avait dû, pour empêcher cela, se mettre *informellement* (bien sûr !) au service de la police politique pour l'informer de tout ce que ce dernier penserait, dirait, préparerait et ferait. C'était peut-être ce qui était arrivé à un Rudolf Bahro dont nous avons parlé et dont on rappelle qu'il avait été trahi par son épouse.

Oreilles et yeux du régime infiltrés partout pour surveiller *la vie des autres*, comme on le voit dans le célèbre film éponyme récompensé en 2007 de l'Oscar du meilleur film en langue étrangère ainsi que du César du meilleur film étranger l'année suivante, donc au bureau, à l'usine, à l'école, dans les immeubles, les églises, les clubs de sport, les cages d'escalier, et même les familles…les informateurs de la Stasi avaient pour mission *historique* de veiller à la bonne conduite *socialiste* de leurs prochains et de dénoncer les déviants ! C'était ça le monde merveilleux dans lequel Kerstin avait grandi… *rouge sur rouge, tout s'écroule !*

Comme on avait parlé de la pollution de l'air engendrée par la combustion de cet épouvantable lignite qui avait servi, à l'Est et pendant la guerre froide, à chauffer et éclairer les gens, ma femme avait interrompu Bart pour souligner la chance que nous avions, en contraste, de bénéficier en Occident d'une atmosphère tout de même plus respirable… et ce pour souligner au passage, et à juste titre, qu'elle ne comprenait pas l'acharnement de ceux qui, chez nous, voulaient renoncer au nucléaire. Préféreraient-ils donc le lignite du temps du bloc soviétique ?

Là, Bart s'était alors à nouveau un peu emporté, fustigeant, en Occident et au XXIe siècle, la nouvelle religion d'État qu'était devenu l'*écologisme*… le tout dans des pays soi-disant laïcs ! Il avait ensuite dit que la nature ayant horreur du vide, certains comblaient le leur par toutes sortes de lubies *woke* qu'il fallait imposer à toutes et tous, histoire de sauver le monde ou, tout du moins, de tenter de l'améliorer, de le rendre plus juste et plus doux !

On constatait apparemment au Canada les mêmes phénomènes nihilistes de dégradation d'œuvres d'art dans les musées ou de collage de mains sur la chaussée pour gêner le trafic que ceux que l'on voyait sporadiquement en Europe, le tout au nom *du bien*.

Sans trop m'avancer à ce stade sur la question de l'environnement ni sur le reste, et après avoir tout de même pris la peine de préciser que je pensais tout de même important de prendre soin de la nature, j'avais raconté comment dans certains pays d'Europe de l'Ouest on commençait effectivement, à l'orée de la décennie 2020-2030, à aller trop loin... comment on fouillait désormais les poubelles pour traquer les mauvais trieurs de déchets, et comment encore, dans les immeubles, le concierge était – souvent malgré lui, et on le comprend – chargé de la sale besogne, avec au-dessus de sa tête une épée de Damoclès de plusieurs milliers d'euros en cas de manquement à son saint devoir de dénonciation des déviants.

On avait l'impression que les pouvoirs publics, sous couvert de laïcité, s'étaient acharnés depuis plus d'un siècle à gommer toute dimension spirituelle du paysage pour, une fois que ce fut (presque) enfin fait, tenter d'imposer une nouvelle morale bien à elle, et ce, via des lois superflues… superflues car, en effet, à partir du moment où on avait encore des repères moraux ancestraux, la foi chrétienne par exemple, avions-nous vraiment besoin que l'État ou je ne sais quel idiot utile de cette nouvelle *servitude* vienne nous expliquer que, par exemple, vidanger son moteur à proximité d'un cours d'eau ou jeter ses déchets toxiques dans la forêt, c'était mal ? Poser la question, c'était y répondre.

Comme deux minutes plus tôt on avait parlé de cette surveillance au nom du bien en son temps exercée sur sa population par la Stasi est-allemande et que, désormais, et au nom d'un nouveau bien, d'une nouvelle transcendance (sic), à savoir LA planète, on imposait de plus en plus aux concierges de chez nous de s'organiser à leur tour en réseau de *malgré-eux* de la délation, Bart nous avait fait exploser de rire en parlant de "*Stasi des poubelles* !".

Kerstin, comme nous l'avons vu plus tôt, était issue du quartier de Hohenshönhausen, là où son frère Luther avait été emprisonné pendant quelques mois après sa tentative de fuite vers la Turquie et son arrestation en Bulgarie. Là aussi où son grand-père, Walti, avait un temps officié comme maton. Un Walti qui, d'ailleurs, n'était désormais plus de ce monde, n'ayant pas survécu très longtemps au traumatisme qui l'avait frappé lors de la chute du Mur, lui qui jusqu'au bout y avait cru dur comme fer… dur *comme le rideau de fer.*

Walti avait eu foi en la justesse du régime socialiste de son pays, la RDA, foi en la noblesse de ce qu'il avait apparemment perçu comme une mission existentielle de soutenir "le pouvoir du peuple", comme il le martelait régulièrement selon Bart qui l'avait un peu connu, un Bart qui se souvenait – et se moquait surtout – du vieux t-shirt délavé que Walti aimait porter, un vêtement sur lequel on voyait deux mains se serrer, encerclées de l'inscription "*Mein Arbeitsplatz, mein Kampfplatz, für den Frieden !*" (Mon lieu de travail, mon lieu de combat, pour la paix), un slogan alors typique des soutiens du régime.

Son papi, Kerstin l'avait vu défiler sur *Karl-Marx-Allee*, le 13 août 1986, quand, alors écolière et pour lui faire plaisir, elle faisait ses premières classes au sein des Pionniers, la jeunesse du régime. C'était à l'occasion de la célébration, en grande pompe, du vingt-cinquième anniversaire de la construction de ce que le pouvoir de Berlin-Est appelait alors "digue antifasciste", en fait cet ouvrage de béton armé surmonté de barbelés que nous avons plus communément appelé "Mur de la honte".

Walti avait paradé au sein de son unité des *Kampfgruppen der Arbeiterklasse*, les groupes de combat de la classe ouvrière, à savoir des unités paramilitaires de travailleurs composées de réservistes recrutés parmi les soutiens les plus fidèles au régime. Avec son unité motorisée, juché sur une drôle de Jeep qui, de face, ressemblait à un crocodile, et débouchant de la place *Strausberger* sur l'*Allée Karl Marx* qui d'ailleurs porte toujours ce nom aujourd'hui, il était passé devant la tribune officielle sur laquelle se tenait le chef d'État d'alors, un Erich Honecker pas encore tout à fait momifié et, comme d'habitude l'été, orné de son célèbre panama blanc, le tout sur fond de banderole rouge à la gloire du "sozialismus" et au moment où la musique militaire jouait – à en fracasser les vitres des immeubles qui bordaient l'avenue – une version *plus-volkish-tu-meurs* du célèbre "*Brüder zur Sonne, zur Freiheit*" (Frères vers le soleil, vers la liberté), un hymne à la liberté, à l'évasion même, selon qui le chantait, poème qui dans sa version originale, avait notamment fait les beaux jours de la révolution russe de 1905… avant d'être repris, parfois même usurpé, par divers régimes dont celui de la RDA… un hymne à la liberté d'ailleurs toujours chanté aujourd'hui chez les anabaptistes – à savoir des chrétiens pacifistes – allemands.

Bart aimait apparemment bien parler de ces questions. Si je trouvais le sujet intéressant, ma femme, elle, aurait visiblement bien aimé en savoir un peu plus au sujet de Kerstin elle-même, ainsi avait-elle essayé d'orienter la discussion dans ce sens. Ce que j'avais compris, et on allait bientôt le constater directement, Bart ayant dans son portefeuille une photo d'elle qu'il était en train de sortir, c'était qu'elle était très belle et avait très bon goût du point de vue vestimentaire. Je me demandais comment Bart qui, sans l'offenser, n'avait pas le physique d'un Brad Pitt, vivait l'attrait que sa femme exerçait apparemment sur les autres "gars", du moins ceux qui, selon Bart, avaient "bon goût", me confortant dans l'idée qu'il était très fier d'elle. Selon lui, et ce partout où elle allait, elle était toujours la plus *stylée* et ne laissait évidemment pas indifférents les représentants de la gent masculine qu'elle croisait.

Il arrivait même parfois que des femmes, étonnées voire admiratives ou même carrément jalouses, jettent en la croisant un œil furtif à ses vêtements ou à ses chaussures. Selon lui, elle portait très bien les *créations* – en français dans le texte – en en voulant pour preuve la photo d'elle qu'il avait sortie et qu'il nous montrait alors, et au vu de laquelle nous avions pu effectivement constater sa beauté, une photographie en fait étonnante qui la présentait, dans une soirée visiblement *à thème*, en train de porter, selon Bart, du *Yves Saint Laurent* authentique… robe *Mondrian* et chaussures *Belle de jour*.

Bart, par contre, et c'était le moins que l'on puisse dire, n'était pas aussi sophistiqué que sa belle en termes d'habillement. Il n'était en tous cas pas du style *preppy* sortant tout frais émoulu d'une fac de l'Ivy League de la côte Est américaine… le genre : pull de cricket *Ralph Lauren*, pantalon "chino slim fit" *Hugo Boss* et chaussures-bâteau *Hermès,* barrant, du côté de Kennebunkport ou de je ne sais quelle autre marina réputée des environs, un *Sun Odyssey* "finition

Preference*”*. Non, ça, ce n’était pas lui, qui disait préférer être *riche en esprit.*

Comme on n’aimait pas trop les mondanités et que les soirées n’étaient guère notre truc, détestant par exemple la foule et le bruit assourdissant de ces boîtes de nuit où on ne pouvait se parler sans en ressortir aphone, j’avais profité de ce qu’il nous avait montré cette photo pour savoir, histoire de mieux cerner leur profil, si on était peut-être un peu quand même sur la même longueur d’onde, et étonnamment, malgré la photo qui donnait l’impression qu’ils fréquentaient les soirées *habillées*, c’était le cas.

Les boîtes et les soirées mondaines n’étaient, selon lui, plus trop de leur âge et, à titre personnel, avait-il confié, il n’avait jamais vraiment aimé ces endroits de “*nivellement par le bas*”, des lieux où, toujours selon ses dires, ce qui comptait avant tout n’était pas le QI ou la personne que l’on était réellement, mais les apparences et l'esbroufe sur un dance floor.

Ma femme, curieuse, depuis un moment, de savoir pourquoi Kerstin n'accompagnait pas son mari dans ce train, mais sans non plus oser, par peur de faire une gaffe, lui poser la question directement, lui avait alors demandé s'ils aimaient voyager ensemble, ce à quoi il avait répondu que, bien que du temps où il était célibataire, il avait, comme son père nous l'avait d'ailleurs dit quelques heures plus tôt, visité la plupart des continents, cela avait un peu changé, Kerstin et lui étant plutôt pas mal restés en Europe.

C'est là que ma femme avait saisi l'occasion de dire une chose du genre : "*Ah, mais là on n'est pas en Europe !*", ce à quoi Bart avait répondu qu'il n'était pas vraiment là en mode tourisme. De Londres, il était en fait arrivé à Manhattan quelques jours auparavant pour rencontrer des collègues au siège new-yorkais de son entreprise, avant de se rendre ensuite avec deux d'entre eux à Albany, la capitale de l'État, et ceci en lien avec un projet sensible dans lequel son entreprise, pour rappel une assurance, était impliquée. En fait, il était question de la réhabilitation des tremplins de saut à ski de la station de Lake Placid en vue d'un retour de la célèbre station en coupe du monde, la spécialité, chose pour laquelle l'Etat de New York qui songeait à s'engager financièrement, mais qui avait un besoin urgent de fonds à allouer à ce projet, via une émission de papiers-valeurs à court-terme ou moyen-terme, avait sollicité, pour le volet "assurance" du dossier, l'expertise de consultants étrangers, notamment ceux de la boîte de Bart.

À Albany, donc, il avait rencontré des "PEPs," terme que l'on n'avait jamais entendu et qui avait d'ailleurs attiré l'attention de mes enfants, les faisant rigoler au passage. Les PEP étaient en fait des *personnes exposées politiquement* selon le jargon des banques et assurances, et ceux-là, Bart ne les aimait pas trop. Après ces rendez-vous, il avait enfin pu laisser tomber costume et cravate et, plutôt que de reprendre avec ses collègues l'avion pour Manhattan, il avait, et on avait eu de la chance à ce niveau-là, finalement préféré prendre le chemin de fer pour retrouver son père qui arrivait du Canada via la ligne *Maple Leaf* d'Amtrak, un trajet ferroviaire qui, ça tombait bien et c'est pour cela qu'ils avaient finalement décidé de faire comme cela, passait, et par Niagara-on-the-Lake, et par Albany, avant d'arriver à New York city.

En fait, et à la déception de Jeff, Bart avait initialement plutôt prévu de retourner à Manhattan en avion une fois achevée la rencontre d'Albany avec les PEPs, histoire de repartir assez vite pour la Grande-Bretagne, donc sans voir son père, et cela avait été, étais-je en train de déduire, la raison pour laquelle ce dernier avait exprimé, quand on l'avait rencontré sur la terrasse du Grand Central sport de Niagara-on-the-Lake, des doutes quant au fait qu'il avait effectivement de la progéniture, citant même carrément, au passage, le livre biblique de Job. De voir son fils venir à New York, d'Angleterre, pour y retourner très vite sans même prendre le temps d'un crochet pour lui rendre visite, à lui, son père, qui habitait à quelques heures de là, avait dû provoquer chez lui un grand sentiment de tristesse.

À ce moment-là, j'avais alors vraiment senti que ma femme brûlait d'envie de demander à Bart ce qu'il en était de son épouse, et j'allais le faire quand Bart m'avait une fois de plus devancé dans la prise de parole, nous demandant si on voyageait beaucoup et si, comme eux, on était surtout restés en Europe, ce à quoi j'avais répondu par l'affirmative.

Oui, nous avions beaucoup profité des vols low-costs, et on voulait le faire d'autant plus qu'il était toujours davantage question d'instauration de taxes carbone en vue de dissuader à l'avenir ce genre de trajets. Et Bart, malicieusement, de répondre à son tour : "*Ah, mais là on n'est pas en Europe !*" avant de nous demander ce que l'on avait préféré sur le vieux continent. En réponse, nous avions notamment cité Berlin, en précisant que les gens en France ou ailleurs étaient toujours étonnés par cette réponse et que, parmi les destinations que l'on avait visitées séparément quand on était célibataires et que l'on voulait faire ensemble, il y avait clairement Vienne.

Et Bart de dire de suite que la capitale autrichienne était certainement, selon lui, une des plus belles villes d'Europe et qu'un de ses plus grands souvenirs là-bas avait été un 1er janvier où, le matin, avant de se précipiter pas loin de là, en Allemagne, à Garmisch-Partenkirchen précisément, où se déroulait chaque année le traditionnel concours de Nouvel An de la tournée dite des quatre tremplins, c'était du saut à ski, ils avaient assisté ensemble au légendaire concert du nouvel an, dans la salle dorée du Philharmonique de Vienne.

Cela avait été un concert où, comme toujours en mode observation – Bart aimait bien observer et *modéliser* ce qu'il se passait autour de lui – il s'était amusé à regarder sautiller les colliers de joailliers établis des *bourgeoises de la haute* (en français dans le texte), et ce, au fur et à mesure que ces dernières frappaient des mains en rythme sur des marches célèbres, Radetsky ou Schönfeld... "*ah, ah*" s'était exclamé Bart, "*La Schönfeld Marsh, difficile de faire plus 'Vienne'... Autriche-Hongrie... Cisleithanie, Transleithanie, les Capucins, le Fledermaus, l'École économique de Vienne... Sissi l'impératrice – assassinée un 11 septembre –... le cliquetis des armes, les casques à boulons et uniformes rutilants... victoire à Sadowa, aventures au Mexique, la catastrophe à Sarajevo, déroute sur le Trentin...*".

En pensant ensuite à mi-voix à tout cela et, avec le bruit du train on l'avait à peine entendu, Bart réalisait – il nous le dira un peu plus tard – que le drapeau des anarcaps, ces libéraux anarcho-capitalistes dont il se réclamait avec quelques nuances encore plus "libertaires" qu'eux – après tout, le néo-marxiste Hongrois Lukács qu'il aimait bien avait aussi au même moment traîné dans la capitale autrichienne –, eh bien ce drapeau avait eu pour origine l'école dite *de Vienne*, celle des immenses Carl Menger, Ludwig von Mises, Friedrich Hayek et autre Karl Popper, une école économique et un mouvement libéral du début du XXe siècle qui l'avait tant nourri intellectuellement et qui avait tout simplement adopté les couleurs, noir et jaune, de la bannière de la monarchie des Habsbourg alors régnante sur la grande Autriche-Hongrie.

À ce moment-là, Jeff avait sorti Bart de ses semi-rêveries. Il avait juste reçu un texto et avait alors demandé quelque chose à l'oreille de son fils qui avait simplement répondu, et on ne savait trop pourquoi, "*Baltimore*", du nom d'une ville de l'État du Maryland, près de Washington D.C.

Ma femme avait enfin franchi le pas, demandant ce qu'il en était de Kerstin, si elle était restée en Europe le temps de son voyage d'affaires, et grande avait été notre surprise d'apprendre qu'elle avait en fait accompagné son mari en Amérique, étant elle-même impliquée dans un projet immobilier dans les environs immédiats de New York.

Ainsi était-il prévu que tout le monde, père, fils et "bru", se retrouverait aujourd'hui ! En fait, concernant Kerstin, Bart nous avait raconté que lorsqu'il l'avait connue du côté de la fameuse Salamanca street, elle n'était pas encore dans l'immobilier et n'était à Londres que pour parfaire son anglais, dans une école de langue, et que pour financer tout ça, elle exerçait un petit emploi dans le fameux café situé près du Vauxhall bridge, là où elle lui avait glissé que le cigare, "*ce serait en terrasse*".

Elle était arrivée dans la capitale britannique une fois obtenu dans son pays d'origine un master en gestion de patrimoine immobilier ou quelque chose du genre, ce qui n'avait d'ailleurs pas constitué, selon Bart qui n'avait pas donné plus de détails, son premier diplôme universitaire. Oui, oui, elle était belle ET intelligente ! Alors qu'après son séjour linguistique elle avait initialement prévu de rentrer chez elle, en Allemagne, la rencontre de Bart lui avait fait changer ses plans. Comme le Royaume-Uni était encore dans l'Union européenne à cette époque, l'Allemande qu'elle était avait pu rester dans la capitale britannique et se dégoter un stage chez Stratton & Wade, une assez grosse boîte internationale du secteur de l'immobilier de luxe où elle avait apparemment fait plutôt forte impression. Elle exerçait désormais des responsabilités impliquant des déplacements, y compris à l'international, sur des projets haut de gamme, en fait du logement pour des clients exigeants, considérés "Ultra High Net Worth", c'est-à-dire qui, hors patrimoine immobilier, pesaient au bas mot dans les 30 millions de dollars. En gros, elle gravitait dans un univers de luxe qui, en apparence du moins, correspondait à son profil et c'était une chose qui amusait Bart, sachant d'où elle venait, la RDA socialiste, et connaissant son dédain secret pour le bling-bling et les "boboteries" et ce, malgré les très chics tailleurs, sacs, foulards et escarpins *Gucci, Louis Vuitton* ou *Hermès* de fonction qui lui allaient si bien.

Pendant que ma femme échangeait quelques mots avec Jeff et que – faisant malgré eux diversion – nos enfants se chamaillaient un peu, Bart m'avait alors dit que la seule chose qui le dérangeait dans la boîte où Kerstin travaillait, c'était que des gens n'avaient pas toujours été respectueux envers les femmes. Heureusement, avait-il précisé, Kerstin n'avait jamais été embêtée, sans doute en raison de son caractère parfois cassant, elle avait probablement dû décourager certaines entreprises à son égard, mais elle avait vu d'autres collègues subir des comportements et remarques déplacés. Bart pensait que le patron de leur boîte, un vieux chnoque frustré, avait parfois une attitude un peu limite et cachait mal ses appétits.

Une fois, nous avait-il raconté, toute l'entreprise, Kerstin comprise, avait été réunie dans une salle de conférence pour un speech du grand manitou lorsqu'une de ses collègues, très belle aussi – mais pas autant que Kerstin, avait-il tenu à préciser – qui avait été retenue à l'extérieur était arrivée un peu en retard, passant malgré elle devant tout le monde en escarpins et jupe "*un peu au-dessus des genoux*" pour aller s'asseoir à son tour, s'attirant au passage, malgré elle, le regard lourd et intéressé du big boss qui, très perturbé, presque chancelant, avait marqué un temps d'arrêt et perdu le fil de son discours, à un point tel que plusieurs employés, croyant qu'il avait fait un AVC, s'étaient apparemment précipités vers l'estrade pour lui prêter assistance. Et Bart, qui adorait visiblement en rajouter dans cette sorte de condescendance amusée, d'ajouter d'un ton très sérieux, clinique même, et pour souligner à quel point le boss de Kerstin, tout aussi patron qu'il était, était finalement vulnérable, et finalement presque inférieur : "*Ça avait bien pris deux, trois jours avant qu'il ne recommence à s'alimenter!*".

Ce que je trouvais, en tous cas, intéressant, et je repensais à ce que Bart venait de dire sur le fait qu'il trouvait amusant le profil haut de gamme d'une Kerstin qui venait en réalité d'une famille modeste qui avait été prisonnière de la grande prison qu'avait été l'Allemagne de l'Est, c'était la manière dont une fille qui avait en quelque sorte connu la grisaille et la misère soviétiques s'en était si bien sortie et nageait même comme un poisson dans l'eau en Occident. Et ce dans l'univers haut de gamme de l'immobilier de luxe. Oui, elle revenait de loin !

C'est ainsi qu'on en était revenu à l'Allemagne de l'Est, son pays d'origine, et on allait bientôt arriver au point culminant de notre discussion avec Bart, à savoir les questions qui fâchent. C'est vrai que Bart pensait *pis que pendre* de ce régime aujourd'hui disparu, mais il avait dit, au détour d'une phrase, et cela m'avait intrigué, que ce dernier, malgré les immenses manifestations à son encontre auxquelles, par écrans interposés, on avait assisté à l'époque, avait été en réalité plus populaire que ce que l'on avait cru à l'Ouest.

Moi qui avais quelques souvenirs de la fin de l'été 1989, ces images télévisées de manifestations géantes en Allemagne de l'Est et dans d'autres pays du bloc soviétique, ces touristes est-allemands réfugiés dans l'enceinte des ambassades d'Allemagne de l'Ouest, à Prague et Budapest, sans parler, à l'automne, de la chute du Mur que l'on avait vécue en direct, j'avais de la peine à m'imaginer un régime de RDA ayant pu compter, à la mi-1989, sur un certain soutien populaire.

Bart en voulait pour preuve ce qui fut, en mars 1990, alors que venait de s'effondrer le régime stalinien du S.E.D., le *Sozialistische Einheitspartei Deutschlands* (Parti socialiste unifié d'Allemagne), le résultat des premières élections libres depuis 1932 dans cette partie orientale de l'Allemagne qui avait connu, hélas pour elle, la dictature implacable et criminelle du nazisme (1933-1945) puis, sans transition, celle, certes moins criminelle, du stalinisme à la sauce locale, et ce, jusqu'au début 1990.

Alors qu'en Pologne par exemple, à la fin 1989, les staliniens qui avaient exercé le pouvoir sans partage depuis la Seconde Guerre mondiale n'avaient réalisé qu'un score ridicule de 5% des voix trahissant bien leur niveau de rejet par la population, la situation avait été toute différente, quelques semaines plus tard, en RDA, où les élections générales avaient vu un score honorable de plus de 40% – certes insuffisant pour l'emporter et inverser le cours des choses – des partisans de la voie du statu quo, c'est-à-dire des gens favorables à un moratoire de quelques années sur la question du devenir de la RDA, celle du maintien de son indépendance, régime socialiste ou pas, ou de sa réunification pure et simple avec la RFA.

Ces personnes hostiles à la réunification, pour certaines issues du S.E.D. qui avait gouverné la RDA pendant 40 ans de régime stalinien, avaient donc été les adversaires des "bourgeois" et des "capitalistes" de l'Ouest qui, eux, voulaient au plus vite – et coûte que coûte, et elle a coûté cher, très cher, trop cher peut-être

– d’une réunification allemande, des gens qui avaient pour leader et inspirateur un chancelier de RFA, Helmut Kohl, lui bien décidé à renouveler son mandat de chef de gouvernement et, pour ce faire, escomptant remporter les élections générales prévues en décembre de la même année, un chancelier qui ne pouvait donc remettre à plus tard l’engrangement du bénéfice de ce succès historique et de cette revanche inouïe sur 1945 pour le peuple allemand qu’a été la réunification allemande, le 3 octobre 1990.

Pour Bart, ce résultat de mars 1990 à l’Est, s’il démontrait clairement, et cela avait été tant mieux, que les Est-allemands ne voulaient plus du régime stalinien et de son Mur, il était la preuve qu’ils avaient peut-être voulu temporiser un peu, histoire de voir s’il n’était pas possible de faire mieux qu’une absorption aussi immédiate que pure simple de l’Est par l’Ouest.

De son côté, avant la chute du mur, Pauli, le papa de Kerstin, ingénieur de son état, avait lui fait partie de cette classe éduquée et réaliste qui, depuis des lustres, avait cessé de prêter foi au socialisme en général et à ce régime en particulier. Les déboires de son fils Luther en Bulgarie d’abord puis, après, son retour en RDA, n’avaient rien arrangé.

Pauli avait d’ailleurs longtemps été, y compris bien après la fin du régime d’Allemagne de l’Est, en conflit sur ces questions avec son père, Walti, qui lui, en revanche, jusqu’à sa mort comme on l’a déjà vu, avait fait partie de cette vieille garde, de ces caciques – ces “*vieux fossiles dont certains étaient complètement marteau*” comme disait l’autre – ces gardiens de la mémoire du régime dont ceux qui sont encore vivants aujourd’hui végètent au sein du parti *Die Linke* (la Gauche), l’équivalent allemand de *La France Insoumise* de Mélenchon. Dans certains coins de l’Allemagne, notamment dans la partie orientale du pays, *Die Linke* était parfois une formation gériatrique où la nostalgie des “jours heureux” de la RDA s’affichait désormais aux côtés des drapeaux de l’époque, rouges frappés du marteau et de la faucille ou est-allemands, trois bandes horizontales, noir, rouge et or, une bannière ornée en son centre d’un outil de géomètre et d’un marteau… et question drapeaux que l’on pouvait voir brandit dans les réunions de *Die Linke*, on ne parlera pas de couleurs peut-être même plus malheureuses encore que la faucille et le marteau de la période stalinienne, à savoir celui de la Russie, car oui, par haine de l’Occident et des “amerloques”, par haine de ce capitalisme qui avait triomphé de leur système arriéré, non viable et corrompu, nombre de ces vieux chnoques étaient désormais rangés sous la bannière de la réaction poutiniste et applaudissaient “debout sur leur chaise” l’invasion de l’Ukraine.

Cela nous avait conduits sur ce conflit actuel que l’on a brièvement abordé, et moi d’étonner notre auditoire en disant qu’on avait vu par hasard, de passage à Genève, les présidents Biden et Poutine quand ils s’étaient rencontrés en Suisse l’année précédente, avant le début de la guerre en Ukraine. Par honnêteté, j’avais précisé que si, au milieu d’une très grosse escorte, on avait distinctement vu un Biden souriant et saluant la foule dans la *Beast*, sa fameuse limousine présidentielle, ce n’avait pas été le cas d’un Poutine invisible qui était passé au même endroit quelques instants avant. Ce dernier avait peut-être eu peur que l’on sache dans quel véhicule il se trouvait.

Ingénieur au sein d'un kombinat "électrotechnique", Pauli, le père de Kerstin, avait lui fait partie de cette majorité désabusée, ceux pas assez politisés pour devenir de vrais dissidents et pas non plus assez écœurés pour tenter de, littéralement, *faire le mur*. Certes, il avait renoncé depuis longtemps à croiser le fer sur cette question avec Walti, son paternel qui était obtus et n'acceptait aucune critique du régime. Pour ce dernier qui répétait en bon perroquet la logorrhée officielle du S.E.D, les problèmes avaient principalement été imputables, à l'interne, aux traîtres vendus à une bourgeoisie revancharde qui fournissait le gros des bataillons de ces contre-révolutionnaires qui n'avaient jamais dit leur dernier mot et qui avaient toujours voulu rétablir leur domination sur un prolétariat qui avait eu raison d'eux et également aux *réactionnaires* de toute sorte : nazis, fascistes, capitalistes stipendiés par l'Occident, ainsi que les saboteurs "anarchistes" qui ne voulaient pas d'une victoire du prolétariat allemand. Walti voyait aussi à l'origine de certaines difficultés auxquelles la RDA avait fait face, la patte de l'OTAN, Etats-Unis en tête, et sa capacité de déstabilisation et de pression "économico-militaire". C'était du pur verbiage officiel.

Le papa de Kerstin, en désaccord avec son père, avait, comme beaucoup d'autres trentenaires avant lui, réfléchi à faire défection, surtout au vu des déboires de son fils, en Bulgarie puis son emprisonnement à Berlin, mais il ne s'était finalement décidé que tardivement, à savoir à l'été 1988, soit environ un an à peine avant la chute du régime. C'était après avoir un peu par hasard assisté avec sa femme, son fils et sa fille, et encore c'était parce qu'on les y avait invités, au concert d'une très grande vedette américaine qui avait accepté de venir se produire à Berlin-Est, derrière le rideau de fer donc, à savoir rien de moins que Bruce Springsteen. Ce fameux concert, selon Bart qui nous racontait tout cela avec passion – il était comme ça Bart, une fois lancé on ne l'arrêtait plus –, qui avait en fait largement dépassé tout aspect musical et culturel pour, à jamais, entrer dans l'histoire politique de l'Allemagne.

Avec un petit sourire malicieux, Bart nous avait alors révélé que, sur ce coup-là, la providence l'avait bien servi vis-à-vis de Kerstin, lui qui avait eu l'occasion dans le cadre de son cursus de sciences politiques de s'intéresser à l'Allemagne de l'Est et même précisément à ce concert de Bruce Springsteen, et ce, donc, avant de connaître qui que ce soit qui fut originaire de RDA. Ainsi, lorsqu'il avait rencontré Kerstin et qu'elle lui avait dit qu'elle venait de Berlin-Est, avait-il sauté sur l'occasion de fortement l'impressionner par toutes ses connaissances de son pays à elle, la RDA, des connaissances évidemment inhabituelles pour un Nord-Américain qui plus est un employé d'assurance, connaissances encyclopédiques d'un pays de surcroît disparu au moment où tous deux sortaient à peine de la prime enfance.

Cerise sur le cadeau, il avait bien "cartonné" en mentionnant le concert de Springsteen, et ce avant même qu'elle n'en parle, et donc sans se douter que cet événement musical constituait un très cher souvenir d'enfance pour son interlocutrice qui y avait assisté en personne.

C'est à ce moment que Jeff, qui écoutait encore d'une oreille en ouvrant une nouvelle canette de bière, s'était soudainement levé de son siège avec un grand sourire, nous faisant sursauter, ma femme et moi. À son tour, Bart s'était levé, l'air embarrassé que son père ait pu être plus prompt que lui à remarquer qui venait de faire à son tour son apparition près de notre table… *le ciel qui s'ouvre, une colombe qui descend…* Es war Frau Kerstin. *Höchstpersönlich.*

PARTIE III

On venait d'atteindre la station de Yonkers, en périphérie de New York City et, après le père et après le fils, en véritable Deus ex machina, elle entrait à son tour en scène. Impliquée dans le monde de l'immobilier de luxe, elle travaillait sur un projet du côté de Tuxedo Park, une localité huppée du comté voisin d'Orange. Elle rejoignait donc à ce moment du parcours son mari Bart et son beau-père Jeff pour faire avec eux la dernière heure de trajet, jusqu'à l'arrivée à la gare Pennsylvania située en plein cœur de Manhattan.

Comme elle venait de l'Est, elle pouvait, de prime abord, paraître un peu froide. Je m'étais même dit, au tout début, qu'elle ne devait pas être marrante tous les jours, mais c'était mal la connaître. Ce que je peux confirmer, c'est qu'elle était très belle et, après que les présentations eussent rapidement été faites, et après un petit aparté de Bart et Kerstin, cette dernière ayant eu deux ou trois choses à lui dire en privé, elle nous avait fait l'honneur de s'asseoir près de nous.

Elle avait bien rigolé lorsque Bart lui avait dit qu'au moment de son arrivée, il était précisément en train de nous raconter leur rencontre et, surtout comment, lorsqu'ils s'étaient rencontrés, il l'avait bien impressionnée avec le coup du concert de Springsteen.

Kerstin se souvenait particulièrement de la chanson "*Chimes of Freedom*" qui avait été précédée par un speech de la vedette américaine en un allemand aussi approximatif que bancal, en fait juste quelques mots au moyen desquels il avait dit, au grand dam du régime qui écoutait nerveusement en coulisses, espérer "*la levée de toutes les barrières*", une allusion claire au mur de Berlin.

Alors que Kerstin avait, comme 600 000 de ses compatriotes, assisté en personne à cet événement de l'été 1988, concert qui reste encore aujourd'hui, en Europe du moins, comme le plus grand en plein air de toute l'Histoire, c'était finalement, vingt-cinq ans après, quelqu'un né de l'autre côté de l'Atlantique qui lui avait expliqué l'envers du décor de cette affaire. Je n'avais jamais entendu parler de ce concert de Springsteen et j'ai trouvé intéressant de résumer le contexte de tout cela. En fait, ce qui suit est le résumé que Bart nous en a fait.

En 1987, le bloc soviétique, dont la RDA était un pilier, se situait à un tournant. Deux années auparavant, une nouvelle direction, réformiste, avait émergé à Moscou, à l'épicentre du dispositif stalinien décrépit, direction qui avait compris que l'empire qu'elle contrôlait allait littéralement – c'était le cas de le dire – dans le Mur.

Jusqu'au début des années 1960, Moscou avait, en apparence du moins, tenu la comparaison avec Washington. La conquête de l'espace avait constitué un bon exemple de cela… fascinante et pacifique course à la lune que les Russes avaient commencé par mener, lançant les premiers (1957) une fusée au-delà de la fameuse ligne de *Kármán*, du nom du physicien hongrois qui avait déterminé que c'était à l'altitude de 100 kilomètres que se situait la frontière entre atmosphère terrestre et cosmos, puis, dans la foulée, consolidant leur avance par la mise en orbite du premier satellite, et ce un peu avant l'envoi du premier homme dans l'espace, Yuri Gagarine (1961), pendant que les Américains n'avaient de leur côté pu envoyer qu'un singe nommé Ham, un primate automatiquement récompensé par des bouts de banane lorsque, par instinct plus qu'autre chose, il avait par hasard appuyé sur les bons boutons et activé les bonnes manivelles.

Dans la série des réussites russes des débuts de la conquête spatiale, il y avait ensuite eu la première femme dans l'espace, Valentina Terechkova (1963), aujourd'hui octogénaire et députée poutiniste de la Douma, puis la première sortie extravéhiculaire, par un Soviétique encore, Alexeï Leonov (1965), un homme qui restera à jamais dans l'Histoire de la conquête spatiale comme le premier piéton de l'espace. Mais, cela, c'était avant les premiers échecs des Soviétiques qui s'étaient progressivement vus rattrapés et dépassés par les Américains qui avaient finalement été les premiers – et les seuls – à mettre le pied sur le satellite naturel de la Terre.

Un peu plus tard encore, soit au milieu des années 1980, et ce dans tous les domaines, donc bien au-delà des questions touchant à l'aérospatiale, le différentiel Est/Ouest – le gouffre en fait – était tel que des réformes urgentes étaient devenues nécessaires pour éviter l'effondrement, tel un château de cartes, de tout le bloc de soviétique. Le nouveau pouvoir soviétique, emmené par le jeune Mikhaïl Gorbatchev qui était arrivé à sa tête en mars 1985, avait fait trop peu, trop tard, et n'était pas parvenu à enrayer la chute de l'empire malgré une vision réformiste qui, prônant la *Glasnost* et *Perestroïka*, c'est-à-dire une forme de libéralisation, avait d'ailleurs été confrontée à de fortes résistances à l'interne, en URSS, mais aussi dans les pays "frères", RDA en tête, une nation où la direction stalinienne *droite dans ses botte*s, emmenée par le *vieux fossile un peu marteau* Erich Honecker, ne voulait rien lâcher.

À la fin des années 1980, à l'image de Walti, le papi de Kerstin, toute cette vieille garde d'apparatchiks de l'Est croyait encore dur comme fer en son idéologie et à la justesse de sa “mission”, se battant encore, à la veille de l'effondrement de leur système, comme ils s'étaient battus dans les années 1950/60, avec une vision tiers-mondiste, anticolonialiste, anti-impérialiste et anticapitaliste, aussi bien en Afrique qu'en Amérique latine, et c'était justement tout cela qui les avait conduits naïvement, car aveuglés par leur idéologie simplette, à inviter sur leur sol un Bruce Springsteen qu'ils croyaient de connivence avec eux.

Au moment où l'invitation avait été lancée par la RDA, le cœur du dispositif ennemi, à savoir la Maison Blanche, la présidence des États-Unis, était dans la tourmente. Huit ans plus tôt, le gouvernement du Nicaragua, alors allié des États-Unis, avait été renversé par une soldatesque putschiste stipendiée par Moscou, les Sandinistes, ce qui menaçait de faire contagion dans la région, l'Amérique centrale. Pour tenter de reprendre la main, Washington, emmené par un nouveau président plutôt flamboyant et charismatique, l'ancien acteur Ronald Reagan, avait financé une milice anticommuniste opposée aux Sandinistes, les *Contras*.

Cela, c'était avant que le Parlement américain, alors à majorité démocrate, ne décide courant 1982 de couper les vivres aux Contras en interdisant tout financement de cette milice par quelque institution gouvernementale des États-Unis que ce soit. En réaction, et pour éviter l'effondrement financier, puis militaire, de ses alliés qui s'étaient vus couper les vivres par l'opposition démocrate au Congrès, la Maison Blanche avait mis sur pied un financement occulte et indirect de ces paramilitaires nicaraguayens, financement qui passait par la vente indirecte d'armes américaines à l'ennemi juré iranien sous embargo, via des intermédiaires israéliens, et sud-africains, ce qui était assez surréaliste.

Officiellement, donc, disons-le clairement, les États-Unis ne vendaient rien directement à l'Iran. Pour résumer ce circuit, les armes – des missiles anti-chars TOW et anti-aériens Hawk – étaient d'abord vendues par les Etats-Unis à Israël qui les avait ensuite indirectement revendues pour bien plus chers – la différence allant aux Contras – aux Iraniens qui les recevaient, ce qui était embarrassant pour eux, porteuses d'inscriptions peintes en hébreu.

Tout ce petit montage secret avait été éventé par les médias états-uniens, ce qui avait provoqué un immense scandale qui menaçait d'emporter la présidence Reagan… une crise qui avait donc fait trembler tout l'Occident sur ses bases, et ce devant les sourires goguenards du bloc de l'Est. Au cœur de la tempête, et pour protéger le président, l'attention s'était portée sur des fusibles, le Conseiller à la sécurité nationale, l'amiral Poindexter, et un de ses adjoints, le lieutenant-colonel Oliver North qui tous deux, en bons lampistes, avaient finalement dans ce dossier été les seuls condamnés par la justice. Et un Oliver North de pester, dans un livre qu'il a consacré à l'affaire, sur les “problèmes de mémoire” du président Reagan, dont on avait appris plus tard qu’il souffrait de la maladie d’Alzheimer, ce dernier ayant “oublié” de gracier Poindexter et North au moment de quitter la Maison Blanche.

C’était donc au cœur de cette tempête, et alors que le pouvoir vacillait à Washington, que la RDA avait invité un Bruce Springsteen, notoirement de gauche et hostile à l’administration républicaine du Président Reagan, à donner à Berlin-Est un concert qui serait présenté au monde – cela on le lui avait caché – comme valant “soutien” au pouvoir communiste du Nicaragua et, par extension, soutien au monde communiste dans son combat contre l’Occident en général et contre les États-Unis en particulier.

En invitant une si grande star américaine à donner chez elle un concert en “solidarité” avec le pouvoir sandiniste de Managua, la RDA avait espéré accentuer la pression sur l’administration Reagan, voire opérer une brèche en Occident. Mais, plus malin, et sans doute briefé par l’ambassade des États-Unis, Springsteen avait profité de cette invitation pour faire passer un message bien différent de celui auquel s'était attendu le régime de Berlin-Est.

En gros, et dans le but de faire passer “fort et clair” un message politique, Springsteen avait relevé le défi de ce concert, mais pas dans le sens qu'avait espéré la direction est-allemande. Le fameux *narratif* que Springsteen avait délivré pendant ce concert n’avait pas consisté en un soutien au communisme international, mais en l’espoir exprimé que, littéralement, et c’étaient les fameux mots que l’artiste avait tant bien que mal prononcés en allemand pour dire son espoir de voir “*levées toutes les barrières*”, allusion, de nouveau, au Rideau de fer et à l’emblématique Mur de la honte.

Ce petit discours bien préparé visait les caciques du régime stalinien de Berlin-Est qui s'étaient donc bien fait avoir en invitant un Springsteen qu'ils avaient cru aussi facilement pouvoir manipuler, mais qui, en fin de compte, était bien trop fin et bien trop intelligent pour eux.

Kerstin avait été subjuguée par Bart lorsqu'il lui avait donné toutes ces explications, et cela s'était produit, avait-elle bien précisé, lors de leur tout premier rendez-vous, un rendez-vous avant lequel, pensant qu'elle était – je cite – "*plus de l'Est que ça*", il ne s'était même pas douté un instant qu'elle était allemande.

En fait, avant Bart, elle n'avait jamais rencontré qui que ce soit, en dehors de son pays, qui avait entendu parler de ce concert et elle avait encore moins entendu cette lecture très passionnante, dans son contexte, de ce qui s'était réellement passé autour de cet événement auquel, alors encore une enfant naïve, elle avait assisté sans évidemment se douter de tout ce qui se passait en coulisses.

Ce qui l'avait le plus marquée, c'est que tous ces détails lui avaient été donnés par quelqu'un qui venait d'un autre continent et qui était enfant comme elle au moment de ce concert dont il n'avait appris l'existence que vers l'âge de vingt-deux ans, quand il avait abandonné ses études de médecine et entamé un double cursus de sciences politiques et de philosophie dans le cadre duquel il avait progressivement réalisé que cet affrontement entre deux blocs avait en fait consisté en une gigantesque *tension dialectique*, à l'échelle planétaire.

La thèse, le capitalisme, se voyait contester son hégémonie mondiale par l'antithèse, le communisme, une confrontation qui avait – en apparence – débouché sur la victoire de la thèse et la défaite de l'antithèse…

c'était du moins, selon Bart, ce que l'on enseignait partout, et c'était ce que l'on avait voulu qu'il apprenne, mais, ouvert d'esprit et à force de lectures qui allaient bien au-delà des programmes officiels, il s'était progressivement, au fur et à mesure qu'il emmagasinait une connaissance encyclopédique de tout ce qui avait bien pu se passer sous le soleil comme sous les brumes de la guerre froide, il s'était rendu compte que tout avait en fait été plus compliqué que ce que l'on avait bien voulu lui faire croire.

Connaissant bien son mari et sachant qu'une fois lancé sur un des multiples sujets qui le passionnait il ne s'arrêtait plus, et sentant qu'à nouveau, il était en train de s'enflammer et de repartir dans un de ses trips *analytico-philosophico-politico-truc-bidule-chouette*, et qu'on risquait se faisant un monologue jusqu'à l'arrivée à Penn Station, Kerstin avait tout fait pour le couper en douceur, et y était parvenue, ajoutant que les manœuvres du gouvernement de la RDA autour de la prestation musicale de Springsteen en 1988 n'avaient été qu'anecdotiques en comparaison de choses infiniment plus graves que l'on avait franchement pu reprocher à ce régime.

On sait tous que les pages du livre noir de quarante années de dictature stalinienne en Allemagne avaient été maculées du sang de tous ceux qui s'étaient fait tirer dessus en franchissant le mur divisant Berlin, tout comme de ceux qui avaient été torturés et battus par la Stasi, la police secrète du régime. Mais il y avait encore d'autres choses tout aussi ahurissantes que choquantes dont je n'avais jamais entendu parler.

Un des exemples donnés par Kerstin avait bien sûr été les mésaventures de son frère, Luther, en Bulgarie. C'est en fait à ce moment-là qu'elle nous avait raconté toute l'histoire de ce dernier, ses tribulations dans ce pays d'Europe où il n'était arrivé, au départ, que pour de simples vacances estivales et son parcours subséquent, de la prison, en RDA, aux manifestations de 1989 contre le régime est-allemand, en passant par sa relation avec une Française qui avait fini par lui révéler qu'elle était une agente traquant la filière du terrorisme d'extrême-gauche dans Berlin et ses environs.

Concernant la Bulgarie, Bart, qui avait étudié ce cas, avait deux ou trois statistiques à nous partager. Il y avait eu, sur la seule année 1988, quelque chose comme 300'000 touristes est-allemands dans ce pays méridional du bloc soviétique, et sur ces 300'000, probablement, selon son beau-frère Luther qui le tenait de collègues de son réseau international d'avocats spécialisés dans les questions relatives aux Droits de l'Homme, pas plus de quelques dizaines d'individus déterminés à tenter de passer à l'Ouest. Le dernier cas recensé n'avait hélas pas été celui de Luther et de ses camarades, dont le malheureux Heinz qui y avait laissé sa peau, mais un jeune homme de 19 ans appelé Michael Weber, tué le 6 juillet 1989 alors que, près du village frontalier de Kulata, il avait tenté de passer en Grèce. Allemand, 19 ans, et tué pour avoir simplement essayé – péché alors *irrémissible* derrière le Rideau de fer – de s'évader vers la Grèce. Au passage, cruelle ironie du sort, le malheureux avait disparu la même année que le mur de Berlin auquel il avait voulu échapper.

Tout cela relevait d'une situation qui pourrait nous paraître totalement aberrante aujourd'hui, à l'heure des fameux accords de Schengen qui nous permettent de si facilement voyager en Europe ! Et Bart de rappeler la rumeur, qui était restée non vérifiée même si la maman de Heinz, l'Allemand tué lorsque Luther avait voulu franchir la frontière, était restée invariablement catégorique au sujet de ce qu'elle avait vu dans la cour de l'hôpital de Sofia, alors qu'elle venait d'identifier son fils, rumeur, donc, selon laquelle les soudards qui avaient ainsi tué des Est-allemands recevaient une récompense versée par… Berlin-Est !

Ce qui avait été prouvé, en tous cas, c'était que chaque arrestation ou mort d'individus tentant de franchir la frontière illégalement était récompensée en nature par Sofia, sous forme de jours de congé… système vicieux de prime à la motivation… l'été devenait là-bas la saison de la chasse au lapin !

Comme dans nos échanges sur le bloc soviétique, on avait à plusieurs reprises parlé de “grisaille”, Kerstin avait tenu à dire que c’était plus que caricatural. Il y avait – et il y a toujours – en Europe de l’Est de très beaux endroits, surtout en prenant la direction du sud. Avec ses parents, elle avait par exemple pas mal voyagé en Hongrie, un très beau pays qui avait particulièrement bien manœuvré pour développer son industrie touristique en permettant à tout Allemand, fusse-t-il de l’Est ou de l’Ouest, de s’y rendre librement.

Les familles qui avaient été séparées, à Berlin, par la “diabolique surprise” qu’avait constitué la construction sans crier gare du mur de la honte, lors de la funeste nuit du 12 au 13 août 1961, et c’était le cas de la famille de Kerstin, avaient comme seul option pour se retrouver de se rendre chaque année en Hongrie, le temps des vacances d’été où, durant les années 1970 et 1980, il n’était ainsi pas rare, selon elle, de voir se côtoyer, parquées devant les hôtels et *Bed&Breakfast* de toute sorte, Mercedes, Volkswagen ou Opel immatriculées à l’Ouest et Trabant ou Wartburg immatriculées à l’Est. C’était en jouant finement la carte allemande que les Hongrois avaient développé leur industrie touristique, notamment du côté du lac Balaton, près de l’Autriche, attirant bien des familles *des deux Allemagnes* qui pouvaient se retrouver ainsi *réunifiées* le temps des vacances. Ces retrouvailles annuelles sur sol magyar avaient donc constitué, pour ces familles que le Mur avait divisées, une sorte de *Thanksgiving hongrois*.

Comme de nombreux Berlinois, Kerstin, son frère Luther et ses parents avaient donc l'habitude de passer l'été en terres magyares et ce généralement dans le Sud-Est, du côté de Gyula, près de la frontière avec la Roumanie, où la famille avait ses habitudes. Il s'agissait selon elle d'un lieu très couru, réputé à l'internationale pour ses bains, en plus d'être l'occasion de se retrouver chaque année pour la famille que le mur de la honte avait séparée.

Kerstin avait dit que le premier jour était toujours l'occasion d'une grande fête – leur *thanksgiving* à eux donc – quand tout le monde arrivait, les uns simplement de RDA comme ses parents, son frère et elle, les autres des quatre coins d'Europe en commençant logiquement par la RFA, comme un grand-oncle qui, la nuit malheureuse où le mur avait été construit, était étudiant et habitait depuis deux ou trois semaines à peine en colocation dans la partie ouest de Berlin. Coupé du jour au lendemain des autres membres de sa famille par cette scie de béton et de barbelés de 3,60 mètres de hauteur et de près de 160 kilomètres de longueur, il avait décidé de rester là où il était, en RFA. Il y avait encore un oncle qui avait fait son service militaire au sein des *Grenztruppen der DDR* – les troupes du régime chargées de surveiller la frontière – et qui en avait profité pour plus ou moins facilement passer à l'Ouest à la fin des années 1970.

Elle avait aussi un oncle, une tante et leur fils, donc un cousin, qui venaient chaque année de Stockholm. Il est à noter que le prénom "Kerstin" était très répandu aussi bien en Allemagne qu'en Suède, et c'était en l'occurrence celui d'une grand-tante, sœur de sa grand-mère, toutes deux ayant en partie grandi dans ce pays de Scandinavie. Kerstin avait toujours rêvé, pendant son enfance, de s'y rendre un jour, ce qui lui avait été impossible avant la chute du mur.

Le cas le plus intéressant était celui d'une tante, Bettina, sœur de son père Pali, à l'époque une gymnaste qui, en compagnie de quelques-unes de ses coéquipières de l'équipe nationale de RDA, d'un garçon spécialiste du cheval d'arçon et d'un de leurs entraîneurs aussi, un ancien spécialiste des anneaux qui avait tout juste mis fin à sa carrière sportive, avaient profité de la tenue d'une importante compétition continentale qui se tenait à Zurich, en Suisse, pour se tirer un soir en passant par les toits de leur hôtel.

En fait, à part l'entraîneur qui, lui, avait déjà connu des compétitions internationales, jeux olympiques de 1956 et 1960 compris, ils n'étaient encore jamais sortis de leur pays et, comme au début des années 1960 il n'y avait pas encore la télévision dans tous les foyers et donc pas encore d'antennes râteaux sur tous les toits capables de capter le signal des chaînes hertziennes de l'Ouest, ils avaient jusque-là bien voulu croire ce qu'on leur avait depuis des années martelé, à savoir que l'Occident, en plus d'être fasciste, sale et décadent, comptait parmi sa population une énorme proportion de pauvres vivant dans le plus grand dénuement.

Arrivés en Suisse, ils avaient été émerveillés par la propreté des lieux, le calme qui y régnait et, *last but not least*, par les étalages incroyablement bien fournis des supermarchés. Ayant ouvert les yeux sur les mensonges qu'on leur avait jusque-là fait gober, ils avaient décidé de prendre leur destin en main et réussi, un soir, à fausser compagnie à leurs "gardes du corps", en fait des cerbères de la Stasi, la police secrète, qui se relayaient toute la nuit pour patrouiller dans le couloir, devant les portes des chambres, et ce non pour assurer la sécurité des athlètes, mais bien pour empêcher leur fuite. Les gymnastes étaient passés par un balcon qu'ils avaient escaladé avant de s'enfuir par les toits.

Comme on était un peu repartis sur la RDA, Bart nous avait confirmé qu'il y avait décidément eu des trucs de "fous" avec ce régime, et parfois les flux financiers avaient été inversés. Il y avait en effet aussi l'argent qui rentrait. Si, ultimement, c'était toujours la population est-allemande qui trinquait, ce n'était en effet pas toujours Berlin-Est qui payait la tournée. En fait, le régime totalitaire était très fort pour remplir ses caisses avec de quoi assurer sa pérennité.

Cynique, la fin justifiant les moyens, la dictature n'hésitait en effet pas à s'asseoir sur ses grands principes humanistes et tiers-mondistes quand il y avait des dollars sonnants et trébuchants à se faire. Car en effet, malgré les grands discours anticapitalistes et antioccident, eh bien à Berlin-Est, dans les hautes strates du *champagne socialism*, on n'aimait pas que la coke importée et les péripatéticiennes de luxe, mais aussi les billets, surtout ceux de couleur verte. Il y avait eu des histoires, prouvées après la chute du Mur, de ventes d'armes, notamment de puissants missiles antichars au régime ennemi d'apartheid d'Afrique du Sud, et ce au moment même où *Jo'anna* faisait la guerre à sa malheureuse population noire comme aux alliés de Berlin-Est, l'Angola, Cuba… des pays communistes dont les forces sur sol africain ne se doutaient pas de quel stock provenaient en réalité les missiles qu'ils se prenaient des *sudafs*.

Et au passage, Bart de remarquer que, bien que viscéralement ennemis en apparence, les régimes de la RDA stalinienne et de l'Afrique du Sud raciste avaient un point commun très important : ils faisaient tous deux la guerre à leur peuple. C'était dans les deux cas *laisse et fers* pour tous, et ce dans toute sa splendeur. Ce devait être pour cela que, finalement, l'idée de la vente d'armes de l'un à l'autre n'avait pas été aussi insupportable qu'elle aurait dû l'être.

En entendant cette phrase capitale, je m'étais juré d'en savoir plus au sujet de l'Afrique du Sud du régime d'apartheid, et si par manque de temps Bart ne s'était pas étendu sur le sujet à ce moment-là, je n'avais pas été déçu quand il avait finalement pu le faire, plus tard, bien après notre première rencontre dans ce train.

Entre-temps, de mon côté, une fois rentré chez moi, j'avais aussi *fait mes devoirs*, me plongeant dans la lecture d'un certain nombre d'ouvrages en rapport avec cette Afrique du Sud d'hier. Au vu de ce que j'ai lu, parfois des trucs mêmes plus hallucinants encore que ce que Bart avait dit au sujet de la bonne vieille RDA des *Genossen* (camarades) Pieck, Grotewohl, Ulbricht, Gerlach, Stoph et Honecker, je sentais qu'après le régime de RDA, j'allais bientôt *me faire* celui qui avait eu Johannesburg comme capitale, du temps de l'apartheid et, je me tâtais à l'idée d'une collaboration, d'une *joint venture* avec lui, Bart, en vue d'écrire, *à quatre mains*, quelque chose en rapport avec ce pouvoir aujourd'hui aussi disparu.

Il y avait aussi eu, pour en revenir aux sources de revenus du régime stalinien de Berlin-Est, tous ces dissidents, avait rappelé Bart, tous ces *Rudolf Bahro* emprisonnés à Hohenschönhausen avant d'être vendus à l'Allemagne de l'Ouest contre des dizaines – parfois des centaines – de milliers de Deutsche Mark chacun, et même, pour donner un autre exemple du cynisme de ce régime, un arrangement sans vergogne avec des groupes pharmaceutiques dans le cadre de la recherche médicale, notamment celle en rapport avec le virus alors récemment apparu du SIDA, des groupes occidentaux désireux de tester leur camelote sur les malgré-eux de la *cobayerie* qu'étaient les malades et prisonniers utilisés comme autant d'élevages de cochons d'Inde ou de lapins, un peu à l'image de ce qui s'était vu du temps du IIIe Reich.

J'avais trouvé ces choses très intéressantes et j'aurais voulu que Bart développe un peu le parallèle qu'il avait esquissé entre les régimes, nazi et stalinien, qui s'étaient succédés depuis 1932 à Berlin, à savoir si, entre eux, la différence avait selon lui été de nature ou de degrés, mais on avait été coupés par la sonnerie du portable de Kerstin au moment où Bart me recommandait, pour creuser le sujet, la lecture d'un ouvrage intitulé "*La route de la servitude*" d'un certain Friedrich Hayek, un auteur britannique qu'il avait, me semblait-il, déjà mentionné lorsque l'on avait parlé de Vienne, et aussi celle d'un roman, "*Le zéro et l'infini*" d'un certain Artur Koestler, un Hongrois comme son nom l'indique.

Au passage j'avais remarqué qu'on avait plusieurs fois mentionné la Hongrie, pays que ma femme et moi ne connaissions pas du tout et dont nous ne savions pas grand-chose mais dont on avait déjà entendu dire plusieurs fois qu'il constituait une destination absolument incontournable en Europe.

À la suite de quoi, et parce que par la fenêtre de notre train en approche des faubourgs de *Big Apple* on avait aperçu une chapelle que Bart avait pointée du doigt en disant à Kerstin que c'était peut-être celle qu'avait fréquenté, à Harlem, un de leurs amis, ce à quoi, me mêlant de ce qui ne me regardait pas, j'avais demandé s'ils connaissaient vraiment des gens à Harlem, remarque en réaction de laquelle les deux avaient ri, Bart me révélant qu'il n'avait pas parlé d'un ami à eux, mais d'un pasteur luthérien, figure de la résistance allemande au nazisme qui avait en son temps fréquenté la fameuse Zionkirche de Berlin, et avait passé au début des années 1930, un peu plus d'un an à New York, fréquentant une *assemblée* du côté de Harlem.

Jeff avait alors secoué la tête négativement en faisant un signe de la main. On n'était pas encore arrivés du côté de Harlem qui, située à la pointe Nord de Manhattan, jouxtait Central Park près duquel se trouvait Penn Station, notre gare de destination.

M'excusant auprès de Bart de ma méprise, j'avais, par curiosité, demandé comment s'appelait le pasteur dont il avait parlé et, comme je n'avais pas bien saisi sa réponse, Kerstin m'avait dicté son nom, à savoir,

“Bonhoeffer”, Dietrich Bonhoeffer, un patronyme qui m’avait fait sourire car bien en contraste avec le quartier de Harlem qui était plus connu pour son riche patrimoine afro-américain que pour ses théologiens germanophones.

Comme je ne savais pas de qui il s’agissait, Kerstin m’avait raconté qu’il était connu comme le continuateur de Kierkegaard, le Danois dont son mari avait parlé un peu plus tôt, dans la voie d’une sorte d'existentialisme chrétien. C’était un “*théologien d’un monde ‘come of age’... devenu majeur*” avait de son côté ajouté Bart sans que je ne comprenne de quoi il parlait exactement. Cet Allemand avait donc notamment vécu à New York avant de retourner en Allemagne où il avait finalement été emprisonné avant de terminer en martyr, nous avait appris Bart, en avril 1945, dans un camp de concentration, à Flossenbürg, en Bavière, en raison de sa participation au complot de juillet 1944 contre le Führer.

C'est comme ça que nous avions enchaîné sur les questions religieuses, et là aussi, Bart avait des choses intéressantes à dire. Jeff, lui, avait de son côté entamé une nouvelle bière et, en dehors d'une remarque ici où là comme il l'avait encore récemment fait au sujet de Harlem, ne participait plus activement à la conversation. Kerstin ayant remarqué que, précisément, nous avions remarqué cela, et pour dissiper l'embarras de la situation, avait fait un peu d'humour aux dépens de son beau-père au moyen d'une expression délicate, peut-être tirée de sa langue natale, pour dire sobrement qu'il avait trop bu et était désormais *off* : "*Il avait passé la douane*".

On était en fait partis d'un point positif que Bart avait eu à dire en faveur du régime de la RDA, le fait que le 500e anniversaire de la naissance du réformateur Martin Luther avait été selon lui célébré en grande pompe en Allemagne de l'Est, en 1983, pour en arriver au monde évangélique nord-américain, dont la très forte implication en politique était bien connue.

On avait envie de savoir un peu ce que Bart pensait de tout cela. Si ce dernier n'avait pas directement dit où il en était à ce niveau-là, on sentait, au travers d'allusions qu'il avait faites et son usage régulier d'images et expressions bibliques, un peu à l'instar de son père lorsqu'on l'avait rencontré la veille à Niagara-on-the-Lake, qu'il n'était pas indifférent à ces questions-là.

Sur le coup, je n'avais pas trop compris pourquoi, mais pour parler de cela, il était d'abord parti de Jules César, et visiblement, il ne portait pas l'Empereur et son Empire dans son cœur. Il avait dit qu'un problème de fond était la croyance, dans ces milieux, et aux États-Unis surtout, en la vraie-fausse conversion au christianisme, au IVe siècle après J.-C., d'un des successeurs de César, à savoir l'Empereur Constantin et, que cela avait été là, la source de bien des problèmes.

Et pour Bart, l'Empire romain, donc le césarisme, et peu importe qu'il fusse d'Occident ou d'Orient, n'avait en réalité pas pris fin en 476 ou en 1453 comme on l'apprend à l'école, mais avait toujours continué d'exister. L'Empire romain en fait était, selon son interprétation plutôt intéressante, une des parties de la statue géante du songe du roi babylonien Nabuchodonosor que l'on trouve, dans la Bible, dans le second livre du prophète Daniel, à savoir la partie en fer qui symbolise le quatrième royaume devant succéder, dans l'Histoire, à celui de Nabuchodonosor, un royaume qui serait, selon le songe, fort comme du fer… et de même que le fer mettait tout en pièces, ce royaume, qui sera en fait l'Empire romain, briserait tout.

Et Bart de me faire remarquer quelque chose de très intéressant : la partie de la statue dont il était question, cette dernière étant décrite de haut en bas, était en fait l'avant-dernière, les jambes, or, cela comportait un double symbole : deux jambes, parce que l'Empire romain comportait deux subdivisions, Orient et Occident puis, des siècles plus tard, développement ultime, les deux rives de l'Atlantique, Amérique et Europe.

Du Capitole, le siège du parlement états-unien, aux drapeaux et sceaux divers sur lesquels figuraient des aigles et des expressions en latin, et on pourrait multiplier les exemples, on retrouvait aux États-Unis, c'était vrai, tous les symboles de la Rome antique.

Ceci dit, je n'avais pas trop compris où Bart voulait en venir… allait-il partir dans un truc conspirationniste… les *Illuminati*, QAnon ? Non, il voulait dire que la conquête du pouvoir politique, le pouvoir de César, ou du moins le désir de co-diriger avec lui, que ce soit en Amérique ou en Europe, et surtout quand on était chrétien, n'était qu'une illusion, Jésus ayant bien dit qu'il fallait rendre à César ce qui était à César. Et le lui laisser.

Ainsi donc, la position de Bart, et sa femme semblait acquiescer dans ce sens, c'était que ces évangéliques qui courraient après le pouvoir politique depuis si longtemps aux États-Unis, couraient en fait derrière un mirage. Ce que Bart voulait dire, c'était que l'on ne pouvait espérer christianiser la société puis le monde en partant d'en haut, des arcanes politiques.

Il avait pris l'exemple de l'avortement, sujet très passionné aux États-Unis, un poil moins au Canada selon lui, une interruption volontaire de grossesse qu'à titre personnel il n'aimait pas trop, disant clairement qu'il fallait essayer de l'éviter le plus possible. Pour les évangéliques états-uniens qui étaient très hostiles à cette pratique avec laquelle ils voulaient en finir, la solution au problème était de gagner les élections, conquérir une majorité au Congrès, décrocher la Maison Blanche, obtenir des gouverneurs, peupler la Cour Suprême de leurs partisans, sachant que cette dernière était LA juridiction ultime là-bas, et les interdictions d'avorter qui seraient ensuite promulguées dans les États de l'Union et entérinés par ladite Cour suprême, pensaient ces évangéliques, feraient magiquement le reste : il n'y aurait plus d'avortement en Amérique.

Je voyais où Bart voulait en venir, et le Nord-Américain qu'il était avait même cité l'exemple de la France pour que l'on puisse plus facilement le suivre dans son raisonnement. Il avait donc parlé de l'adoption dans ce pays de la loi Veil (il n'était plus sûr de la manière de prononcer ce nom), évolution législative qui, au milieu des années 1970, avait autorisé les IVG chez nous, et de rappeler que dans l'esprit de beaucoup de gens, c'était seulement depuis l'adoption de ladite loi que l'on s'était mis à avorter en France. Avec cette logique, on pouvait effectivement succomber à l'idée simpliste – et fausse – qu'il suffisait *simplement* de défaire la loi Veil pour retrouver l'état antérieur, c'est-à-dire une France sans avortements. Bart avait alors posé une question simple, nous demandant si, selon nous, il y avait eu, en France, des avortements avant la loi Veil.

La réponse était évidente, il y avait effectivement eu des avortements avant que la pratique ne soit légalisée et encadrée. Selon Bart, et cela nous paraissait sensé, ce n'était pas l'adoption de cette loi qui avait débouché sur cette pratique, mais l'inverse… c'est parce que cette pratique était déjà courante dans le pays qu'elle avait été légalisée, officialisée. Pour tordre le cou à la caricature, Simone Veil n'avait donc pas donné le feu vert au lancement de cette pratique, elle avait simplement constaté qu'elle était courante depuis un moment déjà.

Bart avait avancé le chiffre de plusieurs centaines de milliers d'IVG clandestines chaque année, en France, à la fin des années soixante. Ce qu'il voulait nous faire comprendre avec tout cela, c'était que même si les évangéliques états-uniens parvenaient à conquérir le pouvoir chez eux et devenaient archimajoritaires partout où ça comptait, parvenant à établir une hégémonie culturelle *à la Gramsci* – en français dans le texte –, eh bien il continuerait d'y avoir des avortements, clandestins ou pas, un peu partout, et ce même dans les États de l'Union les plus conservateurs que l'on pouvait s'imaginer, du type Kentucky ou Alabama.

Et là, alors que l'on parlait ensuite de l'évolution des mœurs, un Jeff de sortir de son assoupissement pour nous offrir une petite saillie un poil réactionnaire et hors-sujet : "*Ouais, ouais, tout se vaut, tout est bien... un homme et une femme, un homme et un homme, un homme et son grille-pain !*"

Après un petit silence gêné et pour revenir au sujet qui nous intéressait, Kerstin d'ajouter que, de toute façon, le commandement que les chrétiens avaient reçu, la dernière chose que Jésus avait en fait dite avant son Ascension vers le Père, c'était non pas de faire de la politique pour imposer une quelconque hégémonie culturelle et légale chrétiennes, mais tout simplement de faire des disciples parmi les nations et de les baptiser en son nom. *Punktschluss !*

Le message de Bart et de Kerstin était peut-être réaliste, mais je me disais qu'il devait froisser des chrétiens de son entourage par son apparent défaitisme, par le fait de dire que les chrétiens n'y arriveraient pas, qu'ils ne *gagneraient pas.* En effet, comment les conservateurs engagés dans l'arène politique autour de lui réagissaient-ils lorsqu'il disait ce genre de choses ? Sa réponse était, si j'ai bien compris, que c'était le fait de vouloir absolument conquérir le pouvoir politique qui menait à la défaite. C'était, selon lui, comme si depuis son jardin on essayait de sauter assez haut, sur place, pour atteindre la lune. On peut, certes, essayer longtemps et se raccrocher à l'espoir insensé que l'on y parviendra *forcément* un jour, mais cela n'arrivera jamais. La méthode Coué et l'auto persuasion auront toujours leurs limites.

Il était donc temps pour les chrétiens, et même pour tout le monde, de comprendre que ce que César voulait, lui qui ne partage jamais le pouvoir, c'était de tenir les gens *en laisse*, et leur passer *les fers* si nécessaire. Il avait ajouté que si les chrétiens voulaient qu'il y ait moins d'avortements, alors plutôt que de s'épuiser comme des gladiateurs de l'époque romaine dans l'arène politique moderne, plutôt que de s'acharner à sauter sur place dans son jardin, et c'était vrai que certains avaient tendance à mettre leur énergie, leur talent, leurs moyens financiers dans ce type de luttes politiques qui ne menaient effectivement nulle part, ils feraient mieux de s'occuper de la gamine de 16 ans qui, dans leur quartier, je cite "*se fait virer de chez elle par ses parents conservateurs parce qu'un type l'a mise enceinte... que voulez-vous que la fille fasse dans ces conditions ? comment voulez-vous qu'elle garde le bébé ?*"

C'étaient-là de vraies paroles de vérité qui nous avaient fait beaucoup réfléchir. Maintenant, une chose m'avait intrigué, en dehors de la question spécifique de l'avortement, lorsque l'on avait évoqué un peu chrétienté et églises. Je ne parle pas de sa prudence sur la question – il n'avait en effet pas trop voulu s'étendre là-dessus –, mais il avait me semblait-il cité, pour appuyer son propos, plusieurs auteurs qui n'étaient pas des théologiens ni même des chrétiens, selon moi. Il m'avait certes recommandé la lecture d'un ouvrage, "*Anarchie et christianisme*" d'un français, un certain Jacques Ellul dont il me semblait bien avoir déjà entendu parler, et en me précisant d'ailleurs, apparemment pour me rassurer, que c'était là *un vrai* chrétien.

Après avoir soulevé ce point qui avait piqué ma curiosité, il avait réfléchi et essayé de retrouver les noms qu'il avait mentionnés. Oui, il y avait Gramsci et, là, il avait souri, oui des gens comme Marx et Lukács, des "vrais athées" avait-il concédé. Je ne connaissais pas le second, mais le premier, lui, pas de doute... dans les milieux chrétiens, il était parfois considéré comme une incarnation du diable, et je me demandais ce que sa femme, qui avait grandi dans l'enfer politique d'une RDA athée et marxiste, pouvait bien penser du fait que son mari cite et lise ce genre d'auteurs.

J'avais bien sûr un peu peur, en abordant ce genre de sujet qui fâche. Je ne voulais pas me disputer avec lui, ni non plus que lui-même et sa femme en viennent à ferrailler là-dessus, mais j'avais été étonné par la réponse donnée. Pour Bart, il n'y avait aucun souci à citer un athée, même Marx, parce qu'il ne fallait pas commettre cette erreur que faisaient tant de chrétiens, en Amérique du Nord surtout, de tout mélanger. Je n'avais pas été très sûr de comprendre ce qu'il avait voulu dire par là. Il avait précisé sa pensée au moyen d'une comparaison, un art dans lequel il excellait. Pour lui, Dieu, la religion, la foi, c'était un avion et les choses terrestres comme la politique, c'était un train.

Dire qu'en tant que chrétien on ne devrait lire que des trucs chrétiens et que jamais, ô grand jamais, on ne pourrait imaginer être chrétien et être d'accord parfois, ici où là, toujours avec prudence et discernement, bien sûr, avec untel ou untel qui ne l'était pas, c'était comme dire que le train et l'avion étaient incompatibles, que les deux moyens de transport risquaient de se rentrer dedans alors qu'en réalité ils se situaient sur des plans entièrement différents : le ciel pour les uns et le plancher des vaches pour les autres.

Et Bart de préciser que, selon son interprétation de tout cela, Dieu se situait dans une sphère intemporelle, et le système humain, dans une sphère temporelle bien distincte. Comme on n'était pas sûrs de bien comprendre où il voulait en venir, il avait poursuivi son raisonnement, pointant du doigt ceux qui, selon lui, mélangeaient tout, religion et politique, et faisaient se percuter trains et avions. Il faisait allusion à ces chrétiens qui s'engagent en politique pour tenter d'améliorer, réparer, le monde par ce biais. Certains allaient même, selon Kerstin, jusqu'à dire ouvertement que la société devait être une théocratie ou le devenir. Pour ces gens il fallait, avait ajouté Bart, rétablir une société *chrétienne* là où elle avait cessé de l'être, ou l'instaurer là où elle ne l'avait jamais été, par exemple chez le *bon sauvage*, en français dans le texte.

Et par "société", la théocratie – ou la théonomie comme certains appelaient cela – entendait des institutions et lois "chrétiennes". On ne parlait pas uniquement de sauver des âmes, mais d'établir un règne terrestre de la chrétienté, et parfois, à l'encontre du bon sauvage par exemple, certains avaient même jugé acceptable l'usage de la coercition voire de la force. En voulant christianiser la politique, ils avaient fini par politiser le christianisme. Le champ missionnaire qui aurait dû continuer d'être le leur était devenu champ de bataille.

Il fallait donc, avait continué Kerstin, rendre à César ce qui était à César, et à Dieu ce qui était à Dieu ! Et Bart de conclure : il était possible de se baser sur la théorie marxienne du fétichisme de la marchandise ou celle, dans son droit prolongement, lukácsienne de la réification, pour aboutir sur des vérités fondamentales en plus de ne pas être incompatibles, du tout, avec ce que disait la Bible.

N'étant pas docteurs en philo, on était alors pour tout dire un peu largués. On n'avait pas trop entendu parler de ces choses et on ne comprenait pas le rapport entre Marx et l'Église, mais on n'avait pas vraiment pu prolonger ce débat de haute tenue philosophico-politico-théologique car, regardant par la fenêtre de notre train, on voyait déjà, alors que la nuit tombait lentement sur la *Grosse pomme*... les lueurs de Manhattan dont nous étions en train de nous rapprocher... les lumières d'un grand pont à haubans dont j'ignorais le nom et, visiblement, mon interrogation devait se lire dans mon regard, Bart et Kerstin de m'informer, d'une même voix, à son sujet : "*George Washington Bridge*"... J'avais trouvé marrant que Bart, qui s'était trompé sur Harlem, connaissait en revanche le nom de ce pont. Approchait ensuite le *Lincoln tunnel*, proche du Ground zero du 9/ 11.

Et, dans un instant de lucidité, un Jeff de revenir fugitivement à lui – il avait vraiment bu trop de bières – et de préciser : "*Upper Manhattan, on arrive bientôt !*". En l'entendant dire cela, j'avais pensé à "Broadway"... l'avenue, le quartier, ses théâtres, son iconique Times Square où à l'occasion de Nouvel An une célèbre boule de 320 kilos bardée de faisceaux stroboscopiques brillants de mille feux venait égayer la toute dernière minute de l’année finissante d’une foule rassemblée au pied du *One Times Square*, immeuble sur le toit duquel ladite boule était fixée en haut d’un mât qu’elle descendait alors lentement, jusqu’à se poser une minute plus tard, à minuit pile et *comme une feuille*, marquant ainsi symboliquement le passage à la nouvelle année.

Par extension, j’avais pensé à différents classiques qui avaient eu New York City ou même Times Square pour décor… les *West Side Story*, *Taxi Driver*, *Marathon Man*, *Le Parrain*, *Il était une fois l’Amérique*, *Wall Street*… et, curieux de connaître les goûts cinématographiques de Bart et de Kerstin, je leur avais alors demandé quel avait été leur préféré de tous les films qu’ils avaient vus au cinéma… et Bart de répondre du tac au tac et le plus sérieusement du monde – poker face – imitant au passage la voix de Cary Grant sur fond d’éclat de rire de Kerstin : “*Aucun, le cinéma s’est éteint avec la dernière cigarette d’Audrey Hepburn !*” et de mentionner dans la foulée *Charade*, film bien connu dans lequel cette gracieuse et gracile actr

ice britannique au style très chic et glamour avait effectivement *fait un tabac.*

C’est à ce moment-là que notre train était arrivé en gare et que nous nous étions séparés, nous promettant de nous revoir un jour, espérant surtout – et c'est pour déjà conserver cela de nos échanges que j’ai retranscrit tout cela – qu'ils n'auront pas juste été qu’une rencontre d'un jour, d'un simple trajet en train… en quelque sorte, et pour en revenir à Tyler Durden, en espérant que Jeff, Bart et Kerstin n’auront pas été que des amis *à usage unique*.

www.ingramcontent.com/pod-product-compliance
Lightning Source LLC
La Vergne TN
LVHW0120431-60826
845678LV00014B/2686

* 9 7 8 2 8 3 9 9 4 1 3 5 8 *